AF306821

Katherine Collins lebt mit ihren zwei kleinen Töchtern in einem kleinen Dörfchen inmitten des Vest. Seit 2014 veröffentlicht sie historische Liebesromane sowohl in Verlagen als auch als Selfpublisher. Unter dem Pseudoym Kathrin Fuhrmann schreibt die Autorin Liebesgeschichten, die mal mit Crime und mal mit Fantasy unterlegt sind.

Katherine Collins

EINE *Liebe* DURCH ALLE ZEITEN

Überarbeitete Neuausgabe Januar 2024

Copyright © 2024 dp Verlag, ein Imprint der
dp DIGITAL PUBLISHERS GmbH
Made in Stuttgart with ♥
Alle Rechte vorbehalten

Eine Liebe durch alle Zeiten

ISBN 978-3-98778-888-8
E-Book-ISBN 978-3-98778-648-8

Copyright © 2018, dp Verlag, ein Imprint der
dp DIGITAL PUBLISHERS GmbH
Dies ist eine überarbeitete Neuausgabe des bereits 2018 bei
dp Verlag, ein Imprint der dp DIGITAL PUBLISHERS GmbH erschienenen Titels Ein Fall von Liebe. (ISBN: 978-3-96087-469-0).

Covergestaltung: ARTC.ore Design / Wildly & Slow Photography
Umschlaggestaltung: ARTC.ore Design
Unter Verwendung von Abbildungen von
stock.adobe.com: © Helen Hotson, © Inga Av, © Jannissimo,
© Midnight Stock, © Gavin, © Art_me2541
Lektorat: Daniela Pusch
Satz: dp DIGITAL PUBLISHERS GmbH
Druck und Bindung: Books on Demand GmbH, Norderstedt

Vorwort der Autorin

In dieser Geschichte lernt der:die Leser:in Katharina Hagedorn kennen. Sie ist eine junge, selbstbewusste Frau, die nicht nur herrische Züge aufweist, sondern in vielen Augen auch anstrengend selbstbezogen ist. Deswegen sind ihre Gedankengänge vermutlich nicht von jedem nachzuvollziehen und die Identifikation mag holprig sein, aber obwohl sich Leser:innen gerne in die Protagonisten hineinversetzen, sollte auch offensichtlich sein, dass es eben viele unterschiedliche Menschen gibt und Empathie und Einfühlungsvermögen nicht nur im Alltag nötig sind. Auch bei der Lektüre kann es nicht schaden, aus seinem eigenen Verhaltensschneckenhaus herauszutreten und die Geschichte – und damit auch Katharina – die Möglichkeit zu geben, einem ans Herz zu wachsen.

Zugegeben, auch ich finde sie stellenweise anstrengend, aber sie sollte im Verlauf der Geschichte eine Entwicklung durchmachen und ihre Haltung überdenken, dazu braucht es eben ein Mindset, das korrigiert werden kann.

Katharinas Selbstbezogenheit ist ein sehr aktuelles Thema, auch wenn diese Geschichte in der Vergangenheit spielt – doppelt. An meinen Kindern sehe ich ähnliche Züge und kämpfe nicht selten gegen die vermeintliche Unvernunft an. Katharina ist das Nesthäkchen und hatte immer das Gefühl, sich Freiheiten erkämpfen zu müssen. Dies beflügelte ihren Drang, allem zu widersprechen und sich Autoritäten nicht zu beugen. Und wer gewohnt ist, zu sagen, was er denkt, wird es schwer haben, plötzlich den Mund zu halten, wenn die Situation bedrohlich wird.

In dieser Geschichte geht es nicht vorrangig, um die vermeintliche Zeitreise. Dies wird im Nachfolge-Roman aufgegriffen, da hier die Zeit für die Klärung fehlte, wie warum und zu welchen Bedingungen, die Zeitreise erfolgte. Für mich ist dies ein Liebesroman mit personellem Wachstum und keine Fantasy-Geschichte mit romantischen Zügen, die sich dann mehr an die fantastischen Elemente klammern müsste. Trotzdem hätte ich Finlay gerne mehr über die Feentore sprechen lassen. Leider passte dies aber nirgendwo so richtig rein.

1. Wunderschöne Isle of Skye

Obwohl ich es genoss, von einer luxuriösen Limousine von A nach B gebracht zu werden, wünschte ich endlich anzukommen. Der Tag war lang genug gewesen, der Flug zwar mit zwei Stunden kurz, aber nicht weniger nervig als die Fahrt mit öffentlichen Verkehrsmitteln von Recklinghausen zum Flughafen nach Düsseldorf, aber das hatte ich zumindest selbst zu verantworten. Eigentlich hätte ich von Köln aus fliegen können, wenn ich mich nicht bereit erklärt hätte, die Lieblingsbücher meiner Schwester aus unserem Elternhaus mitzubringen. Tja, in den letzten Jahren, die ich in der Metropole am Rhein zugebracht hatte, hatte ich wohl vergessen, wie beschwerlich alles in Kaffs war, wie jenem in dem ich aufgewachsen war. Dass der Flughafen auch noch umbaute und das reine Chaos herrschte, war nicht vorhersehbar gewesen, und der Ausfall der Steuerbordturbine wurde zum I-Tüpfelchen meiner Reise. Wäre ich ein spiritueller Mensch, hätte ich es als böses Omen betrachtet, so aber überlegte ich, ob es Rückerstattungs-Klauseln gab, die ich in Anspruch nehmen konnte. Das Nachdenken hielt mich während der Fahrt beschäftigt, nicht das Panorama, dem ich mich nur widmete, wenn ich nicht nachdachte.

Seufzend riss ich mich vom Anblick des schillernden Nord-Atlantischen-Meeres los. Wir fuhren über eine Brücke, die das schottische Festland mit der Isle of Skye verband, demnach konnte es nicht mehr weit sein. Entschlossen ging ich online alle Artikel durch, die das Reiserecht abdeckten und markierte wichtige Passagen. Mein Laptop rutschte auf meinen Knien hin und her, was zu Fehlmarkierungen führte und mich von meiner Recherche ablenkte.

Die Aussicht änderte sich zwar, aber es blieb Natur, an der ich vorbeifuhr. Keine Häuser auf weiter Flur. Stattdessen fuhr die Limousine die millionste Biegung und den Hang wieder hinunter, den wir gerade erst gemeistert hatten. Wieder hoch und wieder runter. Besuchten wir Schneewittchen hinter den sieben Bergen?

Natürlich war meine Schwester Vanessa nicht Schneewittchen, und wenn sie mit sieben Zwergen zusammenlebte, würde ich schnurstracks wieder umkehren. Langsam fragte ich mich, in welches Niemandsland sie mich gelockt hatte. Fein, ich hatte Semesterferien und es hielt mich nichts in der Heimat, aber diese Odyssee war nicht besser, als weitere drei Wochen mit meinem Ex Felix in unserer engen WG aushalten zu müssen.

Unmut kribbelte in meinem Magen und ich griff nach meiner Tasche, im Begriff Vanessa anzurufen und zu fragen, in welchem verschlafenen Nest man mich absetzen würde, als ein Häuschen an mir vorbeiglitt. Ein altes Fachwerkhaus übersät mit Margeriten, Hortensien, Nelken und Blumen, die ich nicht benennen konnte, in allen möglichen Farben. Wie süß. Leider wurde es wieder von Rasen abgelöst, aber dahinter ragte plötzlich eine riesige Burg-Anlage aus dem Grün. Grau, trutzig und verwunschen.

Natürlich war ich von meiner Schwester vorgewarnt worden, aber irgendwie hatte wohl niemand in der Familie so recht geglaubt, dass an ihren Geschichten etwas dran war. Plötzlich ging es ihr gut? Sie hatte angeblich den Mann ihrer Träume getroffen, der sie binnen einer Woche geheiratet und auf sein Schloss in die Highlands entführt hatte? Also bitte, die Zeit für Märchen war längst vorüber!

Schön, ich war also eine Zynikerin, die ihrer großen Schwester generell kein Wort glaubte. Schon gar nicht, wenn es sich um unsterbliche Liebe, Seelenverwandtschaft und ähnlichem Schmu handelte. Die Sache zwischen Mann und Frau war simpel: Es ging um Sex. Männer interessierten sich nur so lange für einen, wie sie einen benutzen konnten, nett waren sie nur, bis sie einen eingefangen hatten. Und wir Frauen? Wir redeten uns ein, verliebt zu sein, um uns nicht eingestehen zu müssen, dass wir uns demütigen ließen. Traurig, aber wahr.

Felix hatte mir die Augen geöffnet, aber letztlich waren meine Beziehungen davor auch nicht anders verlaufen, mit dem Unterschied, dass dieses Mal ich es war, die ging. Ich hatte genug von seiner Ignoranz, von seinem Paschagehabe und seinen Forderungen. Und, ja, geliebt hatte ich ihn nie richtig.

Wir kamen näher und aus riesig wurde phänomenal: Dunvegan Castle. Eine richtige Burg, nicht zu fassen. Die gesamte Länge der Vorderfront war gekiest, dann schloss sich eine gepflegte Rasenfläche an. Das Gemäuer wirkte alt, der Putz hatte Risse, aber die dutzend

Fenster funkelten im Sonnenlicht. Zwei Türme flankierten die Ecken und man sah, dass es hinten drei weitere Türme gab. Standarten wehten im Wind. Das Eingangstor wirkte übermächtig und passte nicht in meine Vorstellung einer Burg, denn es war keine Zugbrücke oder etwas ähnliches, sondern eine zweiflüglige Tür, hoch, breit und aus dickem Holz.

So ganz verinnerlicht hatte ich die neuen Lebensumstände meiner Schwester noch nicht, als der Chauffeur mir die Tür öffnete und mir die Hand hinhielt, um mir beim Aussteigen zu helfen.

Ich war fünfundzwanzig und nicht halbtot, aber ausweichen konnte ich der Geste nicht. Meine Tasche wurde mir ungefragt abgenommen und in Richtung Eingangsstufen bugsiert. Meine Schwester kam mir dort bereits entgegen.

„Katharina!" Sie strahlte, was mich urplötzlich stehenbleiben und blinzeln ließ. Sah aus wie Vanessa, klang wie Vanessa, konnte aber unmöglich …

Sie umarmte mich. „Wie schön, dass du mich endlich besuchen kommst!"

Also gut, sie klang doch nicht wie meine Schwester.

Vanessa schob mich von sich, um mich zu mustern. „War ein langer Tag, was? Hast du die Fahrt genossen? Ich hoffe, du hast nicht die Minibar im Auto leergetrunken und erleichterst gleich deinen Magen in der Halle." Nicht lustig, trotzdem lachte sie auf. Wie unheimlich. Tatsächlich konnte ich mich nicht entsinnen, wann ich sie zuletzt lachen gesehen hätte.

„Komm rein. Ich zeige dir dein Zimmer. Ich warne dich, es ist so groß wie deine gesamte WG!"

Klar. Vanessa hakte sich bei mir unter und zog mich die Stufen hoch und durch das riesige Portal. Die Eingangshalle war beeindruckend, neben mannshohen Fenstern hingen Teppiche an den Wänden. Zwei erzählten, ähnlich wie aufwendige Gemälde, eine Geschichte von einer Schlacht und das Gebilde über dem Kamin war wohl ein Wappen. Die Farbe war verblichen und das Material mitgenommen. Es musste uralt sein, wie auch der Rest der ausgestellten Dinge. Hellebarden flankierten den Kamin, Kelche und ein Kandelaber standen auf dem Sims und trugen ebenfalls Insignien.

Sie ließ mir keine Zeit, mir alles genau anzusehen, sondern zog mich weiter, durch den Saal, der sich anschloss, zu einem monströsen Relikt eines Fahrstuhls – neben einer nicht minder beeindruckenden Treppe, die ich tausendmal lieber emporgestiegen wäre, als dieses Höllenteil zu nutzen, das aus einem Drahtkäfig bestand.

„Wir können auch die Treppen nehmen, aber es sind unzählige Stufen."

Und wenn schon!

„Bei dem Teil wüsste ich nicht, welche Angst zuerst zuschlüge: Klaustrophobie, Cremnophobie, Karagulophobie oder Stenophobie."

Vanessa schnaubte. „Fachchinesisch? Glaubst du, das beeindruckt mich?"

„Angst vor engen Räumen, Abgründen, sich lächerlich zu machen und vor Enge an sich. Und ja, ich wollte etwas aufschneiden, schließlich hältst du mich für einen Dummkopf." Dabei war ich es, die studierte, während Vanessa nur eine Ausbildung absolviert hatte und nicht mal eine herausfordernde, wenn man mich fragte. Hotelfachfrau war doch nichts weiter als eine nette Umschreibung für Mädchen für alles. Sie hätte besser mal was Nützliches gelernt, Steuerfachangestellte oder PTA.

„Nein, nur für faul." Wie immer nahm sie kein Blatt vor den Mund. „Wie läuft dein Studium?" Und stocherte in der Wunde herum.

„Gut. Hervorragend. Könnte nicht besser laufen!" Ich drehte ihr den Rücken zu und nahm die Treppe, abhängen konnte ich meine Schwester, den ollen Terrier, aber nicht.

„Ach wirklich? Zuletzt hieß es, dass du das Semester wiederholen musst."

Das war keine aktuelle Information, Vanessa war nie up to date.

„Reite doch nicht darauf herum."

Vanessa seufzte. „Lassen wir das. Du sollst dich hier erholen und amüsieren."

Und ablenken, aber das brauchte ich nicht laut auszusprechen.

„Wie geht es Mama?", fragte Vanessa nach exakt drei Stufen.

„Wie üblich."

„Hm. Ich dachte, sie käme mit."

Was ich ihr schnell ausgeredet hatte. Die beiden agierten zusammen wie ein altes Ehepaar und Vanessa vergaß, dass sie nur meine Schwester war und niemand, der mir Ratschläge zu erteilen hatte.

„Na, vielleicht ein andermal." Sie klang enttäuscht, ließ es sich aber nicht ansehen. „Ich habe extra ein Zimmer bereitstellen lassen, das sich nicht am A... der Welt befindet. Ich verlaufe mich hier immer noch und das wollte ich dir ersparen."

„Danke."

Vanessa bog ab und nahm die erste Tür. In einem Hotel wäre es wohl das Zimmer, das man lieber nicht haben wollte, direkt an der Treppe war es bestimmt nicht gerade ruhig. Die Aufmachung war ebenso wie alles Bisherige steinalt. Holzvertäfelung an den Wänden plus geweißte Steinmauern, ein riesiges Himmelbett, komplett aus schwerem Gehölz, dazu noch ein großer Kamin.

„Wow, ich begann schon, dich zu beneiden." Unnötigerweise, denn alles in allem fehlte es hier an Komfort.

„Ich weiß, es ist einfach, aber alle moderneren Zimmer sind so abgelegen, dass man sich verläuft." Ihr Kopf ruckte nach rechts. „Drüben im Südtrakt. Von hier findest du schneller zu den Salons und Speisesälen."

Plural, was mir natürlich auffiel. „Wie viele davon gibt es?"

Vanessa winkte ab. „Unzählige." Sie verdrehte die Augen. „Hast du dich mal gefragt, was man mit so einem alten Kasten anfangen soll? Zimmer ohne Ende und alle stehen leer." Sie hob die Achseln. „Was für eine Verschwendung."

„Mach ein Hotel draus." Der Kamin zog mich an. Er war groß genug, dass ein Kind aufrecht in ihm stehen konnte. Meine Fingerspitzen berührten die glatte Oberfläche und glitten über die tiefe Einkerbung. Sah aus, als hätte man versucht, ein Stück herauszuhacken. „Muss ich mir hier mein Wildschwein selber braten?"

Sie schnaufte mit einem unterdrückten Lachen. „Du bist hier all inclusive, Dearie, und ich will sehen, wie du das meinem Mann verkaufst. Ein Hotel, vermutlich fällt ihre Gnaden bei dem Vorschlag tot um."

„Ich?" Das hätte sie wohl gern. „Ist deine Baustelle, Schwesterchen, da misch ich mich nicht ein."

Sie seufzte mit einem Achselzucken und ließ das Thema auf sich beruhen. Scheinbar, denn so wie ich meine Schwester kannte, ratterte ihr Hirn bereits, um meine Idee nach Schwachstellen abzuklopfen. Statt eines Stapels Argumente, warum mein Vorschlag absolut hirnrissig war, bekam ich eine Führung serviert. „Also, wenn du dich frisch machen willst, dort geht es zum Bad." Vanessa ging vor und drückte ein Paneel an der Wand auf. Eine Art Geheimgang, der ins nächste Zimmer führte. „Du hast das Bad für dich allein, aber es gibt einen zweiten Zugang vom anderen Schlafzimmer." Sie deutete auf die Nische gegenüber. „Es ist unbenutzt, dich sollte also keiner überraschen. Die Dienstmädchen, die hier saubermachen, werden sich aus dem Staub machen, sobald sie dich bemerken."

„Wo ist die Dusche?" Ich schob sie zur Seite, aber auch in der hinteren Ecke tauchte die nicht auf. „Baden? Echt jetzt?"

„Immerhin gibt es heißes Wasser." Vanessa zwinkerte verschmitzt, bevor sie auflachte. „Hey, in früheren Jahrhunderten musste das Wasser in Kübeln auf dem Feuer der Kamine, wie der in deinem Zimmer, erwärmt werden. Schwelge also in unendlichem Luxus!" Sie prustete erneut.

„Haha!" Sehr lustig, vor allem, wo war der Luxus, den ich mir nach der Fahrt in der Limousine und der ersten

Klasse bei Britisch Airways – laut Originalbuchung und nicht, worauf ich schließlich hatte zurückgreifen müssen – erhofft hatte.

„Der Spa-Bereich hat eine Dusche und ist leicht zu finden." Sie grinste, als hätte sie meine Gedanken gelesen. „Die Treppe runter und den Gang zur Linken bis zum Ende. Ein Freiluftsalzbad, ein Whirlpool, eine Sauna und ein extralanges Becken fürs Schwimmtraining. Ich muss dich aber warnen ..."

„Noch mehr Dienstboten?"

„Nein, mein Mann." Vanessa zog die Wand hinter sich wieder zu, wodurch ich die Schlaufe bemerkte, mit der sie zu öffnen war. „Er schwimmt zwei Mal am Tag und verbringt mindestens eine Stunde im Fitnessraum gegenüber."

Also liefe ich meinem unbekannten Schwager häufiger über den Weg, als es mir recht sein konnte. Offengestanden stand ich ihm skeptisch gegenüber, schließlich kannte ich Vanessas Geschmack und der war grottig.

Es klopfte.

„Euer Gnaden", murmelte ein Bediensteter, ohne in unsere Richtung zu sehen, und verbeugte sich vor uns. „Das Gepäck der Miss." Er hob meinen Koffer und meine Tasche. „Scott verwies darauf, dass es hier abzuliefern sei."

„Kommen Sie rein. Das ist meine Schwester Katharina." Sie drehte sich mir zu und suchte meinen Blick. „Das ist unser Interimsbutler Ferris. Ihre Gnaden ist nicht zufrieden mit ihm, was es leider nötig macht, ihn irgendwann zu ersetzen. Wenn du Fragen hast oder etwas brauchst, bitte eines der Mädchen darum oder wende dich an Ferris. Er kennt sich hier aus."

Verdattert musterte ich den Interimsbutler, der mein Gepäck am Fußende des Bettes abgestellt hatte und nun vor uns stehenblieb, die Hände auf dem Rücken, steif wie ein Brett und ohne eine von uns anzusehen. Hier waren sogar die Dienstboten Snobs.

„Hallo Ferris."

„Miss Hagedorn." Er stolperte über meinen Namen und leichte Röte schoss in seine Wangen. „Euer Gnaden." Er wartete auf Vanessas Nicken und verschwand wie ein Geist. Nur das Puff fehlte.

„Euer Gnaden?" Das war lächerlich.

„Die bestehen darauf." Sie seufzte. „Also kann ich dich gleich mitschleifen, oder brauchst du nach dem Stress der Anreise etwas Ruhe?"

„Wohin willst du mich schleifen?" Mein Magen knurrte, und zwar nicht in Zimmerlautstärke.

Vanessas Augen wurden rund. „Wie wäre es mit einem Snack?"

Aufmerksam, das musste ich ihr lassen.

„Na komm, Auspacken kannst du immer noch, oder lass das eines der Mädchen machen. Das Dinner ist um sechs, also lohnt es sich nicht, noch ins Bett zu gehen. Auf keinen Fall solltest du zu spät zum Dinner kommen." Sie schauderte merklich. „Und du hast doch etwas Formelleres dabei? Ich kann dir auch was leihen." Dieses Mal war ihr Blick, der über mich glitt, kritisch. „Du darfst auf keinen Fall in Jeans ..." Gurgelnd brach sie ab und zeigte endlich einen Hauch ihres eigentlichen Selbst. Sie sackte zusammen und schlug sich die

Hände vor das Gesicht. „Oh, Mann, bitte versprich mir, die Duchess nicht unnötig aufzuregen. Sie raubt mir den letzten Nerv."

„Wer ist die Duchess?"

„Meine Schwiegermutter." Sie schaffte es, ihre Stimme klingen zu lassen, als käme sie aus dem Grab.

„Ah, das obligatorische Schwiegermonster." Tja, wenn sie auch nur halb so schlimm war, wie der Komfort in meinem Zimmer, gab es keinen Grund zu Neid. Grinsend willigte ich ein, mein Bestes zu versuchen, und folgte ihr feixend hinaus in den Flur.

***

Das innere der Burg war tatsächlich verwirrend. Die Treppe hinab in die Halle, dann rechts den Gang hinunter, soweit kam ich mit. Zumal ich den Weg bereits zurückgelegt hatte und mein Zimmer an der Treppe zur Halle lag. Da hatte Vanessa tatsächlich mitgedacht. Die Halle war riesig, besaß eine hohe Decke, einen monströsen Kamin, der in strahlendem Marmor ausgekleidet war. Auf dem Sims standen goldene Kandelaber und eine Art Pokal. Die dunkel vertäfelten Wände ließen den Raum kleiner wirken, aber er maß gut fünfzehn Schritte und führte zu einem zweiten riesengroßen Tor, ähnlich jenem, durch das ich in die Burg gelangt war. Es war nicht die einzige Tür, die mit Schnitzereien verziert dazu einlud, sie länger zu betrachten. Ich folgte Vanessa durch ein Gewirr aus Treppen und Räumen, die allesamt mit Gemälden behangen waren

"Sag mal, was sind das für Tapeten?" Obwohl wir zügig gingen, nahm ich mir die Zeit, mit den Fingern über die Wandverkleidung des Flures zu streichen, und war beeindruckt von ihrer Weichheit. "Fühlt sich fast an wie ..."

"Seide?" Vanessa lachte auf. "Tatsächlich sind die Wände der meisten Räume und Flure mit Seidentapeten verkleidet. Es gibt Ausnahmen, wie die Zimmer in deinem Flur, die gewöhnlich nicht genutzt werden, und die Verbindungsgänge zwischen den hinteren Türmen, aber generell sind sie farbenprächtig verkleidet.

Plötzlich standen wir in einem Wintergarten. Ein Dschungel aus Sträuchern, Palmen und einem bunten Blumenreigen, bevor wir auf eine ebenfalls bepflanzte Terrasse traten. Ich sah mich beeindruckt um. Die rückwärtige Burgmauer lag ein gutes Stück entfernt und war von dicken Efeuranken bedeckt. Der Terrasse schloss sich ein Garten an. Schmetterlinge flogen umher und Bienen summten geschäftig von Blüte zu Blüte. Vanessa zog an einer Kordel und drehte sich mit einem Lächeln zu mir um.

„Komm, setzen wir uns doch." Sie deutete auf eine Gruppe Rattanmöbel und wartete, bis ich vorging. „Also warst du bei Mama?"

„Aber ja." Der Stuhl knarrte unter meinem Gewicht. „Ich war froh, dass ich einen Flug hatte, den ich erwischen musste."

Vanessa schüttelte den Kopf. „Sie ist ganz allein", mahnte sie, streckte sich und legte ihre Hand auf mein Knie. „Sie braucht nur hin und wieder jemanden zum Reden."

Mein Lachen war bitter. „Hast du mich deswegen hingeschickt? Von wegen, du wolltest deine Lieblingsbücher bei dir haben."

„Oh doch, meine Bücher liegen mir sehr am Herzen." Sie zwinkerte. „So sehr, dass ich sie mir schon längst geholt habe." Sie kicherte. „Entschuldige, aber mit Mama zu telefonieren ist auch kein Spaß, und du bist für sie nie zu erreichen."

„Aus gutem Grund."

„Wir haben Glück, Katharina, glaube mir, es gibt Mutter-Kind-Beziehungen, die sind fürchterlich." Sie zog die Hand zurück und lehnte sich seufzend in die weichen Polster. „Meine Schwiegermutter zum Beispiel ist der Teufel in Person."

„Eine deiner üblichen Übertreibungen." Sie liebte es, sich schlecht zu fühlen, selbst wenn alles hervorragend war.

„Oh, wenn du wüsstest!" Ihre Aufmerksamkeit driftete ab. „Ferris, wir benötigen Tee und Sandwiches. Kati? Hast du einen Wunsch?"

„Tee?" Sie war wirklich komisch.

„Entschuldige, es wird zur Gewohnheit. Kaffee natürlich. Möchtest du Kuchen?"

„Nein, Sandwisches sind super." Selbst wenn man die Wahl hatte. „Es ist hübsch hier." Der Innenhof war riesig, oder wirkte zumindest so, da die Beete und Wege verschlungen angelegt waren. Die Mauern um ihn herum waren mit Efeuranken bedeckt. Ich zählte vier Stockwerke und wunderte mich, wie viele Zimmer es hier wohl gäbe. Zu viele vermutlich.

„Du lenkst ab." Sie lachte. „Aber ja, es ist schön hier."

„Und ruhig." Gerade mal das Zwitschern der Vögel war zu hören. „Aber wir sind am A... der Welt, nicht wahr?"

„Danke Ferris, das ist dann alles. Oh, ihre Gnaden muss nicht wissen, wo wir uns aufhalten." Sie lächelte ihm zu. „Meine Schwester und ich brauchen etwas Zeit für uns."

Der Butler verbeugte sich eckig und verschwand lautlos.

„Ja, wir sind am Arsch der Welt." Sie kicherte. „Aber es ist herrlich hier." Ihr Grinsen verwischte. „Meistens."

„Deine Schwiegermutter?" Langsam wurde ich neugierig. „Erzähl."

Vanessa verdrehte die Augen, strich sich eine Strähne aus der Stirn und seufzte gedehnt. „Wo fange ich da nur an?"

„Vorne." Wo sonst?

„Sie hasste mich von Anfang an. Ich bin ihr nicht gut genug." Ihr Seufzen war tonnenschwer. „Jedes Wort, das ich vorbrachte, nutzte sie gegen mich. Jede Information wurde zur Waffe. Mein Mann hatte mich gewarnt, ja, aber das war dann doch eine Nummer zu arg für mich."

„Komm schon, Tacheles, hör auf in Rätseln zu reden!" Ich war müde und mochte Dinge lieber deutlich, klar und durchschaubar.

„Am Tag der Beerdigung des alten Dukes hat sie mich in der Wildnis ausgesetzt."

Das glaubte sie doch wohl selbst nicht!

„Zuvor hat sie mich durcheinandergebracht, meine Eifersucht benutzt und mein nagendes Gewissen, damit ich mich schlecht fühlte. Schlecht genug, um ..." Sie zuckte die Achseln und machte ein zerknirschtes Gesicht. „Mir fiel zu spät auf, dass ich auf dem falschen Weg war. Ich war schon fast am Wasserfall der Fairy

Pools angelangt, als ich in Zweifel zog, dass die Beisetzung auf einem Berg stattfinden sollte, der nicht befahrbar war." Sie lachte auf. „Das war idiotisch, glaub mir, ich habe mich gefühlt, wie der größte Trottel."

Immerhin konnte sie nun darüber lachen, was ein Fortschritt war zu ihrer üblichen Art, über vergossene Milch zu lamentieren.

„Der Anblick da oben ist phänomenal, aber natürlich habe ich ihn nicht genießen können."

Der Butler Ferris war zurück und stellte ein Tablett mit Kaffee und Sandwiches auf dem Tisch zu unserer Linken ab, um dann einzugießen. „Milch und Zucker, Euer Gnaden?"

„Nur Milch bitte. Kati?"

„Schwarz, danke."

Vanessa nahm ihre Tasse samt Untertasse entgegen und senkte sie in ihren Schoß. „Danke, Ferris, wir kommen nun zurecht."

Der Kaffee dampfte, sein würziges Aroma fiel mir gleich auf und ich hob die Tasse, um ihn zu inhalieren.

„Ich zeige dir die Fairy Pools. Es ist ein wundervoller Ausblick."

„Erwähntest du bereits und ich bin mir nicht sicher, ob ich tolle Aussichten benötige." Oder ausgedehnte Wandertouren, schließlich war es kein Ort, an dem man mit dem Wagen vorfahren konnte.

„Es lohnt sich." Sie nippte an ihrem Kaffee. „Aber lass mich zu Ende erzählen. Ich wollte den Weg nicht zurückgehen, weil meine Füße in den Pumps wahnsinnig schmerzten, also bin ich runtergeklettert."

„Du bist was?" Das war doch Wahnsinn.

„Nachher dachte ich mir auch, dass es bescheuert war, den Hang hinunterzuklettern, aber ..." Sie zuckte die Achseln. „Ich wollte einfach nicht den ganzen Weg wieder zurückgehen."

„Du bist verrückt!"

Sie seufzte. „Das ist ja nichts Neues."

Ich musste lachen und Vanessa fiel mit ein. Unsere Tassen klapperten und Kaffee schwappte über.

„Das Beste kommt erst noch." Sie hob die Brauen und grinste so verschmitzt, wie ich es bei ihr noch nie zuvor gesehen hatte. „Ich war mutterseelenallein im Nirgendwo, fror, hatte Hunger und Durst und war verzweifelt." Was ich mir hervorragend vorstellen konnte. „Keine Menschenseele weit und breit, nur eine kleine, verschrobene Hütte, die zwar verlassen wirkte, aber offenkundig bewohnt war."

Ihre Augen blitzten auf. Langsam wurde sie mir unheimlich, ich konnte mich kaum entsinnen, sie jemals so positiv erlebt zu haben. Ihre Depression war immer schon vorhanden gewesen, selbst, als sie sich noch glücklich verheiratete wähnte. Sie hatte sich ein Kind gewünscht, hatte so danach gelechzt, dass jeder Fehlschlag einen Teil von ihr zerstört und sie tiefer in die Melancholie gerissen hatte. Nichts davon war ihr nun anzumerken.

„Mir war so elendig, dass ich die Hütte betrat und mir Feuer machte." Ihre Unterbrechung sollte wohl für Spannung sorgen, langweilte mich aber nur. Diese Spielchen hasste ich, ich wollte nicht unterhalten werden, sondern die Fakten hören.

„Als der Bewohner zurückkam, war es bereits Abend und die Silhouette hob sich gespenstisch vom Hintergrund ab.“

„Erzählst du mir jetzt eine Story, oder was passiert ist?“

Sie lachte auf und machte einen Wisch mit der Hand, bevor sie ihre Tasse aufnahm und an ihrem Kaffee nippte. „Banause. Also schön. Die Bewohnerin heißt Gail McInnes und sie lebt dort völlig zurückgezogen. Sie ist eine wundervolle Person, ich werde sie dir vorstellen.“

Da sie so verdammt enthusiastisch war, wollte ich sie nicht bremsen, auch wenn ich nicht Bekanntschaft mit verschrobenen Schottinnen machen musste, um meinen Aufenthalt zu versüßen. Ich brauchte nur Abstand und etwas Zeit für mich, um meine Gedanken und Gefühle zu ordnen.

Felix war Tabu, mein Ex war nicht der Richtige und auch nicht gut für mich gewesen, damit konnte ich mich abfinden. Besser als er zumindest.

„Sie nahm mich auf, und obwohl es ihr gesundheitlich nicht gut geht, brachte sie mich am nächsten Tag nach Dunvegan zurück“, fuhr Vanessa fort. „Sandwich? Greif zu. Wenn du einen Wunsch hast, lass es mich wissen.“

Um sie zu beruhigen, nahm ich mir einen Teller und häufte mir Brot auf.

„Möchtest du noch Kaffee? Warte, dass der Mist immer so weit weg stehen muss!“ Vanessa zerrte den Tisch mit dem Tablett näher an uns heran. „So. Besser, oder?“ Sie seufzte, während sie sich mit einer frischen

Tasse Bohnenaufguss zurücklehnte und die Füße anzog. „Es war die längste Wanderung meines Lebens."

„Wie? Sag nicht, es gibt hier keine vernünftigen Straßen."

„Doch, aber sie meinte, querfeldein ginge es schneller." Vanessa verdrehte die Augen. „Sie hatte sicherlich recht, denn über die Straßen zu ihr zu gelangen, ist mit einem riesigen Umweg verbunden."

„Oh, sie hat kein Auto, was?"

Vanessa schüttelte den Kopf. „Sie lebt sehr einfach. Ihr fließend Wasser ist der Fluss vor ihrer Tür."

„Oh, Gott!" Das konnte ich mir nicht einmal vorstellen. Ich liebte die Moderne mit all ihren Möglichkeiten und Vereinfachungen. Mir jeden Morgen Wasser ins Haus zu schleppen, um mich waschen oder etwas kochen zu können – nein danke.

„Als wir hier waren, wollte uns der damalige Butler nicht ins Haus lassen." Wieder hob sie die Brauen und sah mich eindringlich an. „Ist das zu fassen? Ich war mit dem Besitzer verheiratet und er wollte mich aus dem Haus werfen! Wenn Ian nicht rechtzeitig Heim gekommen wäre ..." Sie schüttelte den Kopf. „Die Duchess hat behauptet, ich sei abgehauen, dabei hatte sie mich ausgesetzt! Mein Mann war wahnsinnig vor Sorge und rund um die Uhr unterwegs gewesen, um mich zu finden."

„Wow." Auf so eine Schwiegermutter konnte man verzichten – so Vanessa nicht maßlos übertrieb.

„Jepp, sie kann mich ums Verrecken nicht ausstehen." Sie kicherte und verschüttete dabei ihren Kaffee. „Es wäre lustig, wenn es nicht so traurig wäre." Sie seufzte schwer und tat wieder etwas, was mich überraschte.

„Ach, was soll's? Wenn du aufgegessen hast, zeig ich dir die Burg." Sie stockte und musterte mich schnell. „Oder bist du zu müde?"

„Verschone mich! Ich packe lieber aus, wenn du nichts dagegen hast."

***

Dass nicht alles rosig war, hatte ich verstanden, wie dick aber die Wolken waren und wie tief sie hingen, war mir nicht bewusst. Aber ich sollte es herausfinden. Vanessa hatte mich gewarnt, dies hielt ich ihr zugute, trotzdem war ich auf das Zusammentreffen mit der Duchess nicht vorbereitet. Vanessa hatte mich abgeholt, obwohl ich mir zutraute ihrer Beschreibung nach den Speisesaal zu finden, aber sie offenkundig nicht. Entweder das, oder sie befürchtete, dass ich ihren Rat bezüglich meines Outfits nicht beherzigte, denn sie war äußerst angespannt, als ich die Tür zu meinem Zimmer öffnete, und seufzte dann erleichtert. Offenbar bestand mein dunkelblauer, wadenlanger Rock in Kombination mit meiner blütenweißen Seidenbluse, die ich untypisch hoch zugeknöpft hatte, in ihren Augen. Meine Kette passte zu meinen Ohrsteckern und funkelte in einem dunklen Blau, das zu meinem Rock und den Pumps passte.

Sie trieb mich zur Eile an und stürzte die Treppe hinunter – im übertragenden Sinne, obwohl ich mich fragte, ob es nicht doch an ihrer Lebensmüdigkeit lag, dass sie so unvorsichtig schnell die Stufen nahm.

Anstelle des Speisesaals betraten wir eine Art Wohnzimmer, nur das der Fernseher fehlte. Vanessas Hand flatterte in meinem Rücken, als sie mich vorwärts schob. „Ian." Ihr Lächeln flackerte. „Euer Gnaden, darf ich euch meine Schwester Katharina vorstellen?"

Im ersten Moment bemerkte ich die Frau gar nicht und hatte nur Augen für den mehr als sexy Typen, der mich angrinste. Himmelblaue Augen und rabenschwarzes Haar, wie ich diese Kombination liebte!

„Willkommen, Katharina." Seine Stimme war samtweich und weckte einen wohligen Schauer. Seine Berührung war zart und sein Kuss auf meinen Handrücken leider nur angedeutet. „Vanessa hat schon viel von dir erzählt."

„Nur Gutes hoffe ich doch." Automatisch hob ich den Kopf und streckte die Schultern zurück. Wenn er nur halb so nett war, wie er aussah …

Er ließ meine Hand los und legte den Arm in Vanessas Rücken, um sie näher an sich zu ziehen. Mir dämmerte es, dass ich die Situation falsch einschätzte. Ian war Vanessas Mann. Ich ratterte durch die Erzählungen meiner Mutter und auch durch die Telefongespräche mit meiner Schwester, aber ich konnte mich nicht erinnern, eine optische Beschreibung von ihm bekommen zu haben. Schön, ich hätte es ihr wohl auch nicht abgenommen, dass sie nicht nur einen vermögenden Mann dazu brachte, sie von heute auf morgen zu heiraten, sondern auch noch einen, der allein durch seine Optik jede Frau rumbekam.

Um nicht aufzufallen – schließlich hatte ich mich bereits auf einen Flirt eingestellt – wandte ich mich schnell ab, um die zweite Person zu begrüßen, und bekam nun den ersten Eindruck der hiesigen Lage präsentiert. Die brünette Frau war in ihren späten Fünfzigern, auch wenn sie es zu verschleiern versuchte. Die Ohrringe, die breite mit Steinen besetzte Halskette, die Armbänder, die nicht weniger opulent geschmückt waren als die auffälligen Ringe, überdeckten sie beinahe und lenkten von ihrer einfachen Kleidung ab. Sicher eine Fehleinschätzung, denn sie passten ihr aufs Genauste. Dafür hatte ich ein Auge entwickelt, als ich mein Praktikum in einer Kanzlei für Familien- und Erbrecht gemacht hatte. Kleidung war ein Statushinweis und deutete auf die finanziellen Hintergründe, besonders bei Dingen, die nicht von der Stange kamen. Da ich für meine Praktika ebenfalls angemessen gekleidet sein musste, wusste ich, was Qualität kostete.

Ach, und Ressentiments erkannte ich auch. Ihre Miene war verkniffen und die Augen glitten mit einem Abscheu über mich, dass ich fast in wildes Gelächter ausgebrochen wäre. Sie kannte mich gar nicht und sah mich an, als wäre ich Abschaum.

Statt zu lachen, streckte ich ihr die Hand hin. „Hallo, ich bin Kati." Ich erwartete nicht, dass sie mir die Hand schüttelte, und wurde in dem Punkt auch nicht enttäuscht. Sie sprach nicht einmal mit mir, sondern wandte sich ab. Ihr Blick glitt hinter mich und sie begann zu sprechen. Ich verstand sie nicht, obwohl ich mich einen langen Moment bemühte, Sinn in die Worte zu bringen.

Ian unterbrach sie mit strenger, fast wütender Stimme in ebenfalls unverständlicher Sprache. Er trat vor, kam an mir vorbei und stellte sich zwischen mich und die wütende Duchess. Vanessa folgte ihm, legte ihm kurz die Hand in den Rücken, bevor sie mir einen ängstlichen Blick zuwarf.

„Es tut mir leid", formten ihre Lippen.

Ich hob die Schultern, es war nicht Vanessas Schuld, sie hatte mich gewarnt. Definitiv ein Schwiegermonster und damit verblasste Ians Attraktivität deutlich. Klar, er war sexy und obendrein reich, aber ich würde es hassen, wenn ständig diese Anspannung um mich herum wäre.

Passenderweise trat Ferris ein, stoisch, wie ich ihn bisher kennengelernt hatte. Er räusperte sich, ignorierte alle Anwesenden als auch die Stimmung im Raum und verkündete laut und mit tragender Stimme: „Das Dinner kann serviert werden. Wenn die Herrschaften mir folgen wollen?" Er machte kehrt und ging.

Beeindruckt sah ich ihm nach.

Vanessa seufzte. „Manchmal wünschte ich, ich könnte auch einfach gehen", flüsterte sie mir zu. „Allein essen und ohne diese ständigen Machtkämpfe."

„Warum tun wir es nicht?" Alles war besser, als einem Streit zu folgen, den man ohnehin nicht verstand.

„Katharina!" Der Tadel steckte bereits in der ersten Silbe.

Also ließ ich die tolle Idee ziehen, aber es gab keinen Grund, stattdessen hierzubleiben. „Komm. Wir wollen doch das gute Essen nicht verderben lassen." Ich zog sie mit mir. „Du verstehst auch nicht, worum es geht, oder?"

Sie schüttelte den Kopf und gab ihr Widerstreben nach einem schnellen Blick zurück auf. „Sie wird mir den Kopf abreißen und Ian wird sie dafür wieder auf ihren Witwensitz verbannen." Sie klang verzweifelt.

„Und das wäre schlimm?" Hörte sich für mich eher nach einer Win-win-Situation an, also nicht das Kopfabreißen, sondern die Verbannung.

„Ich fühle mich schuldig", vertraute sie mir an. In unserem Rücken herrschte immer noch ein turbulentes Wortgefecht. „Sie ist fürchterlich, auch zu ihren Kindern, aber sie ist die Mutter. Ich finde es falsch, sie einzukerkern und auf Wasser und Brot zu setzen."

Nun war ich erst recht von Ian beeindruckt. Es brauchte eine gehörige Portion Abgebrühtheit, die eigene Mutter so zu behandeln.

„Besonders bei Feierlichkeiten."

„Was gibt es zu feiern?" Und ich hatte schon befürchtet, ich könnte mich hier langweilen.

„Ihren Geburtstag." Sie hätte auch etwas Makabres sagen können, wie ihren Todestag oder so etwas, so tief sank ihre Stimme ab.

Na herrlich. Vanessas Miene war göttlich, auch wenn sie sich jeden weiteren Kommentar zu dem Thema verkniff.

„Also schön, klär mich auf. Ich dachte, die Landessprache in Schottland sei Englisch."

„Ist es auch", brummte Vanessa, als sie sich von mir löste und auf einen Stuhl zeigte. „Da ist dein Platz." Sie selbst setzte sich mir gegenüber auf die andere Seite des Tisches. „Schottisches Englisch, wenn man es genau nimmt. Man hört den Unterschied, aber Schottland ist etwas komplizierter." Sie verdrehte die Augen. „Es gibt offiziell drei Amtssprachen. Scots und Gälisch werden zwar in der Minderheit gesprochen, aber sind beide nicht totzukriegen."

„Scots? Ich habe schon mal was von Gälisch gehört, aber Scots?" Ich schüttelte den Kopf und ließ meinen Blick über die Tafel gleiten. Etwas zu prunkvoll, aber ich war angetan. Mit einem Überschuss an Besteck konnte ich umgehen, nicht umsonst war meine Schwester gelernte Hotelfachfrau und warf gewöhnlich mit ihrem (Besser-)Wissen um sich.

„Ein Dialekt. Gälisch wird nur von einem Prozent der Schotten gesprochen." Sie sah mich an, als wolle sie ohne Worte ausdrücken, was sie als Nächstes zu sagen hatte. „Natürlich lande ich bei den wenigen, die diese verrückte Sprache sprechen und ihr Bestehen hartnäckig verfechten."

„Aha." Ja, Murphys Law schlug bei meiner großen Schwester gerne zu. „Ein Prozent, ja?"

Sie knurrte und sah an mir vorbei. „Es gibt auf Skye sogar eine gälische Hochschule, rate, wer sie sponsert."

Ich kicherte. Ich brauchte nicht raten, sie hatte es schon verraten.

„A ghràidh, entschuldige."

„Sie wird nicht mit uns speisen?" Vanessa stieß den Atem aus. „Ich hatte gehofft …"

„Wie erwartet." Ian setzte ein Grinsen auf. „Ich muss mich bei dir für das rüde Verhalten meiner Mutter entschuldigen, Katharina. Sie ist leider nicht gruppenkompatibel."

Nette Umschreibung. „Womit genau stieß ich ihr nun vor den Kopf? Vanessa war mit meinem Aufzug zufrieden." Nicht, dass es mich interessierte, aber es gefiel mir, seine Aufmerksamkeit auf mich zu lenken. Seinen Blick auf mir zu spüren und mir vorzugaukeln, ein Mann wie dieser könnte Interesse an mir haben. Ein reicher Mann mit einem schäbigen Schloss und einem Drachen als Mutter?

Ja, manchmal war ich hoffnungslos bescheuert. Oder so ausgehungert nach männlicher Aufmerksamkeit, dass ich selbst meinem Schwager hinterherlechzte?

Schön, Felix hatte erst wieder Interesse an mir gefunden, als ich ihn vor vollendete Tatsachen gestellt hatte: die Trennung. Aber in den drei Jahren zwischen Kennenlernen und dem Aus war ich ihm häufig sprichwörtlich am A... vorbeigegangen. Es hatte ihn nicht interessiert, wo ich war, hinging oder was ich tun wollte. Gemeinsamkeiten hatten wir keine und so drifteten wir immer mehr auseinander.

„Mach dir darüber keine Gedanken." Ian griff nach Vanessas Hand und lächelte sie an. „Habt ihr schon Pläne? Wirst du mich involvieren, oder werde ich auf deine Gesellschaft verzichten müssen?"

Es ging offenbar auch anders, denn diese Frage hatte Felix mir nie gestellt. Zugegeben ich ihm auch nicht oft, aber mit meinem Ex und dessen Konsorten abzuhängen, war schnell zu einem No-Go geworden. Seine Clique bestand aus einem Haufen Spiele-Nerds, die das Sonnenlicht scheuten und ihre Mahlzeiten lieber flüssig als fest einnahmen. Wie gesagt, unsere Schnittpunkte waren rar gewesen und keiner hatte sich um Besserung bemüht. Die Vergangenheit schob ich schnell aus meinem Fokus, schließlich hatte ich lang genug Gedanken an diese Beziehung verschwendet, bevor ich meinen Entschluss endlich in die Tat umgesetzt hatte. Weg mit dem alten Hut, weg mit der Gleichgültigkeit und der lähmenden Routine.

„Irgendwie habe ich es verschwitzt, Pläne zu machen." Vanessa verzog den Mund. „Wir sind spontan, nicht wahr?"

„Klar." Wobei ich nur von mir sprach, von Vanessa wusste ich es besser. „Vielleicht schauen wir uns die Schule an?"

„Bitte?" Sie schüttelte verwirrt den Kopf.

„Die gälische Hochschule", griff ich auf und beglückwünschte mich. Ian strahlte mich an. Gut, es war ein blödes, unpassendes und gemeines Spiel, aber wenigstens für kurze Zeit wollte ich in der Vorstellung schwelgen, nicht nur Vollidioten anzuziehen, sondern Männer mit Substanz.

„Du interessierst dich für die gälische Sprache? Vanessa hat ihre liebe Mühe damit, aber ich muss gestehen, dass meine Versuche, Deutsch zu lernen, ebenfalls eher mühsam sind." Er lachte auf. „Sie sagt, mein Akzent sei grauenvoll!"

„Für die Hochschule. Ich studiere und finde Alternativen immer sehr interessant."

„So?" Ians blaue Augen funkelten interessiert. „Darf ich fragen, was ihr Studienfach ist?"

„Jurisdiktion. Ich studiere Recht." Was ein weites Thema war und fürchterlich aufwendig. Tja, oder ich gestand ein, zu abgelenkt gewesen zu sein, um mich auf mein Studium zu konzentrieren.

„Spannend!"

„Oh, ja." Ich grinste, was etwas verwackelte, als Ian sich an Vanessa wandte und ihre Hand drückte.

„Ich habe Wirtschaft studiert, kann aber nicht behaupten, dass viel hängengeblieben wäre. Nur gut, dass ich meine Vanessa habe, die mich immer daran erinnert, den Ball flachzuhalten." Er feixte, während Vanessa die Augen verdrehte. Ich war irritiert, dachte mir aber nichts weiter dabei. Verwirrung war vorprogrammiert, wenn man sich eine Weile nicht in seiner Muttersprache verständigte.

„Du bist ein Verschwender, Ian."

„Und du die Knauserin!" Er hob ihre Hand und drückte sie an seinen Mund. „Wir passen zusammen, wie die Faust aufs Auge."

Schön, es war wohl Zeit einzusehen, dass die beiden sich tatsächlich gesucht und gefunden hatten – verrückt, wie sie waren.

2. Ein Blick in die Ferne

Der Aufstieg zu den Fairy Pools nahm kein Ende. Ich wischte mir den Schweiß von der Stirn und wich erneut entgegenkommenden Touristen aus. Meine Schwester lachte in meinem Rücken.

„Ganz schön was los hier." Vanessa sah dem Pulk an Touristen feixend nach. „Wenn das letztes Jahr so gewesen wäre …" Sie hakte sich bei mir ein und zog mich weiter.

„Ich verstehe nicht, warum man hier hochkraxelt, wenn man eigentlich zu einer Beerdigung will." Absolut unverständlich, wenn man mich fragte, aber Vanessa war ein Sonder-Fall. Sie war immer schon von ihren eigenen Dämonen und Hirngespinsten getrieben worden. Erst ihre perfekte Ehe mit Jörg, inklusive fanatischem Kinderwunsch und anschließend ein nimmer endendes Bad in Selbstmitleid.

Vanessas Seufzen trug ganze Dramen in sich. „Ich glaube, ich wollte einfach nur weg von meiner Schwiegermutter. Du hast sie erlebt, und da war sie noch handzahm."

Wenn man das handzahm nennen konnte …

„Ich habe mir erst hier oben Gedanken gemacht, ob ich auf dem richtigen Weg bin." Vanessa lenkte uns an den Rand, um eine weitere Touristen-Stampede durchzulassen. Hier musste es etwas umsonst geben, bei dem

Andrang. Mich vorbeugend verfolgte ich den unebenen Weg, der sich in den Berg grub. Es kam mir nicht so vor, als näherten wir uns unserem Ziel.

„Hier? Vani …“ Ich schüttelte den Kopf. „Du bist hoffnungslos.“

Wieder seufzte sie. „Ich bin selbst, als ich ahnte, dass ich hier nicht zur Kapelle finden würde, weiter geradeaus gegangen, nur um nicht aus Versehen doch noch der Duchess über den Weg zu laufen.“

Hoffnungslos. Mir blieb nur, den Kopf zu schütteln und das Wundern einzustellen.

„Na, komm, es ist noch ein Stück!“

Obwohl ich es geahnt hatte, stöhnte ich verzweifelt. Als meine Schwester vorgeschlagen hatte, die Fairy Pools zu besichtigen, hatte sie verschwiegen, dass damit eine Kletterpartie einherging. Ich hätte mich sonst herausgeredet.

„Der Anblick ist es wert, Katharina, glaub mir, er ist atemberaubend.“

Kein Wunder, wenn man bis oben auf den Berg kam, war man so fertig, dass einem automatisch der Atem wegblieb.

„Warum noch gleich?“ Mein Spott war verschwendet, aber ich hatte es auch nicht anders erwartet. Vanessa überhörte Sarkasmus und Ironie, egal wie dick er aufgetragen wurde.

„Der Auflauf hier?“ Vanessas Hand fasste meine und zog mich resolut den Weg hinauf. Einen Moment war ich verblüfft. Meine Schwester und Tatkraft passte zusammen, wie Sommer und Schnee.

„Catrionas Buch, *Mystic Pools*, spielt hier.“

„Und Catriona ist wer?" Hier musste ich meine Verfehlung eingestehen. Ich hatte mir in den Jahren angewöhnt, abzuschalten, wenn Vanessa mit mir sprach. Erst waren es nur Vorhaltungen gewesen, wie sorglos und verschwenderisch ich sei, und dann ging es in endlose Litaneien über, wie schlecht es ihr ginge und warum.

„Ians jüngste Schwester, sie ist doch Autorin. Ich glaube, *Enchanted Dùn* wurde gerade übersetzt und sollte bald auch in Deutschland auf den Markt kommen." Vanessa wich einem Findling aus, der mitten aus dem Weg wuchs. Kopfschüttelnd ließ ich mich weiterziehen. Warum wurde so etwas nicht aus dem Weg geräumt?

„Deine Schwägerin also. Die Beliebte." Es war einfacher, Etiketten auf die Personen zu kleben, um sie auseinanderzuhalten, es waren einfach zu viele.

„Ealasaid ist ...", begann Vanessa, brach dann aber ab, um kichernd einzustimmen: „Ja, die Schwägerin, die ich leiden kann."

Ich stieß mir den Zeh und fluchte.

„Ist es noch weit?"

„Stell dich nicht so an. Als ich zum ersten Mal hier hoch bin, trug ich Pumps!"

Was für meine Schwester keine große Sache sein sollte, lief sie doch arbeitsbedingt häufig auf Stelzen herum. Dass ich die Augen verdrehte, bekam sie mit, ließ es aber unkommentiert durchgehen.

„Ein paar Höhenmeter sind es noch, aber ..."

Der Ausblick wäre es wert, ja, ja!

Folgsam hielt ich den Mund und schleppte mich weiter. Es war wohl offensichtlich, dass es mir an Ausdauer mangelte und daran trug allein ich die Schuld. Zu Beginn meines Studiums hatte ich noch regelmäßig das campuseigene Sportangebot genutzt, aber mit der Zeit – nein, mit Felix – war ich faul geworden. Auch das konnte ich zum Ende der Semesterferien in Angriff nehmen, ebenso wie die Verbesserung meiner Leistungen, denn inhaltlich war kaum etwas von den letzten beiden Studienjahren hängengeblieben.

„Verflixt, das ist jetzt aber nicht lustig!" Vanessa riss mich aus der Selbstbetrachtung. Vor uns befand sich ein Pulk Menschen und mehr als Rücken und Hinterköpfe waren nicht auszumachen. „Müssen wir uns echt anstellen?"

Ihr Verdruss war putzig und beflügelte meine Laune. Fröhlich zwinkerte ich ihr zu und stellte mich an. „Ist sich die Herzogin etwa zu fein, um unter Gemeinen anzustehen?"

„Pft!" Sie verschränkte die Arme, reihte sich ein und sah zur Seite, als sie murmelte: „Ich hätte das Areal räumen lassen sollen, wie Ian vorschlug."

Ich lachte auf. Meine Schwester das elitäre Wesen, ja, das passte zu ihr!

„Und einen Shopper benutzen, anstatt hier zu Fuß hochzukraxeln!" Die Schlange bewegte sich langsam vorwärts, kam zum Stehen und setzte sich wieder in Bewegung. Vanessa hatte ausgiebig Zeit, mich auszuschimpfen, daher stellte ich auf Durchzug. Endlich näherten wir uns dem Kopf der Gruppe. Ein Rauschen übertönte Vanessa und deutete auf fließendes Wasser hin. Endlich traten wir durch die Öffnung im Felsen auf ein Plateau, von dem man tatsächlich einen sagenhaften Ausblick hatte. Das Gedrängel nahm ab und ich konnte meinen Blick über das Panorama schweifen lassen. Vor uns lagen die Fairy Pools, was Vanessa mir nicht noch einmal sagen musste, es aber trotzdem tat. Es folgten noch ein Haufen Erklärungen und Geschichten, wie der Ort an die Bezeichnung gekommen war, die ich aber gekonnt ausblendete. Der Anblick genügte vollauf, um meine Sinne gefangen zu nehmen. Das Farbenspiel des Sees unterhalb von uns, der Regenbogen, der sich in dem gigantischen Wasserfall brach und der Krach, den das rauschende Wasser produzierte, als es über die Klippen ging und in die Tiefe stürzte. Ich verfolgte fasziniert den Fall. Unten gab es einen riesigen Bereich mit aufgewühltem Wasser, dann der Nebel, der über allem lag, ein Vorhang feinster Tropfen. Selbst hier oben spürte man ihn auf der Haut und in jedem Atemzug. Ich schloss die Augen, um mich für einen Moment auf meine Sinne zu konzentrieren. Es schmeckte anders, als ich es von Wasser gewöhnt war.

„Langfinger!" Vanessas Kreischen riss mich aus der Betrachtung des Naturschauspiels. Automatisch machte ich einen Schritt zur Seite, denn die Warnung konnte nur auf mich gemünzt sein. Jedem anderen hätte sie etwas Englisches zugerufen. Ich stieß gegen das dicke Tau, das den Bereich absperrte, und musterte die Umstehenden scharf. Vanessa verstellte einer jungen Frau den Weg, als sie Richtung Torbogen verschwinden wollte. „Was haben Sie gestohlen?"

Meine Hand zuckte zu meiner Umhängetasche, die mit einem Magnetverschluss geschlossen war und zusätzlich einen Reißverschluss hatte. Beides war offen. Mein Blick folgte meinen Fingern ungläubig. Ich hatte nichts bemerkt!

Und wurde von etwas Glitzerndem, das auf dem Boden lag, abgefangen. Falsche Steine reflektierten Sonnenstrahlen, Steine, die mein Sternzeichen auf blauer Emaile nachbildeten. Mein Schlüsselanhänger!

Ich bückte mich um ihn aufzuklauben, während Vanessa sich um die Taschendiebin kümmerte. Sie bekam Unterstützung durch einen Mann, was mir allein eine tiefe Stimme verriet, denn meine Aufmerksamkeit war einzig auf meinen Schlüssel gerichtet. Mein Knie schrappte über lose Steine und ich streckte mich immer weiter, um ihn zu erreichen. Ich musste nachrutschen, während hinter mir nach dem Sachverhalt gefragt wurde und jemand keifend alle Schuld von sich wies. Endlich berührten meine Fingerspitzen das kühle Metall, aber ich war noch nicht nah genug, um es auch greifen zu können, also krabbelte ich weiter vor. Mein Mofaschlüssel hing über den Rand der Klippe. Erleichtert, ihn gerettet zu haben, stand ich auf, um den Beweis, dass die Frau an meiner Tasche gewesen war, in die Luft zu heben. Mich drehend bekam ich einen Schubs. Vermutlich unbeabsichtigt, denn die Frau stieß gegen mich, als sie versuchte, meiner Schwester auszuweichen.

Ich kippte, riss die Augen auf und fing Vanessas Blick auf. Ihre Lippen formten meinen Namen, aber ich konnte ihn nicht hören. Das Rauschen nahm überhand, als ich sie aus den Augen verlor. Die Zeit blieb stehen, während ich verdutzt verfolgte, wie mein Blickfeld sich Stück für Stück änderte.

Verflixt, wie tief fiele ich wohl? War es von Bedeutung? Sicherlich war die Wasseroberfläche hart wie Stein, egal ob aus zehn oder hundert Metern und mein

Aufprallwinkel war alles andere als optimal. Ich schlüge frontal mit dem Rücken auf, was schrecklich wehtäte. Bräche ich mir dabei das Genick? Moment, wie tief war der Pool hier? Selbst wenn ich den Aufschlag auf die Wasseroberfläche überlebte, wenn der Grund nicht tief genug lag ... Ach, verdammt!

Ich war zu jung, um zu sterben. Wut mischte sich mit meiner Überraschung und wandelte sich ebenso schnell in Trauer. Eine eigene Familie wäre nett gewesen. Ein Baby, ein liebender Ehemann ... Das war nicht fair!

Moment, irgendwie klang ich jetzt schon wie Vanessa.

Wasser schlug über mir zusammen und einen Moment lang verdrängte der Schmerz alles andere aus meinem Fokus. Die Augen aufgerissen sah ich, wie tausende Bläschen sich in die entgegengesetzte Richtung bewegten und ein kleiner Teil meines Gehirns merkte an, dass ich besser meine Richtung überdachte.

Ach ja, und den Mund schloss.

Ich biss mir auf die Lippe, was mir zumindest half, mein Entsetzen abzuschütteln, handeln konnte ich trotzdem nicht. Über mir färbte sich das Wasser rot. Der Atem ging mir aus, meine Lungen schrien nach Luft, während meine Glieder ihrem Befehl zu rudern nicht nachkamen. Scheiße!

Das Rot füllte mein Blickfeld aus, bevor dessen Ränder dunkler wurden und sich dann blitzschnell zusammenzogen. Oh, nein, eine Ohnmacht war das Letzte, was ich nun gebrauchen konnte. Leider kam ich nicht dagegen an.

3. Eine etwas andere Rettung

Licht gleißte auf, funkelte, drehte sich wild im Kreis. Etwas zog an mir. An meinem Haar, das sich aus dem lockeren Dutt in meinem Nacken gelöst hatte, an meiner Kleidung, die sich mit Wasser vollsog und mich unerbittlich hinab zog. Aber da war noch etwas. Etwas, das mir zusätzlich die Luft abdrückte, Luft, die ich gar nicht mehr haben dürfte.

Und doch ...

Ich brach durch die Oberfläche, was ich nur durch die plötzliche Wärme auf meinen Wangen bemerkte. Ich schnappte nach Atem, gierig und verzweifelt zugleich, nur um doch Wasser zu schlucken. Ich prustete, kämpfte mich los, oder versuchte es zumindest.

Endlich ließ die Wand aus Wasser nach und ich bekam frische, wenn auch feuchte Luft in die Lungen. Gierig konzentrierte ich mich nur darauf zu atmen. Ein, aus, ein ...

Das reine Glück schoss durch meinen Körper. Mir war danach zu lachen. Allerdings wurde der Laut augenblicklich abgewürgt. Eine Hand presste sich auf meinen Mund. Erneut fehlte mir der Atem und ich begann sofort mich zu wehren. Das Ergebnis war nicht,

was ich im Sinn hatte, denn anstatt die Pranke loszuwerden, die mir Mund und Nase zudrückte, legte sich
auch noch ein Stahlband um meine Mitte, das beide
Arme an meinen Körper presste und mich bewegungslos zurückließ. Da ich an eine harte Mauer in meinem
Rücken gepresst, und heißer Atem über meine Wange
krabbelte, während unverständliche Worte gemurmelt
wurden, korrigierte ich gedanklich das Stahlband mit
Arm, auch wenn es sich nicht anfühlte, als wäre etwas
Menschliches um mich herum.

Wieder zischte mir die dunkle Stimme ins Ohr, wobei
sich der Druck auf mein Gesicht und um meine Rippen
erhöhte. Mir schwanden die Sinne.

Halb ohnmächtig registrierte ich, dass ich aus dem
Wasser gezogen und hochgehoben, dann abgelegt und
zugedeckt wurde. Obwohl die Dunkelheit um meine
Sinne sich wieder zurückzog, ließ ich die Augen geschlossen. Stimmen schwirrten um mich herum, aber
ich verstand kein Wort, zum Teil, weil sie gegen das
übermächtige Rauschen des Wasserfalls zu leise waren, aber auch, weil die Worte einfach keinen Sinn
ergaben. Also weder Deutsch noch Französisch, was ich
sogar besser beherrschte als Englisch. Ein unschöner
Gestank legte sich auf mich, menschliche Ausdünstungen der feinsten Sorte gepaart mit Rauch. Es war unmöglich zu atmen, ohne in ein Gebell auszubrechen
und es wurde zunehmend schlimmer.

Meine Neugierde zwang mich, zu blinzeln. Helle
wurde ich dadurch nicht. Das Feuer lag nicht auf meiner Augenhöhe, sondern irgendwo hinter mir oder
über mir, je nachdem wie man meine Lage beschreiben

wollte. Jedenfalls beleuchtete es die Umgebung nur unzureichend und reflektierte nicht einmal an den Wänden. Die Höhle musste riesig sein und besaß eine massive Decke. Die einzigen Lichtquellen waren das vom Wasser gefilterte Sonnenlicht und das Lagerfeuer, von dort kamen die Stimmen, der Gestank und alles Weitere. Gut, die schwere Decke, die auf mir lag, roch auch nicht besser und ich entledigte mich ihrer nur nicht, um keine Aufmerksamkeit auf mich zu ziehen. Alles in mir rebellierte, mein Magen vornweg. Galle stieg mir in den Mund, die Semidunkelheit pulsierte vor meinen Augen und meine Gliedmaßen sackten weiter herab, als ich versuchte mich zu bewegen. Ganz abgesehen von meinem Kopf, der schmerzte. Vanessa war die Wehleidige von uns, aber wenn das, was mein Kopf jetzt durchmachte, Migräne war …

Nein, soweit kam es noch, dass ich mich schuldig fühlte, weil ich ihr nie ein Wort geglaubt hatte, wann immer sie beteuert hatte, sich nicht wohlzufühlen und nicht aufstehen zu können.

Schritte knirschten nahe an meinem Ohr, ließen meinen Schädel beinahe bersten. Es riss mich aus meiner Selbstbetrachtung und zurück in diese merkwürdige Situation. Irgendwas war hier absolut …

Über mir erschien eine dunkle Silhouette. Langes Haar hing über seine Schulter und ging nahtlos in eine Art Rauschebart über. Wohlgemerkt in einen in der Mitte geflochtenen Bart, dessen Ende meine Stirn kitzelte.

Raue Worte ergossen sich über mich. Mein Blinzeln fasste der Mann so auf, dass ich eine Wiederholung benötigte und nicht, dass ich kein Wort verstand. Diese

Schotten übertrieben es mit ihrem Aufleben alter Gepflogenheiten deutlich. Schön dass sie ihre alte Sprache wieder verbreiten wollten, aber zur Verständigung mit nicht-gälischsprechenden Menschen wäre es sinnvoll, es mit Englisch zu versuchen!

Mal abgesehen davon, dass Rauschebärte gepflegt werden wollten und damit meinte ich nicht, verziert, sondern gewaschen, schamponiert und mit Pflegeprodukten behandelt.

„Was?" Gut, das war unhöflich und vermutlich wäre ich mit einem *Wie bitte* besser gefahren, denn der Typ spuckte mir fast ins Gesicht, griff mir ins Haar und zwang mich praktisch in eine sitzende Position. Kaum saß ich ihm vis-à-vis gegenüber, pikste mich die Spitze eines Messers in den Hals.

Ich war zu überrascht, um zu reagieren.

Ein zweiter Typ, ein bis auf die Haut durchweichter junger Mann, tauchte hinter dem Hünen auf, griff nach dessen Arm und zog die Hand mit dem Dolch zurück, dessen schimmernde Klinge mir nun deutlich ins Auge fiel. Ich war beileibe keine Expertin, was Stichwaffen anbelangte, aber diese war ungewöhnlich. Und unhandlich, ein Klappmesser wäre besser zu verstecken und jedes Militärmesser zweckmäßiger, aber das Teil war riesig, schwer und auch noch blutverkrustet.

Okay, hier lief etwas so gar nicht, wie es sollte.

Die beiden Fremden stritten sich, wobei sie abwechselnd mich ansahen, beide an mir herumzerrten und immer wütender wurden. Schließlich zückte auch der Zweite, der Nasse, einen Dolch. Er war nicht weniger massig, haarig, oder aggressiv, was mir ein schmerzliches Zusammenziehen meines Magens bereitete.

Meine innere Stimme meldete sich und warnte mich Deckung zu suchen. Gefahr lauerte und mein Körper reagierte mit einer noch nie zuvor dagewesenen Gänsepelle.

Der Griff in meinem Haar lockerte sich und ich wurde zur Seite gezogen. Für einen Moment verlor ich die Kontrahenten aus den Augen, weil ich auf dem Steinboden landete und mich erst aufrappeln musste, dann war nichts mehr zu sehen, als sich rangelnde Männer. Fäuste flogen, die Schneiden blitzten auf und Haar wirbelte durch die Gegend. Weitere Gestalten tauchten auf, leise, fast lautlos, rangen sie beide nieder. Eine Diskussion entbrannte, aber kein Geschrei, alles blieb gedämpft unter dem mächtigen Rauschen des Wasserfalls. Keiner beachtete mich, was meine Chance zu entkommen war, leider konnte ich sie nicht nutzen. Meine Glieder bebten, als ich mich aufstemmte, es war aussichtslos. Weiter als zur rauen Felswand kam ich nicht, dort zog ich die Beine an. Nun erst wurde mir bewusst, wie kalt mir war. Alles tat mir weh, mein Rücken, jede Faser in mir und mein Kopf sowieso. Die Arme um mich schlingend, legte ich den Kopf ab. Eine scharfe Kante drückte sich in meinen Hinterkopf, also ließ ich ihn nach vorn fallen und legte die Stirn auf den Knien ab. Was für eine merkwürdige Situation. Der Gedanke stockte, drehte sich und ließ eine bedeutende Frage aufkommen.

Wo zum Teufel ... Mein Hirn nahm wieder Fahrt auf und ich erinnerte mich, wie ich gestürzt war.

„Einen Arzt." Mein Schädel explodierte sicherlich, zumindest hatte ich das Gefühl, als ich den Kopf zurückriss. „Ich muss ins Krankenhaus!"

„Sassenach!", brüllte der Zottelbart und stürmte auf mich zu. Der Dolch hob sich und mein Herz setzte aus. Nee. Das konnte doch nicht sein. Wie daneben war das?

Ich ging davon aus, in einem Schauspiel gefangen zu sein, weshalb ich nicht wirklich verängstigt war, sondern eher verwundert. Klar, meine Kopfhaut brannte noch von seiner rüden Behandlung, abgesehen von meinen schwerwiegenderen Blessuren selbstredend, aber das alles machte doch gar keinen Sinn!

Ich sah dem Kommenden also unerschrocken ins Auge, sprich einem riesigen Berg von einem Mann – nicht unähnlich meinem Schwager, nur deutlich ungepflegter – der mit gezücktem Dolch näherkam und mich ganz sicher nicht vor einer Ratte retten wollte, die womöglich über meinem Kopf auf einem Felsvorsprung hockte.

„Sguir dheth!", röhrte der nasse Typ, nicht minder massig, aber immerhin nicht gestylt wie der böse Onkel des Weihnachtsmanns. Er fing den Arm mit der schillernden Klinge ab und riss den Angreifer herum.

„Tha i na Sassenach!"

Erneut entbrannte ein Streit, lauter dieses Mal und wieder mischten sich drei weitere Personen ein. Zwei von ihnen trugen lange Kleider, der Letzte einen dieser Schottenröcke, alle drei trugen ihr langes Haar offen. Es schwang bei jeder Bewegung mit und hatte einen hypnotischen Effekt auf mich. Meine Lider wurden schwer, das Sehen zu anstrengend in der Dunkelheit der Höhle und dem flackernden, viel zu spärlichen Licht des Feuers. Also schloss ich die Augen, nur für einen Moment, um Kraft zu sammeln, bevor ich auf ärztliche Versorgung bestehen würde und darauf, den Irren wegzusperren, der mich mit einem Dolch bedroht hatte. Allerdings blieb dies ein Aktionsweg, der ausschließlich in meinem Kopf Entfaltung fand.

***

Kühles Nass tupfte auf meinem Gesicht und riss mich langsam aus dem umfassenden Meer der Dunkelheit. Die Gestalt, die sich über mich beugte, wie auch alles um uns herum, blieb undeutlich, verschwommen und dunkel.

„Vanessa?" Mein Hals kratzte fürchterlich. Ich schloss die schmerzenden Lider und versagte mir ein Stöhnen. Jeder Laut musste schmerzen, nicht nur der Name meiner Schwester.

Finger glitten über meine Stirn und schoben Haare aus meinem Gesicht. Alle bis auf das eine, das an meinen spröden Lippen hängenblieb und an der aufgesprungenen, sehr sensiblen Haut riss.

„Uisge?" Es war kein richtiges Wort, eher etwas, was man zur Beruhigung vor sich hinmurmelte. Oder? Während Tropfen auf meinen leicht geöffneten Mund fielen, blinzelte ich erneut. Das Bild änderte sich nicht, aber ich bekam weitere Eindrücke, die ich verarbeiten konnte. Lange Haare umrahmten ein schmales, dunkles Gesicht, aus denen mir wache, blaue Augen entgegensahen. Eine Frau, aber nicht Vanessa.

Ich fing einige der Wassertropfen ab, um meine Mundhöhle zu befeuchten. Das Kratzen in meinem Hals wurde dadurch nur wenig besser, aber ich wollte nicht murren – schließlich tat es weh und ich war eher

47

fürsorglich für mich eingestellt. Trotzdem musste ich sprechen. Ich musste mich verständigen und herausfinden, was zum Geier hier gespielt wurde. Warum hatte man mich aus dem Wasser gefischt, aber nicht ins Krankenhaus gebracht? Mit jedem Moment, den mein Verstand bekam, um sich aus seiner Starre zu lösen, fielen mir mehr Dinge ein, die nicht passten.

„Wo …“ Aber sprechen ging nicht. Ich schloss die Augen und ließ die Zunge über meine Lippen gleiten. Es brachte nicht viel, gab mir aber das Gefühl, etwas in die richtige Richtung zu tun. Denken. Also, wenn ich keinen Ton hervor bekam … Der Typ mit dem Dolch kam mir in den Sinn und ließ mich aufschreien. Zur gleichen Zeit kam ich mit dem Oberkörper hoch, stieß die Fremde von mir und zog die Beine an. Ein Fluchtreflex, der ebenfalls für Schmerzen sorgte. Ich war definitiv nicht in der Verfassung, irgendetwas anderes zu tun, als still zu leiden.

Die Frau hob die Hände, zeigte mir ihre Handflächen und murmelte: „Tàmh.“

Ich stieß bei meinem Rückzug mit dem Rücken schmerzhaft gegen die Felswand und ließ sie nicht aus den Augen. Tja, ich dachte einfach nicht mehr an die anderen, weshalb mich die Berührung erneut aufschrecken ließ, mit einem weiteren Schrei natürlich. Eine Pranke drückte sich auf meinen Mund und erwischte meine Nase, wodurch ich – wieder einmal – keine Möglichkeit hatte, Luft zu holen. Meine Nägel bohrte ich mit vollem Bewusstsein in die Hand des Kerls, aber er zuckte nicht einmal zusammen, ertrug es stoisch.

„Still!“, hisste er mir ins Ohr, während er mich zu sich zog und an sich presste, um mich völlig in seine Gewalt zu bringen. Sprich: Meine Nägel aus seinem Fleisch zu lösen und meinen freien Arm in seiner Umarmung einzusperren. Mir blieb nur zu beißen, was ich auch ohne Gnade tat.

Das spürte er zumindest, auch wenn sich der Griff nicht lockerte, also biss ich fester zu. Ich schmeckte Blut und bekam langsam Panik, denn der Kerl ließ mich nicht los. Musste ich ihm erst ein Stück aus seiner Hand beißen?

„Aufhören, Sassenach!", grollte er in holprigem Englisch.

Zwei Optionen, beide riskant, herrlich. Rechtlich gesehen beging ich natürlich eine Körperverletzung, während er bisher Freiheitsberaubung auf dem Kerbholz hatte. Natürlich agierte ich im Selbstschutz und er hatte keine guten Gründe, mir eine ärztliche Versorgung vorzuenthalten.

Seine Pranke reichte von einem Ohr zu meinem anderen, und als er seinen Griff festigte, zermalmte er meinen Kiefer in ihr. Ich konnte mit Schmerzen umgehen, klar, mit der richtigen Atemtechnik ließ sich einiges bewerkstelligen, aber da lag der Hase im Pfeffer! Mir schwindelte und die Entschlossenheit, mich zu behaupten, schwand bei jedem Versuch, Atem in die protestierenden Lungen zu ziehen.

Ich löste meine Zähne, nachdem ich mir meine Ausweglosigkeit bewusstgemacht hatte und nickte, als er mich erneut aufforderte stillzuhalten. Ich spürte ihn in meinem Rücken, seit er mich an sich gezogen hatte, er war kein bisschen weicher als die Felswand und durch seinen Arm um meine Mitte war es, als läge ein Gewicht auf meiner Brust.

„Du schreien, dann ..." Die Drohung blieb unvollendet, was mir aber gleich war. Ich war nur froh, endlich wieder Luft zu bekommen.

„Wo Lager?" Sein Atem schlug mir ins Gesicht, rollte heiß über meine Wange und hinunter über meinen Hals. Meine Kleidung fühlte sich immer noch nass an, aber sie klebte nicht mehr an mir wie eine zweite Haut, außer in meinem Rücken, wo es verdammt warm wurde durch seine Körperwärme, denn ich schien im Gegensatz zu ihm kalt zu sein wie ein Fisch.

„Wo Lager?"

Lager von was? Den Heerscharen an Touristen, die die Gegend unsicher machten?

Mein Kopfschütteln sorgte für ein brummiges Zischen.

„Sagen, Sassenach."

„Ich brauche einen Arzt." Zumindest bekam ich es deutlich hervor, auch wenn mein Hals brannte und zürnte. „Und mehr Wasser." Wenn ich schon Bedingungen stellte, sollte daran auch gedacht sein.

„Uisge."

Sollte ich weitere Forderungen stellen? „Ich will sofort wissen, was das hier soll!"

Ein Grollen war die Antwort. Eine Frau, auf den zweiten Blick älter als erwartet und nicht dunkelhäutig, sondern schlicht dreckig, reichte mir eine Schale.

„Uisge." Sie nickte mir aufmunternd zu und lächelte, als ich ihr das Behältnis abnahm. Immerhin schmeckte es frisch und kühlte meine geschundene Speiseröhre. Einen Moment genoss ich die kleine Linderung.

„Warum haben Sie keinen Krankenwagen gerufen? Ich bin verletzt und brauche ..."

Ich spürte, wie er den Kopf schüttelte, weil sein Haar meine Wange streifte. Sein Bart?

Bäh!

„Das Lager, Sassenach."

So kamen wir nicht weiter, also schwenkte ich um. „Welches Lager?" Wenn ich ihm sagte, was er hören wollte, blieb er vielleicht kooperativ und ich konnte auf baldige Versorgung hoffen.

„Soldaten."

Mein erster Gedanke war abwegig. Sicherlich versteckten sich keine Terroristen in den schottischen Bergen.

„Verzeihung, ich bin Ausländerin, ich weiß nicht, wo die Truppen im United Kingdom stationiert sind."

„Sprecht!", zischte er und machte Druck auf meinen Brustkorb, indem er mich noch enger an sich zog.

„Ich weiß es nicht!" Vielleicht kein Terrorist, aber ein Verrückter.

„Sassenach, du sagen, wo Soldaten, oder …"

Mein Atem stockte, aber wir befanden uns im 21. Jahrhundert und ich war nicht erzogen worden, mich leicht einschüchtern zu lassen. Herrgott, ich hatte jahrelang Kampfsport betrieben, da lernte man ebenfalls, einer Bedrohung nicht auszuweichen.

„Oder was?"

Es blieb still. Tja, da hatte er wohl nicht mit Widerstand gerechnet. Mein süffisantes Grinsen blieb ihm natürlich verborgen, ich gönnte es mir trotzdem. Vor mir hockte nur die Frau, die mir das Wasser gegeben hatte, hinter ihr schimmerte es bläulich. Das Rauschen wurde mir wieder bewusst und ich ordnete es der

Wand vor mir zu, der Wand aus fließendem Wasser. Der Wasserfall!

Ha! Er wollte mir medizinische Versorgung vorenthalten? Ich brauchte nur dort raus und tada, Vanessa sähe mich vom Felsvorsprung, von dem ich gestürzt war und ich käme schnurstracks in ein Krankenhaus.

Etwas Kaltes legte sich an meine Kehle. „Sprecht." Er verstärkte den Druck an meinem Hals.

Ein gefährlicher Irrer, na toll. Allerdings war ich zu nah an meiner Rettung, als dass ich untätig bleiben könnte.

Also nickte ich. „Ja, bitte nehmen Sie das Messer weg." Kaum zog er den Dolch zurück, klatschte ich ihm das restliche Wasser samt Schale ins Gesicht und stürmte vorwärts. Klar, ich musste noch hochkommen, was schwieriger war als erwartet, aber ich schaffte es noch, die Frau umzustoßen und fünf Schritte bis zum Wasserfall, bevor mich ein Sack umwarf. Ich schlug mit dem Kinn auf und sah nur noch explodierende Sterne. Shit!

***

Als ich dieses Mal zu mir kam, schmeckte ich Blut. Mein Kopf dröhnte, mein Gesicht brannte und der Rest meines Körpers fühlte sich an, als stecke er in einer mit Nadeln gefüllten Zwangsjacke. Ich konnte mich nicht rühren und es war stockfinster. Ach, und schweinekalt, was mir aber erst langsam bewusst wurde. Ungefähr zu der Zeit, als mir auch mein Versagen klar wurde, oder schüttelte ich mich vor Wut und nicht, weil ich fror?

„Dumm, Sassenach."

Mein Stöhnen war sicher in der ganzen Gegend zu hören.

„Mädchen nicht kämpfen, Mädchen gehorchen."

„Arschloch." Mir fielen noch mehr Schimpfwörter ein, aber eigentlich wollte ich nicht mit ihm reden. Eigentlich wollte ich ganz weit weg sein, gerne in meiner WG und mich mit einem anderen Psycho rumschlagen, meinem Ex. Der wurde wenigstens nicht gewalttätig und schlug mir die Lippe auf. Meine Zunge berührte vorsichtig den Schnitt. Er lag ziemlich mittig. Was noch? Hatte er mir die Nase gebrochen? Das Jochbein? Es fühlte sich so an.

„Sagen, wo Lager."

„Ich kenne mich hier nicht aus!", zischte ich und bereute es, weil der scharfe Ton meine Lippe beanspruchte. Also erging ich mich in stillen Beleidigungen.

„Woher du?"

Ich versuchte ihn in der Dunkelheit auszumachen. Seine Stimme kam von vorn und klang sehr nah, aber zu sehen war er nicht. „Deutschland."

Das stopfte ihm für eine Weile den Mund. Allerdings sortierte es nicht seine wirren Gedanken.

„Meint Ihr Preußen? Welche Fürsten?"

„Hören Sie mal genau zu: Sie begehen hier schwere Körperverletzung und Freiheitsberaubung. Ich kenne das Strafmaß in Großbritannien nicht, aber sie machen es auf jeden Fall schlimmer, je länger Sie mich festhalten!"

Steinchen rollten auf mich zu, es knirschte und im nächsten Moment wurde ich auf den Rücken gedreht. Da meine Hände dort gefesselt waren, drückten sie mir schmerzhaft in den Körper. Er kam näher, ich spürte es daran, dass mir wieder wärmer wurde.

„Wem übergeben?"

Ah, endlich nahm er Vernunft an. Oder war es eine Finte? Solange ich nicht wusste, was hier gespielt wurde, war es schwer, das zu sagen.

„Der Polizei." Ha, ausgebootet!

„Der was?" Sein Atem strich über mein Gesicht und er kam so nahe, dass ich endlich etwas sehen konnte – das Weiße in seinen Augen!

„Der Polizei."

Sein Haar kitzelte mich, als er den Kopf schüttelte. „Sprecht, Lassie. Wer Polizei? Soldat?"

Okay, offenbar war es eine Sackgasse. Vernunft wirkte bei Verrückten nicht. Was sollte ich tun? Ruhe bewahren?

Viel lieber wollte ich lauthals schreien. Es steckte in jedem Millimeter meines geschundenen Körpers und war so nah daran auszubrechen, dass es mich ängstigte. Panik, keine Frage.

Meine Zunge formulierte Worte, was im engen Raum meiner Mundhöhle nicht einfach war. Schon gar nicht, da es sich so anfühlte, als vergrößere sie sich bei jedem Schlag. „Von welchen Soldaten sprechen wir eigentlich?"

„Was?"

„Ich bin etwas verwirrt, der Schlag auf dem Kopf vermutlich." Mein Lächeln war sicher weder zu sehen, noch sonderlich glaubwürdig. Lang hielt es auch nicht an, weil der Schnitt aufriss und brannte, als hätte ich eine Zitrone geküsst. „Wo bin ich?"

Nicht zu dick auftragen, mahnte ich mich gleich, schließlich wollte ich ihn offen und zugänglich und nicht als den Brutalo, für den er sich bisher erwiesen hatte.

„Daingead!"

Er stemmte sich auf. Ein kalter Hauch glitt über mich und ich drehte mich, um meinen Rücken zu entlasten.

Zuerst musste ich ihn dazu bringen, meine Fesseln zu lösen.

„Ihr von Preußen?"

„Ja." Komm schon, spornte ich ihn an, erzähl etwas, was mir weiterhilft!

„Name?"

„Katharina." Besser ich ließ meinen Nachnamen weg. Schließlich konnte ich nicht genau sagen, was dem Typen oder seiner Konsorte an Informationen vorlagen und welche Schlüsse sie daraus noch zögen. Wenn sie nun wussten, dass Vanessa die Duchess of Skye war und ihren Mädchennamen kannten? Wenn sie nun auf die Idee kamen, ich wäre ihnen als Gefangene nützlich? Also vorsichtig bleiben.

„Wo Begleitung?" Er nahm neben mir Platz, sein Schenkel berührte mein Knie. Aber ich bemerkte es kaum, war ich doch zu verwirrt von seiner Frage.

„Ich habe keine?"

„Mädchen nicht reisen allein." Bei ihm klang es wie ein Naturgesetz.

„Und wie ich alleine reisen kann!" Mann, in welchem Jahrhundert steckte der denn fest! „Ich kann übrigens auch eigenständig essen, gehen und denken. Nicht zu fassen, was?"

Er sah mich an, als hielte er mich für völlig durchgeknallt. Seufzend drehte ich meine Gelenke. Die Kordel
rieb meine Haut auf, schien sich aber zu lockern. Also
schön, es gab immer einen Ausweg!

4. Stand der Dinge

Es war eine verdammt schmerzvolle Arbeit, aber ich konnte nicht tatenlos abwarten. Ich war von einer Klippe gefallen, hart aufgeschlagen und hatte am ganzen Körper Schmerzen. Ich wollte schlicht und einfach untersucht werden, nur zur Sicherheit, und ein paar Aspirin wären auch nicht übel. Und eine warme Decke, eine Mahlzeit und etwas Trost. Obwohl mir die Geschichte wohl eh keiner abkaufte. Ich lenkte mich sehr gut von meinem Ärger ab, indem ich über meine Wünsche sinnierte und an meiner Entfesselung arbeitete, denn innerlich brodelte ich. Ich wurde hier von Verrückten gefangen gehalten, und wo zum Teufel war meine Schwester? Sie hatte zugesehen, wie ich von der Klippe fiel, und dann? Suchte sie mich nicht? Warum fand sie mich nicht, verdammt!

Es gab sicher Gründe. Ganz bestimmt. Aber die waren mir eigentlich egal. Warum hörte ich nicht einmal Sirenen? Müssten nicht Einsatzkräfte der Polizei und Feuerwehr nach mir suchen? Oder verlangte ich zu viel?

Blut trippelte über meine Finger, aber die Feuchtigkeit löste die Umklammerung des Seils. Noch ein bisschen und ich könnte meine Hand hindurchzwängen, ganz sicher!

Im hinteren Teil der Höhle raschelte es. Es war noch immer viel zu dunkel, als dass ich etwas ausmachen konnte, obwohl sich die Wasserwand langsam erhellte. Meine Zeit wurde knapp, denn sicher wachten die Verrückten bald auf und dann entkäme ich ihnen nicht mehr. Mein Zerren wurde fahriger, während ich angestrengt lauschte. Schnarchen. Sehr gut.

Endlich konnte ich mich befreien. Auf allen vieren kroch ich weiter, immer in Richtung des rauschenden Wasserfalls. Dabei bemühte ich mich keinen Laut zu machen und auch nahe an der Wand zu bleiben, damit man meine Kontur nicht ausmachte. Das Wasser war eisig, aber es gab kein Zurück. Herrje, ich wusste nicht einmal, ob es einen anderen Weg nach draußen gab und von dieser Richtung durch den Wasserfall konnte ich zumindest ausgehen, bald auf Menschen zu treffen. Die Hütte, von der Vanessa mir erzählt hatte, lag nur eine halbe Meile den Fluss herunter und dort könnte ich mich verstecken.

Ich brauchte der Bewohnerin nur sagen, wer ich war, auf meine Schwester und ihren Mann Ian verweisen und sie brächte mich nach Hause.

Meine Zähne schlugen aufeinander, als ich bis zum Hals in das eisige Nass tauchte und vorwärts schwamm. Das fallende Wasser trommelte auf meinen Schädel herab und erinnerte mich schmerzlich daran, dass er ohnehin pochte. Ich hätte tauchen sollen. Schnell holte ich es nach und spürte das Prasseln auf meinem Rücken, dann auf meinem Po, bevor ich wieder auftauchte und nach Atem japste. Ich zitterte am ganzen Körper und konnte kaum einen vernünftigen Schwimmzug machen. Verflixt, es war doch Sommer!

Die Nadelstiche in meinen aufgeschürften Handgelenken wurden zunehmend unerträglich, aber ich kämpfte mich weiter, bis an den Rand des Beckens. Denn obwohl ich durch den reißenden Strom schneller vorwärts käme, war ich mir sicher, dass es wegen der Temperatur zu gefährlich war. Schon nach wenigen Minuten versagten meine Knie mir den Dienst, als ich endlich die ersten Felsen unter die Füße bekam, und ich musste mich halb aus dem Pool ziehen. Sommer, ha!

Wäre ich mal in die Karibik geflogen, aber nein, ich wollte es ja günstig und war auf Vanessas Einladung eingegangen! Mein Ärger brannte durch meine Adern und gab mir nicht nur meine Willenskraft zurück, sondern auch etwas innerliche Wärme. Nach einigen Fehlschlägen schaffte ich es endlich, auf die Beine zu kommen und mich am Hang entlang zu schieben. Mein Blick wechselte dabei stetig die Richtung. Verfolgte man mich? Wo ging es lang? Warum zum Teufel musste ich die schwierige Seite erwischen?

Am gegenübergelegenen Ufer schloss sich eine Wiesenfläche an, während ich hier über Felsen klettern musste. Verflucht sei Murphy mitsamt seinem Gesetz!

Schön, man konnte mich hier nicht so leicht entdecken wie auf weiter Flur, trotzdem kostete es mich Zeit und unnötige Energie. Ich bekam einfach keine Distanz zum Wasserfall. Ängstlich beäugte ich ihn immer wieder und zuckte zusammen, als sich dort etwas tat. Automatisch ließ ich mich zu Boden fallen und duckte mich hinter einem Felsbrocken.

Hatte ich mich geirrt? Das Problem war, dass das fallende Wasser eine riesige Gischtkrone bildete und man dort nur schwer hindurchsehen konnte. Geduld oder panische Flucht?

Schön, panisch fliehen fiele mir hier schon schwer, schließlich gab es keine wirkliche Option zur Richtung. Schnell musterte ich den Wasserfall bis hoch zu seinem Ursprung, dann die Klippe, auf der gestern ein solches Gedränge geherrscht hatte und heute gähnende Leere.

Ja, ich sollte mich vom Glücksspiel fernhalten, ich würde Haus und Hof verlieren. Wieder die Gischt beschwörend, bemerkte ich eine Bewegung. Wie befürchtet, schwamm da jemand zum Ufer. Zum anderen Ufer, tja, wäre ja auch die klügere Strecke, um zu fliehen. Ich sparte mir meinen Sarkasmus, der mir schließlich nicht weiter half, und kauerte mich zusammen. Ein Glück, dass ich mich am Vortag für dunkle Farben entschieden hatte: schwarze Jeans, graues Shirt mit Spruch und eine dunkelgrüne Steppjacke. Damit war ich schwierig auszumachen, allerdings verschwand mein Opponent auf der anderen Seite mit seiner Bekleidung ähnlich gut mit dem Hintergrund.

Sein dunkelblondes Haar verschmolz mit der welken Heide, während die Brauntöne seines Rocks – ja, er trug einen Rock – mit dem Ufer harmonierten. Ein schottischer Fanatiker also. Ein Freiheitskämpfer, der die Abspaltung vom Commonwealth anstrebte, indem er Sabotageakte in britischen Kasernen verübte?

Ich konnte ihm sagen, wie erfolgversprechend seine Aktion war und wie viele Jahre Gefängnis auf ihn warteten, wenn wir in Deutschland wären. Ich verdrehte die Augen und schalt mich sogleich deswegen, denn ich hatte Mühe, ihn wiederzufinden. Er marschierte geduckt am Ufer entlang, drehte mir dabei den Rücken zu und sah sich um.

Erleichtert sackte ich gegen die Felsen in meinem Rücken und begann meine Beine zu reiben. Am sichersten wäre ich wohl, wenn ich wartete, bis der Typ weg war, aber währenddessen musste ich mich warmhalten. Und vielleicht war es bald Zeit für die Touristen, die Attraktion zu stürmen, dann konnte ich auf mich aufmerksam machen und der Spuk hätte ein Ende.

***

Irgendwie war es nicht mein Tag, obwohl mir mein Hinterstübchen vorrechnete, dass es nun fast zwei sein mussten. Der Typ war ins Dickicht abgetaucht, allerdings erst, nachdem er akribisch das Flussufer abgesucht hatte, und zwar bis weit an mir vorbei. Ich hatte mich mit Muskelentspannung warmgehalten und war etwas getrocknet. Auf dem Felsvorsprung oberhalb des Wasserfalls war niemand aufgetaucht, nicht eine Menschenseele. Vermutlich war sie wegen meines Unfalls gesperrt, nur, warum suchte man nicht nach mir?

Meine Glieder waren steif und machten es mir schwer, über die nächsten Felsen zu kommen. Ich war fast so weit, es doch noch mit dem Wasser zu versuchen, als mir eine Bewegung auffiel und ich blitzschnell hinter dem Geröll abtauchte. Hatte er mich gesehen?

Ich hatte meine Kapuze übergezogen, die mit Fell besetzt war, in der Hoffnung weniger auffällig zu sein. Vielleicht hielt er mich auf die Entfernung für einen Hasen?

Ich spähte hervor, verfolgte, wie der Typ etwas warf und dann in die Hocke ging. Stieg er ins Wasser? Verflixt! Ich hatte mich auf meinem Weg so weit vorgewagt, dass ich an der Flussbiegung angelangt war, wodurch meine Sicht auf den Wasserfall halb verdeckt wurde. Warten war keine Option, also kroch ich auf allen vieren weiter und rutschte über höhere Steine, um unsichtbar zu bleiben. Welche Idiotie. Auf der anderen Uferseite konnte ich noch immer nichts ausmachen, was an eine Hütte erinnerte, was mich zunehmend verärgerte. Bei Vanessa hatte es sich angehört, als sei sie nur ein Steinwurf entfernt gewesen, nicht Kilometer. Zumindest gab es keinen Grund, schwimmen zu gehen.

Die Biegung machte einen Schwung und versteckte mich endlich vor den Augen möglicher Verfolger, also stand ich auf und sah mich um. Auf meiner Seite ging der Berg zur Neige, was mich aufmunterte. Früher oder später würde die Landschaft auch auf meiner Seite eben werden, ich musste nur Geduld haben.

Schön, ich ging in die falsche Richtung und müsste auf der Straße wieder nach Norden, um die Burg meiner Schwester zu finden, aber noch konnte ich nicht durch Felsgestein wandeln und sowieso brauchte ich zuerst ein Krankenhaus und das konnte ebenso gut im Süden liegen. Also kraxelte ich behände weiter, bis meine Zehen so taub waren, wie meine Finger und mein Magen sich knurrend wie ein wildes Tier zu Wort meldete.

Das lief nicht so wie erwartet. Etwas kaltes Wasser beruhigte meinen Bauch, auch wenn sicher nicht für lange. Ein Fisch wäre doch lecker. Ja, eine Pizza auch, aber ich bezweifelte, so schnell an eines von beiden zu kommen.

Es war Zeit für eine Entscheidung. Sollte ich weiter dem Fluss folgen oder es querfeldein versuchen, um auf die Hauptstraße zu gelangen?

Gewöhnlich fiel es mir nicht schwer, mich zu entscheiden, aber nun fühlte ich mich überfordert. Es gab gute Gründe, die Straße zu suchen, und ebenso gute, am Fluss zu bleiben, außerdem ließ das Sonnenlicht nach. War es schon Abend? So richtig vorstellen konnte ich es mir nicht, aber etwas in mir, die gelinde Panik vermutlich, glaubte fest daran.

Weitergehen. Egal wohin. Schwankend setzte ich mich in Bewegung, stopfte dabei die Finger unter die Achseln und zog die Schultern hoch. Sicherlich fing ich mir hier eine Lungenentzündung ein.

Abgelenkt von meinen Gedanken stolperte ich und blieb liegen.

„Au."

Zumindest hatte sich das Erdreich aufgelockert und das Ufer mehr Platz eingenommen, so dass ich nicht mit der Nase auf Stein landete, sondern in Dreck. Sehr gut, mein heller Teint hätte mich in der Nacht ohnehin verraten.

„Mist." Ich schob die Hände unter mein Gesicht und legte die Stirn darauf ab. „Vielen Dank, Vanessa, für diese erstklassige Erfahrung."

Ein Geräusch schreckte mich auf, ließ meinen Puls in die Höhe schießen und mich auf das Wesentliche besinnen. Ich fuhr herum und suchte die Gegend nach Bewegung ab. Da war nichts. Oder?

Mein Herz pochte wild in meiner Brust und machte es schwer, etwas anderes als seinen Schlag zu hören. Kein Plätschern, analysierte ich das Geräusch, eher etwas Knackendes, aber Holz gab es hier doch keines. Steine? Ich kniff die Augen zusammen und musterte intensiv den Weg, den ich selbst zurückgelegt hatte. Dort lagen viele lose Steine herum, wenn man falsch auftrat, fielen sie schon mal runter. Panisch sah ich mich um. Der Fluss spendete mir Wasser, aber keine Deckung, die Heide wiederum ...

Schnell kroch ich auf das hohe Gras zu und bewegte mich dort ausgesucht vorsichtig, um keinen Halm zu viel in Schwingung zu versetzen. Trotzdem hinterließ ich eine Spur eingedrückten Grases. Nach einigen Metern setzte ich mich auf und spähte umher. Nichts. Dies hier wurde einfach nicht lustiger.

„Nicht müde?"

Mein Zucken verriet mich, das war mir bewusst, denn ich kugelte nach hinten und rollte den kleinen Abhang hinunter. Auf die Füße zu kommen, kostete mich einiges an Mühe, jeder Schritt rüttelte meinen Körper durch und kam mir vor, als liefe er in Zeitlupe ab. Ich rannte doch? Mein Herz tat es definitiv, meine Lungen arbeiteten auf Hochbetrieb, aber waren meine Beine mit von der Partie?

Wohl schon, obwohl das Bild vor meinen Augen sich nicht änderte. Nein, das stimmte nicht, denn auch wenn ich die Sonne im Rücken hatte, bemerkte ich, wie sie immer tiefer sank und mir immer mehr Licht vorenthielt.

Toll, eine wilde Hetzjagd durch die nächtliche Heide. Ach ja, erwähnte ich, dass ich mich auf einer Insel befand? Wie weit war es bis zum Ende und erwartete mich dort ein flacher Sandstrand oder scharfe Klippen?

Solche Gedanken waren nicht hilfreich. Positiv denken: Solange ich noch lief, hatte er mich noch nicht gefangen genommen. Super!

Ich schnaubte mittlerweile wie ein Asthmatiker, wohlgemerkt ohne sicher zu sein, überhaupt vorwärtszukommen. Straße! Liebes Universum, ich wünsche mir eine Straße.

Irgendwer sagte mal, man solle vorsichtig sein mit dem, was man sich wünschte, denn es könnte wahr werden. Tja, ich bekam meine Straße und schlug erst einmal der Länge nach hin. Das Positive: Es gab keinen Asphalt. Das Negative: Es war nicht die Hauptstraße.

Staub wirbelte auf und verstopfte meine Atemwege. Keuchend und prustend drehte ich mich zur Seite, die Schmerzen ignorierend, die mich zusätzlich lähmten.

„Au!“

Schritte knirschten. „Genug jetzt?“

Ich blinzelte durch die Staubschwaden zu ihm auf. Riesig ragte er unendlich in den Himmel, als er sich über mich beugte und grinsend auf mich niedersah. Sein Haar wallte um sein Gesicht, Strähnen peitschten und verhedderten sich in seinem unseligen Bart. Er stemmte die Hände in die Hüften, stand breitbeinig da. Überlegen und arrogant in seinem Rock und dem langen Umhang, der ihn umflatterte. War er mir die ganze Zeit über auf den Fersen gewesen? Nein, unmöglich.

Ich knurrte und trat nach ihm, um die Chance zu haben, hochzukommen. Nach zwei Schritten verlor ich den Kontakt zum Boden und schrie überrascht auf.

„Bärin.“

Leider nahm er mich ernst und schlang beide Arme um mich, wobei meine Arme an meiner Seite festgepinnt wurden.

„Lass mich los, du Arschloch!“ Gut, ich sollte ihn besser auf Englisch beschimpfen, dann bestand zumindest die Möglichkeit, dass die Spitzen trafen.

„Ruhe“, verlangte er. Sein Atem wärmte meine Wange und ließ mich erst recht beben. Oh, mir war so fürchterlich kalt, dass ich heulen konnte!

„Hunger?“ Seine Umklammerung wurde fester. „Ruhe. Euch verletzen.“

„Lass mich los!“

„Nay, Sassenach, du Bärin.“ Sein Oberkörper bebte, auch wenn kein Ton von seinem Lachen zeugte.

„Du Arsch!“ Ich konnte nur nach ihm treten.

„Ruhe.“

„Steck dir Ruhe in den Arsch und schieb sie schön weit hoch!“ Schön, das war ordinär, aber sicherlich der richtige Weg, um mit diesem Irren zu sprechen. Leider war ich so verdammt verärgert, dass er mich geschnappt hatte, bevor mir auch nur irgendeine Menschenseele begegnet war, dass ich irgendwo damit hin musste.

„Sassenach, Ihr nicht Respekt lernen?“ Sein Haar peitschte mir ins Gesicht, als er den Kopf schüttelte. „Anstand? Nur Flüche, die Seeleute erröten.“

Und dabei hatte ich nicht einmal angefangen.

„Respekt und Anstand? Dann hast du die Lektionen offenbar auch verpasst. Stell mich ab, verdammt und behalte deine dreckigen Wichsgriffel bei dir!“

„Na, na. Lassie, Ruhe.“

Davon konnte er träumen. „Fick dich! Lass mich los und scher dich weg!“

„Letzte Möglichkeit.“

„Lern sprechen, Arschgesicht! Es heißt: Letzte Chance!“ Ich schleuderte den Kopf zurück in der Hoffnung, seine Nase mit meinem Hinterkopf zu erwischen.

Im nächsten Augenblick befand ich mich erneut am Boden und schluckte Dreck.

„Lassie, kein Ort für vorlaute Weibsbilder.“ Er riss meine Hände zurück und schlang etwas um meine Handgelenke.

Nicht schon wieder!

„Schmerzen.“

Ja, vielen Dank auch!

„Moraig helfen.“ Er drehte mich herum. Ich zog die Knie an und machte mich gefasst, mit auf den Rücken gebundenen Händen auf die Füße zu kommen und wegzulaufen. Leider ahnte er meine Reaktion und drehte sich gerade noch rechtzeitig weg. „Lassie, genug!“

„Ha!“ Ich war viel zu wütend und verwirrt, denn Vanessa hatte doch gesagt, dass alle Schotten Englisch sprachen, warum war der hier dann so grottig? „Was soll das?“

„Ihr Bärin und Fuchs auch. Gefährlich.“

„Ich bin verletzt und brauche medizinische Hilfe! Verdammt, jemanden gegen seinen Willen festzuhalten, ist eine Straftat." Obwohl es nichts brachte, wich ich ihm aus, als er nach mir griff.

„Moraig helfen. Ruhe jetzt." Er stellte mich resolut auf die Füße und schob mich vorwärts. Ich hatte aber nicht vor, zurück zum Wasserfall zu gehen, also sprintete ich los. Damit hatte er nicht gerechnet und ich nicht, dass er so verdammt schnell war und mich innerhalb weniger Momente wieder einfing.

„Sassenach, genug", brummte er mir ins Ohr. „Euch nicht verletzen."

„Ich will nach Hause!" Womit ich natürlich die Burg meiner Schwester meinte und nicht mein Zimmer in der WG in Köln.

„Nay", bestimmte er fest.

„Was willst du von mir?"

Wieder schob er mich vorwärts, in die falsche Richtung, wenn mich nicht alles trog, denn der Sonnenuntergang lag zu meiner Linken.

„Ihr kennt Versteck. Ihr verraten mich."

Oh, super!

„Man wird nach mir suchen", zischte ich. „Es werden unzählige Menschen herkommen und jeden Quadratmeter nach mir absuchen!"

„Wer?"

„Die Polizei, die Feuerwehr, meine Schwester!" Ich stolperte weiter. Der Boden war kaum mehr auszumachen.

„Soldaten."

Sinnlos. Mein Gurgeln verschluckte meine Worte. Soldaten! Aber natürlich vergaß ich hier etwas Entscheidendes: Der Typ war irre! Trotz der hübschen, braunen Augen.

Er schob mich weiter.

„Mein Gott, lass das!" Was glaubte er, was ich war, dass er mich herumstoßen konnte? Ein Rindvieh? „Es ist dunkel und es geht nicht schneller, okay?"

Es war doch idiotisch, ich hatte den ganzen Tag gebraucht, um hierherzukommen, mussten wir da eine ganz schöne Strecke zurücklegen und das in der Nacht?

„Ich bin müde!" Ich stemmte die Hacken in die Erde, was ihm zumindest erschwerte, mich den Hügel wieder hinauf zu bugsieren. „Ich habe Schmerzen und weigere mich, auch nur einen Meter weiter zu gehen."

„Sassenach", grummelte er. „Letzte Möglichkeit."

„Chance!"

Er riss mich von den Füßen. Ich landete mit dem Gesicht in seinem unteren Rücken, genau genommen in den Falten seines Umhangs, der ihn offenbar gemütlich warmhielt, aber nicht besonders angenehm roch. Eher muffig und deutlich nach: Dringend nötiger Wäsche!

Seine Schulter drückte sich tief in meinen Bauch und jeder seiner Schritte presste mir erneut den Atem aus der Lunge.

„Was ...!" Mein Stolz blockierte meinen Hals, weil ich gezwungen war, ihn hinunterzuschlucken. Ich konnte nichts tun, nicht einmal treten, denn er umklammerte meine Beine mit einem Arm.

„Arschloch! Verfluchter Penner. Wichser! Lass mich runter, du Affe!"

Ich keifte, bis mir die Stimme versagte, bringen tat es nichts.

***

Als die Sonne aufging, war ich fertig. Ich war hundemüde, hungrig und hatte Schmerzen, die kaum mehr zu beschreiben waren. Nun, was ich dafür genau sagen konnte, war, dass es keine – wirklich keine – Stelle gab, die mir nicht wehtat.

Ich hockte in einer engen Nische und zitterte. Mein Kidnapper versperrte den Ausgang mit seinem breiten Rücken und ich starrte ihn unentwegt an, als könnten meine Blicke ihn durchdringen wie spitze Dolche. Es funktionierte nicht. Kein bisschen, was mich auf die Palme brachte. Ich brodelte nicht nur vor Zorn, was mein laut knurrender Magen jedem in hundert Kilometern kundtat.

Mein persönlicher Irrer drehte sich zu mir um und ließ endlich etwas Sonnenlicht auf mich fallen. Ich hob die Hand, um meine Augen zu schützen, die die plötzliche Helligkeit kaum ertrugen.

„Hunger." Er hatte sich seinen Umhang umgeschlagen, so dass selbst seine Miene kaum mehr zu sehen war. Gerade mal die Augen blitzten aus seinem dreckigen Gesicht hervor. Er fror mit Sicherheit nicht, ganz im Gegensatz zu mir. Ich bebte unentwegt und nur weil ich die Zähne fest zusammenbiss, schlugen sie nicht aufeinander.

Er kam näher, was ich nicht verhindern konnte, schließlich drängte ich mich bereits gegen den harten Stein in meinem Rücken, und zog mich mit einem Ruck an sich. Ich hätte ihn angefaucht, wenn ich nicht mit Mund und Nase in seinem Wollteil gefangen worden wäre und mal wieder kaum Luft bekam. Binnen Augenblicken lockerte er meine Fesseln und wich wieder zurück. Wenn er einen Dank erwartete, wurde er enttäuscht. Er konnte froh sein, dass ich ihm nicht die Augen auskratzte für seine schäbige Behandlung.

Er fummelte an seiner Kleidung herum und zauberte ein braunes Etwas hervor, das er entzweibrach. Ein Teil reichte er mir mit einem Blick, der mich fast zum Überkochen gebracht hätte. Diese gewollte Großzügigkeit konnte er sich sparen, schließlich war er allein schuld daran, dass ich Hunger hatte. Wieder bot er mir den Klumpen an und nur, weil mein Magen erneut erbarmungsvoll knurrte und es mit einem schlimmen Ziehen einherging, griff ich danach.

„Was ist das?“

„Essen.“

Oder das, was er für Essen hielt. Ich schnüffelte daran und drückte die Finger in das Objekt. Es roch nach Mehl, fühlte sich aber nicht wie etwas Gebackenes an. „Ein Stein? Soll ich daran lutschen, um die Mineralien herauszusaugen?“ Ich schaute zu viel Fernsehen, definitiv.

„Nay, essen.“ Er machte es mir vor, indem er ein Stück abriss und es sich in den Mund stopfte.

„Das ist steinhart.“ Ich versuchte es, aber brechen ließ es sich nicht.

Er schüttelte den Kopf und forderte mich wieder auf zu essen.

„Ich wette, damit kann ich dir den Schädel einschlagen.“ Ich fasste es probeweise wie einen Stein und holte aus. Es lag definitiv gut in der Hand.

„Nay, Brot, Lassie. Esst.“

Er wandte sich ab. Sehr gut, er unterschätzte mich erneut. Also wäre sein Betonbrot hart genug, um ihn k.o. zu schlagen?

„Nicht angreifen, Lassie, Ihr Euch verletzen."

Sei's drum!

„Kein Essen bekommen."

Was nur schlimm wäre, wenn ich ihn nicht überwältigte, nicht wahr?

Allerdings musste ich meine Verfassung in Betracht ziehen und die war einfach nur mit jämmerlich zu beschreiben. Seufzend knabberte ich an dem Brocken und malte mir aus, wie ich ihm entkam, kaum dass ich wieder bei Kräften war. Oh, ja. Und dann würden Klagen auf diesen Hammel einprasseln, dass er sich wünschte, sein Wahnsinn wäre sein einziges Problem!

Das Gute an dem Betonbrot war, dass es mich beschäftigt hielt. Bestimmt eine Ewigkeit, eine, in der er sich nicht rührte. War er eingeschlafen? Konnte ich ihn einfach schubsen und der Weg war frei? Tja, allzu weit käme ich nicht, hatte sich doch mittlerweile ein ganz anderes Problem eingestellt.

„Hey, ich muss mal raus."

Er reagierte nicht, also tippte ich ihn mit meinen Zehen an, dann fester. Sein Arm schnellte zurück und fing meinen Fuß ein. „Ruhe."

„In dem Fall hieße es: Aufhören." Mein Augenverdrehen bekam er natürlich nicht mit. „Wo kommst du her, dass du nicht einmal Englisch sprichst?"

Ein flüchtiger Blick zurück gab mir den Eindruck, ihn zumindest mit einem spitzen Stachel gepikst zu haben. „Alba."

„Albanien?" Moment, etwas passte da nicht. Albania war doch der englische Name für Albanien.

„Alba!", bellte er. „Schottland."

„Aha." Leider konnte ich meinen Mund nicht halten. „Dann wohl von der unterbelichteten Sorte." Fies, ja, aber er ging mir einfach auf den Senkel. Ich war die Ausländerin hier und Schottland gehörte nach wie vor zu Großbritannien, Austrittsgedanken hin oder her. Sie sprachen Englisch, und zwar als erste Landessprache, wie Vanessa mir erst kürzlich vorgehalten hatte.

Er drehte sich zu mir um, blockierte aber immer noch den Sonnenschein durch seine massige Gestalt in der Spalte. „Was reden?"

„Ich spekuliere über deine Intelligenz." Obwohl meine vermutlich ebenfalls fraglich war. „Ich muss mal!" Deswegen hatte ich ihn schließlich angesprochen und nicht, um eine tiefgründige Konversation zu führen.

„Weil nicht Sprache von Feind kennen? Ihr sprechen Gälisch?"

Ha! „Aye! Nay und madainn mhath. Ich denke mal, das ist mehr, als du auf Deutsch hinbekommst!" Fast hätte ich ihm die Zunge rausgestreckt, aber ein klein wenig Verstand war mir geblieben.

„Aye", grummelte er gedehnt, wobei ich das Gefühl hatte, von seinen Augen durchbohrt zu werden.

„Ich muss!", wiederholte ich und starrte in seine Richtung. „Und ich habe keine Lust, mir in die Hose zu machen, weil du den harten Mann markieren musst." Ich rappelte mich auf, was in der Enge der Spalte eine Leistung war, und fasste all meinen Schneid zusammen, um ihn körperlich zu konfrontieren. Natürlich brauchte ich Spielraum, um einen Griff auszuführen, den ich im Kampfsport gelernt hatte, aber ich rechnete damit, dass er zurückwich.

Bingo. Zwar hob er die Arme, aber er machte einen Schritt rückwärts. „Genug."

„Hörst du schlecht?"

„Ihr nicht gehen." Seine grimmige Miene wurde von der Sonne beleuchtet, dessen Strahlen ich mir sehnlich auf meiner Haut wünschte. Nur ein paar Minuten, nur ein paar wärmende Minuten ... Aber geschenkt bekäme ich die sicher nicht.

„Du willst mich also zwingen, meine Notdurft hier zu verrichten?"

Seine Augen wurden größer und das Weiß in ihnen trat deutlicher hervor. Auch seine verkniffenen Lippen wurden weicher und er räusperte sich. „Nun, Ihr einhalten."

„Ich halte seit gestern ein. Jeden Moment wirst du erleben, wie meine Blase platzt, und ich schwöre dir, dann willst du nicht in der Nähe sein." Denn gleichzeitig würde mir mit Sicherheit auch der Kragen platzen und ich würde den Rest meiner warnenden Vernunft über Bord werfen und den Dummkopf verdreschen, dass ihm Hören und Sehen vergeht. Geladen genug war ich, und wenn ich mich seinetwegen einnässte wie eine Zweijährige, war es vorbei mit der Zurückhaltung, so wahr ich hier stand.

Sein Blick war köstlich, zumal er an mir herabfiel und auf der Bauchregion lungerte, als erwarte er tatsächlich, dass ich jeden Moment aufbrach und anstelle des Aliens ein Schwall Pipi auf ihn zuschoss.

„Lass mich raus!"

Es bewirkte, dass er sich zusammenriss und mir Platz machte. „Nicht laufen, Lassie."

Wenn ich eine Chance sähe, wäre ich weg, aber zu seiner Beruhigung schüttelte ich natürlich den Kopf. Obwohl wir meiner Kenntnis nach den Abstand zum Wasserfall noch vergrößert hatten, wurde die Landschaft wieder felsiger, was es schwierig machte, den passenden Ort für mein Geschäft zu finden, zumindest wenn man eine Frau war und nicht mit dem Wind pinkeln konnte. Es gab keine Bäume in unmittelbarer Nähe und auch kein Gestrüpp, das sich eignete, sich dahinter zu verbergen. Der Typ folgte mir auch noch auf dem Fuß, was mich zusätzlich nervös machte. So bekäme ich sicher keinen Tropfen heraus.

„Halte Abstand, verdammt."

„Ihr fluchen wie Hafenbraut."

„Und du stinkst wie ein zehn Jahre ungereinigter Pumakäfig." Ich schoss ihm einen neuerlichen giftigen Blick zu, der seine Wirkung verfehlte.

„Was suchten Mädchen wie Ihr hier? Ihren Liebsten?"

„Eifersüchtig?" Ich kletterte auf eine Erhöhung. „Bleib da!" Aber er folgte natürlich, also drückte ich ihm die Hand ins Gesicht und drückte ihn zurück. „Bleib da und dreh dich um!"

„Du gefährlich scharfzüngig."

„Und du hohl! Jetzt bleib da, ich kann nicht länger einhalten und ziehe mich sicher nicht aus, solange du zuguckst." Obwohl mir eine trockene, nicht eingenässte Hose lieber war als meine Schamgrenze, wollte ich es zumindest versucht haben.

„Wenn Ihr laufen ..."

„Darf ich nie wieder pinkeln?" Wieder drückte ich ihn fort. „Dreh dich um!" Ich drehte mich ebenfalls und öffnete geschwind meine Jeans. Meine Haut protestierte, als ich sie grob runterschob und mich hinhockte. Ich hatte Eisbeine. Die Erleichterung ließ mich seufzen.

„Wirklich Notdurft."

Blödmann. „Ich war auch wirklich hungrig, und ich habe auch wirklich Schmerzen." Ich zog den Reißverschluss hoch und bewegte mich, um in die hautenge Jeans zu schlüpfen. „So." Über den Rand kletternd, sah ich mich um. Der Fluss hatte sich geweitet und plätscherte nun gemächlich durch den breiten Bach und zwar nur einige hundert Meter entfernt. Sehr gut. Allerdings wurde bereits mein zweiter Schritt abgefangen und ich nach hinten gerissen.

„Wohin?"

„Hände waschen natürlich."

„Nay." Er zog mich Richtung Felsspalt, wo ich sicher nicht weitere Stunden eingesperrt sein wollte.

„Hey, es sind nur ein paar Meter und es ist ja nicht so, dass wir Besseres vorhätten." Seine Umklammerung war eisenhart und bereitete mir einige Blessuren.

„Au!", schrie ich, was zur Folge hatte, dass er mir den Mund zuhielt und mich eng an sich riss.

„Scht!", hisste er mir ins Ohr und drehte sich dabei – mit mir natürlich – im Kreis. „Ton geht weit."

Wenn es mal so wäre!

Er zog mich unerbittlich zum Spalt und quetschte mich hinein.

„Von Hygiene hältst du nichts, was? Dann lass erst recht deine Griffel bei dir." Besser ich dachte nicht darüber nach, was er alles angefasst hatte, nachdem er zuletzt in Kontakt mit Wasser gekommen war. Ich schüttelte mich vor Ekel.

„Hyg … Lassie, lassen." Er schob mich bis an die Wand und drehte sich dann wieder dem Ausgang zu.

Oh, nein! So ging das nicht weiter, das machte mich wahnsinnig, hier zu hocken und mir einfach einen Pin in den Po zu frieren.

„Verrätst du mir deinen Namen?"

Er sah über die Schulter zurück.

„Ich heiße Katharina." Ich hatte sicher einige Dutzend Entführungsdramas gesehen, egal was man tat, es ging gewöhnlich schief, aber eine persönliche Basis aufzubauen half, um unnötige Härten zu vermeiden. Also lächelte ich. „Klingt auf Englisch ziemlich gewöhnungsbedürftig, deswegen reicht auch Kati."

Ich sparte mir die Hand auszustrecken, schließlich waren mir meine ungewaschenen Finger durchaus präsent und peinlich genug, um sie bei mir zu behalten.

„Katharina." Natürlich nahm er die unschöne Variante und es klang noch merkwürdiger, wenn er es aussprach.

„Und? Mit wem habe ich das Vergnügen?" Meine heitere Stimme war sicher nicht echt.

„Finlay."

„Wie nett." Der Name, nicht der Umstand, ihn näher kennenzulernen, natürlich. „Ist es ein typisch schottischer Name?"

Er drehte sich zu mir und sah mich einen Moment lang an, als wäre ich ein unbekanntes Wesen.

„Aye."

„Hat er eine Bedeutung?“ Warum machte er es mir so schwer?

„Heller Krieger.“

Perfekt. „Eine interessante Wahl. Hast du Geschwister?“

„Aye.“

„Ich auch, eine Schwester. Sie ist einige Jahre älter als ich und hat mich früher gerne bevormundet.“ Wenn ich ihm jedes Wort aus der Nase ziehen musste, wurde es mit meinem Plan nichts.

„Lassie, Ihr wollen um Verstand reden?“

Hätte ich da bei einem Verrückten eine Chance?

„Nein.“ Einen Maulkorb wollte ich mir aber auch nicht verpassen lassen. „Ich bin nur …“ Meine Zähne schlugen aufeinander, weil ich mich schüttelte und ich presste sie schnell aufeinander.

„Kalt!“ Finlay streckte die Hand nach mir aus und berührte meine eisigen Finger. „Lassie, Ihr ganz kalt.“

„Du bist ganz kalt“, korrigierte ich ihn. „Und ja, für Sommer sind die Temperaturen ziemlich chillig.“

„Sommer? Herbst.“

„Es ist Juli!“ Herrje, ich war gleich zu Beginn der Semesterferien abgereist und die begannen nun mal am 20. Juli in diesem Jahr.

Finlay schüttelte den Kopf. „Oktober.“

Wir konnten uns also nicht einmal darauf einigen, in welchem Monat wir uns befanden.

„Welcher Tag genau?“ Es war der 25. Juli und daran bestand für mich kein Zweifel.

„Der 13. Oktober 1746.“

Zugegeben es dauerte, bis mir die Jahreszahl auffiel, dann klappte mir der Mund auf. Der Typ war noch verrückter als bisher vermutet. „Okay."

„Noch Fragen?"

Einige, allerdings fehlte mir das geschichtliche Hintergrundwissen, um mit seinen Antworten etwas anfangen zu können, bzw. sie zu widerlegen. Natürlich wäre es müßig, mit ihm über belegbare Tatsachen zu diskutieren, wenn er schon das Datum negierte.

„2018", murmelte ich trotzdem, um mir zu versichern, dass nicht ich verrückt war. „Es ist der 25. Juli 2018."

„Bitte?"

„Wie lange muss ich noch hier sitzen?" Und frieren.

„Schlaf. Gehen in Nacht." Er drehte sich weg und schüttelte sich. Sein Umhang rutschte von seinem Rücken und er warf ihn mir rüber. Er müffelte. Schrecklich sogar. Aber ich fror, also wickelte ich mich in ihn ein. Er war noch ganz warm und es dauerte nicht lang und ich sackte in tiefen Schlaf.

5. Unschöne Wendungen

Dieses Mal zog ich es vor, zu laufen. Wie ein Sack über seiner Schulter herumgeschleppt zu werden, war nicht ganz mein Ding, zumal es nun für mich mit einigen blauen Flecken mehr noch unangenehmer wäre. Zu laufen war auch kein Spaß, da es in der Dunkelheit aussah, als liefen wir ins Unendliche. Ich zitterte, obwohl er mir seinen Umhang gelassen hatte, und verlor immer mal wieder die Richtung. Unbeabsichtigt, was er mir nicht glauben wollte. Ich blieb nur nicht bei der Sache, setzte automatisch einen Fuß vor den anderen, wobei sie sich langsam anfühlten, als hätten sie Bleimanschetten umgeschnallt, und merkte gar nicht, dass ich flüchtig wurde.

„Daingead, Sassenach, geben Hand!" Er wühlte sie aus dem Berg des Umhangs, den ich gefühlte tausendmal um mich geschlungen hatte. Er stutzte. Der Mond beleuchtet sein dreckiges Gesicht, wodurch ich seine Irritation mitbekam. „Kalt."

Ja, immer noch, genau wie der Rest von mir. Ich hob die Achseln, auch wenn sie tonnenschwer waren, und ließ sie wieder absacken. Es riss mich fast um und ich strauchelte gegen ihn. Seine Hand legte sich auf meine Stirn und er fluchte dunkel.

„Heiß."

Unsinn. Ich legte mir zum Doublecheck die Fingerrücken meiner freien Hand an den Kopf und riss sie direkt zurück. Millionen Nädelchen stachen augenblicklich in meine Eisfinger. Fieber, hervorragend. Der Gedanke raubte mir die letzte Kraft, die mich aufrecht gehalten hatte. Finlay fing mich ab und presste mein Gesicht an seine Brust. Obwohl er seinen Umhang abgetreten hatte, spürte ich, wie warm er war.

„Daingead!"

Auf Händen getragen, ich konnte mich nicht erinnern, wann ich zuletzt so meinen Standort gewechselt hatte. Als Kind vermutlich, und so fühlte ich mich auch wie ein erbärmlich schutzbedürftiges, kleines Kind, das am liebsten losheulen und nach Mami schreien würde. Nun meine Mutter käme nicht, ganz gleich wie laut ich sie rief.

Ich mummelte mich ein, versuchte so viel seiner Körperwärme abzufangen wie möglich, um etwas aufzutauen und ließ mich treiben.

„Moraig helfen", wiederholte er brummig, während er weiterstapfte. Nach einer Weile fühlte ich mich wohler und richtete meinen Blick nach vorn, während ich mit mir haderte, ob ich darauf bestehen sollte, dass er mich losließ.

Etwas fing meine Aufmerksamkeit ein, ein Lodern. Ich kniff die Augen zusammen, um es besser erkennen zu können und sog erschrocken den Atem ein.

„Brennt es?"

Finlay stoppte und korrigierte seinen Griff, wodurch ich den Lichtschein für einen Moment aus den Augen verlor und erst wiederfinden musste, aber es blieb unwiderlegbar ein Flackern am Horizont.

„Nay", murmelte er und lief weiter.

Da ich durchgeschüttelt wurde, bestand ich darauf, abgesetzt zu werden, was er ignorierte.

„Hey!" Ich schlug gegen seine Brust. „Das reicht jetzt, lass mich runter." Ich begann zu zappeln, bis er nachgab. Schwankend klammerte ich mich an seinen Arm und sah zum Horizont. Wir waren nah genug, um eine Stadt ausmachen zu können, oder zumindest dessen brennende Häuser.

„Ich höre keine Sirenen." Und abgesehen von dem Feuer auch kein Licht. Wo war die Straßenbeleuchtung? Warum war nicht einmal die Burg beleuchtet, die über allem thronte?

„Sirenen?"

„Von der Feuerwehr", antwortete ich abwesend. „Der Polizei." Aber auf weiter Flur gab es kein künstliches Licht.

„Staatsgewalt? Aye, Soldaten. Brennen nieder, McPherson ist Jakobiter."

„Mann, hör doch auf mit dem Quatsch." Es wurde echt nervtötend. „Soldaten werden nicht eingesetzt, um innere Unruhen niederzuschlagen." Sicher war es nicht nur in Deutschland so. „Die Polizei beschäftigt sich mit Terrorismus und brennt nichts nieder."

„Soldaten tun."

Was brachte es, zu diskutieren? Zumal ich mit anderen Dingen beschäftigt war. Der unnatürlichen Dunkelheit zum Beispiel. Wie rückständig war Schottland, wenn es noch Dörfer ohne Strom gab? Gut, Vanessas Heim war sicher nicht auf dem neuesten Stand der Technik, aber es gab Strom, fließend Wasser und alles, was man an Komfort brauchte.

Ein Flackern fing meine Aufmerksamkeit ein. Eine Reihe von Lichtpunkten genaugenommen. „Was ist das?“ Man hätte es für eine Lichterkette halten können, aber es hatte einen ähnlichen Schein wie das Feuer im Hintergrund.

Finlay drehte sich mit mir im Arm. „Daingead!“ Er riss mich von den Füßen und lief los. Es war nur eine Frage der Zeit, bis man uns einholte, schließlich waren unsere Verfolger nicht zu Fuß – sondern zu Pferd. Womöglich machte es hier mehr Sinn, zu reiten, anstatt mit dem Auto herumzukurven, trotzdem fand ich es erschreckend. Mein ganzer Körper flutete mit einer Art Vorahnung. Ein Prickeln, das sich ausbreitete und mir die Kehle zuzog. Das hier war nicht richtig – ganz und gar nicht!

6. Bittere Erkenntnis

„Halt!" Das Kommando wurde zwar in Englisch gerufen, aber die Modulation war ungewohnt und mit Hufgetrappel und Schnauben begleitet. „Bleibt stehen, oder ich gebe Feuerbefehl!"

Ich erstarrte in Finlays Armen. Sie konnten uns sicher kaum ausmachen, wussten gar nicht, wer wir waren, da war es ziemlich übertrieben, schießen zu wollen.

Finlay fluchte. Er war am ganzen Körper angespannt und ich spürte seine Gedanken: Konnte er es unter Beschuss bis zu den Bergen schaffen?

„Nein", wisperte ich. „Das schaffst du nicht!" Es war nicht möglich und sollte nicht einmal im Entferntesten in Betracht gezogen werden. „Egal was du angestellt hast, es ist es nicht Wert, dafür zu sterben." Und mich mitzureißen schon gar nicht.

Er sah auf mich herab, eine Ewigkeit wie mir schien, dann setzte er mich langsam ab. Mittlerweile zogen die Pferde einen Kreis um uns. Auf jedem saß ein Mann in neckischer Uniform, wobei sie mit langen Gewehren auf uns zielten, die aussahen, als hätte man sie aus dem Museum entwendet. Die einzigen britischen Soldaten, die ich kannte, waren die der Leibgarde der Queen in London. Die hier sahen aus, als könnten sie eine Mütze voll Schlaf, eine heiße Dusche und eine anständige Mahlzeit vertragen. Und Urlaub.

„Da haben wir wohl einen Dissidenten gefangen." Einer der Reiter trieb sein Tier vorwärts, sein Gesicht wurde unter seiner Mütze fast versteckt, aber sein dreckiges Grinsen war kaum zu übersehen. „Und sein Liebchen." Der Blick an mir herab war alles andere als angebracht.

„Ich bin nicht sein Liebchen!" Obwohl ich es mit voller Entrüstung meinte, klang es eher nach einem Keuchen, das von einem Hustenschwall begleitet wurde.

„Ruhe." Finlay griff nach meiner Hand, die ich ihm wieder entriss.

Das waren offensichtlich Engländer und damit meine Chance, endlich nach Hause zu kommen, zu Vanessa zumindest, und an eine anständige medizinische Versorgung, bevor mein Fieber mich umbrachte.

„Ich bin Katharina Hagedorn, meine Schwester ist die Duchess ..." Der Soldat zog seinen Säbel und hielt ihn mir ins Gesicht.

„Natürlich, Liebchen. Los schnürt sie an."

Während ich mit meiner Sprachlosigkeit kämpfte, schließlich wollte der Kerl mich nicht einmal aussprechen lassen, saßen die Hälfte der Berittenen ab und bildeten einen Kreis um uns. Sie behielten Finlay wachsam im Auge, was sicher nicht falsch war, aber mich schubsten sie grob zur Seite. Ich landete vor den Hufen des Befehlshabenden, der sein Tier nicht etwa zurück dirigierte, sondern vorwärts, wobei er auch noch lachte.

So ein Arsch.

„Katharina!", röhrte Finlay hinter mir. Die Hufe erwischten mich nicht, obwohl mich der Umhang behinderte, als ich fort krabbelte, wieder in die Mitte, wo die sechs Männer mit Finlay rangen. Deren Tritte konnte ich nicht ausweichen. Finlay hatte keine Chance, er wurde niedergerungen und gefesselt. Auch meine Hände wurden an einen langen Strick gebunden und mit dem Ende von Finlays Seil beim Befehlshaber abgegeben, der breit grinsend an der Leine zog. Während Finlay seinen Stand mühelos behauptete, landete ich erneut im Dreck. Langsam hatte ich die Schnauze gestrichen voll. Finlay half mir auf die Füße, gerade rechtzeitig, denn dem Kommandanten war es gleich, ob ich lief oder hinterhergezogen wurde, er drehte und trabte los.

„Mieses Arschloch!"

„Aye", grummelte Finlay und legte die gebundenen Arme um mich. „Haltet fest." So zu laufen war idiotisch, aber ich erkannte schnell, dass ich es nicht anders schaffen konnte – nur mit seiner Hilfe, denn eine längere Strecke im Trab über eine unebene Fläche war zu viel für meine Lungen.

***

Finlay wurde geschlagen. Ich hörte es, auch wenn ich mich nicht regen konnte. Vor mir waberte immer noch die Schwärze der nahenden Ohnmacht und jeder Atemzug brannte in meinen Lungen, schlimmer als je zuvor. Sie beschimpften ihn. Nannten ihn einen dreckigen Schotten, was per se nicht falsch war, er war Schotte und durch unseren Lauf hinter einem Pferd auch nicht mehr sauber, aber sie meinten es natürlich anders. Sie nahmen auch Worte wie Verräter und Abschaum in den Mund, der Terrorist fehlte nur, aber ich würde diese Ärsche sicher nicht darauf hinweisen.

Die Nacht ging langsam in den Morgen über und das Zelt, in dem ich neben einem Sack kauerte, wurde langsam eher von der Sonne beleuchtet, als von den zwei Fackeln, die die Männer bei sich hatten.

Ich blinzelte, sobald das Licht bei mir anlangte und die Ohnmacht nicht mehr über mich hereinzubrechen drohte. In alten Schinken sah man solche Zeltinnenräume oft, aber in der Realität hatten sie etwas verdammt Beengendes. Ein Spitzdach, der Pfahl in der Mitte, wie bei einem Zirkuszelt, nur in Weiß. Waren Kommandozelte der Armee nicht grün?

Meine Finger strichen über grobes Leinen. Vorräte? Nie im Leben! Mein Finger pikste in den Sack. Hart und etwas Feinkörniges. Selbst Sandsäcke wären doch nicht aus so grobem Material gefertigt.

Ich drehte mich vorsichtig. Anders als bei Finlay waren meine Handgelenke befreit worden, als man uns hier hinein verfrachtet hatte. Man hatte mich einfach links liegengelassen, unbeachtet. Schön, ich war der Bewusstlosigkeit nahe gewesen, so dass es keinen Unterschied gemacht hätte, trotzdem fand ich es leichtsinnig bis grob fahrlässig. Es sei denn, man hatte erkannt, dass man mich falsch einschätzte? Dass ich weder Finlays Geliebte war, noch unter einer Decke mit ihm steckte.

Hoffnung flackerte in mir auf, auch wenn jedes Klatschen und damit jeder Schlag, den Finlay einstecken musste, diese zerstörte. Lang konnte ich mich aber

nicht an die Illusion klammern und schon gar nicht
den Mund halten.

„Ich kann mir nicht vorstellen, dass die Misshandlung von Gefangenen toleriert wird. Laut Genfer-Konvention, und die ist hier von Belang, wenn das Militär
eine landesinterne Angelegenheit …“

„Halte an dich, Metze!“ Der Kerl spuckte in meine
Richtung, aber es war mein Atemproblem, weswegen
ich mich unterbrach.

„… einmischt. Dabei ist es unerheblich, ob es sich um
Terrorismus handelt oder nicht.“

„Halte deinen dreckigen Mund, Schottenhure“,
warnte nun der zweite Folterer. Er war jünger und sah
nach Bestätigung heischend zu dem Kollegen, der sich
mit dem Armrücken über das geifernde Gesicht fuhr.

„Besser wäre es.“

„Katharina“, keuchte Finlay, wobei er meinen Blick
suchte. Eine Warnung stand in ihm, die mich frösteln
ließ. Aber das war Unsinn, warum sollten sie mir etwas
antun?

Er erntete einen Tritt. „Alles, was du sagen darfst,
Drecksschotte, ist, wo sich der Rest deiner Bande aufhält!“

„Vielleicht, wenn wir das Mädchen …“, schlug der
junge Soldat vor, wobei er mich ansah, als wäre ich
nackt. Oh, oh. Allerdings sollte er den Gedanken besser
direkt wieder vergessen. Misshandlung war eine Sache,
Vergewaltigung eine ganz andere, mal abgesehen davon, dass er mich dafür überwältigen musste. Ich zog
die Beine an, denn liegend war keine gute Ausgangspo-
sition für einen Kampf.

Der Ältere grunzte. „Will sicher der Hauptmann einreiten."

„Sie ist seine Hure, was fällt es da schon auf, wenn wir uns den Spaß gönnen?" Er war plötzlich Feuer und Flamme für seine Idee und ließ seinen Kollegen stehen, um auf mich zuzukommen. Finlay hechtete vor und brachte ihn zu Fall, was mir zwar Zeit erkaufte, aber kein sinnvoller Weg war, die Situation zu entschärfen.

„Aufhören! Verdammt, laut der Genfer-Konvention steht die Misshandlung von Gefangenen unter Strafe." Natürlich erwartete ich nicht, dass sie Vernunft annahmen. Ich rappelte mich betont schlapp auf. Für meinen Zweck war es von Vorteil, wenn sie mich weiterhin unterschätzten, denn einen gleichwertigen Gegner machte ich in meiner Verfassung nicht her. Schon gar nicht bei zwei Opponenten, die bulliger und kräftiger waren als ich. Also klammerte ich mich an den Pfeiler in der Mitte und ließ mein Vorgehen geistig vor mir ablaufen. Ruhe bewahren, gezielt angreifen und überwältigen. Welche Hilfe hatte ich zu erwarten? Finlay stöhnte, regte sich aber nicht.

Der junge Kerl griff nach mir, riss an meinem Wollumhang, der fest um meine Brust geschlungen war. Ich ließ mich nach vorne fallen und gab meinem Kopf im letzten Moment den entscheidenden Schwung. Ich stieß gegen seine Nase und erntete einen Aufschrei. Blut schoss mir ins Gesicht, als ich nach seiner Hand griff und ihn über den Rücken abrollte. Als er auf dem Boden aufschlug, sprang ich auf seinen Rücken und zog seinen Säbel aus der Scheide.

„Ah, das würde ich lassen." Ich meinte damit den Älteren, der auf mich zu gerannt kam. Er blieb zwei

Schritte vor mir stehen, die Augen aufgerissen, als könne er nicht fassen, dass ich seinen Kollegen überwältigt und entwaffnet hatte. Mein Knie drückte in dessen Rücken und hielt ihn damit am Boden. Sein Gesicht steckte im Dreck, den einen Arm hatte ich noch fest umklammert, so dass jede Gegenwehr erlahmte. Ich gratulierte mir zu der fehlerfreien Ausführung des Schulterwurfs, den ich seit zehn Jahren nicht mehr geprobt hatte.

Finlay sprang hinter dem älteren Soldaten auf und schlang ihm die Arme um den Hals. Der Knoten seiner Fesseln drückte sich in dessen Kehle und lediglich unartikulierte Worte verließen den Mund des Mannes. Blieb noch mein besonderer Freund, der um Hilfe rufen konnte. Der Knauf des Säbels war die einzige Waffe, die mir zur Verfügung stand, und ich hoffte, dass man es mir zugute auslegte, dass ich dazu gezwungen war. Ein heftiger Stoß und mein Problem sackte ächzend zusammen.

„Komm!" Finlay griff nach meiner Hand, jene die den Säbel hielt, und zog mich auf die Füße. „Schnell." Er hielt sich die Seite, als er durch das Zelt humpelte. Wir hatten keine Chance. Er nahm mir die Waffe ab und schnitt seine Fesseln durch, bevor er weiter humpelte.

„Warte!" Das war Wahnsinn. Wir waren beide nicht bei Kräften und sollten gar nicht daran denken, die Flucht zu ergreifen. Ich sah mich um. Zwei niedergestreckte Soldaten, in was war ich da nur hineingeraten?

Ich wischte mir über das Gesicht, tränkte meinen Ärmel rot, was mich innerlich erzittern ließ und gelangte bei meinem Rundumblick wieder bei Finlay an. Er teilte die Plane und bedeutete mir hindurchzugehen.

„Das ist Wahnsinn." Aber letztlich glaubte ich nicht mehr, bei den Engländern besser aufgehoben zu sein als bei Finlay. Verflixt, nun wurde die Sache kompliziert!

Trotzdem blieb ich zögerlich, als ich durch den Spalt hindurch linste.

„Nicht weit."

„Zu einfach", hielt ich dagegen. Zwischen unserem Standort und dem lichten Hain lagen einige Meter.

„Wahl."

Es zu versuchen oder zu bleiben? Sehr witzig!

„Ich würde gern wissen, wie es vorne aussieht."

„Voll."

Unsere Unterhaltung wurde in der Tat immer informativer. Ich seufzte, schließlich waren wir vorne herum ins Zelt gebracht worden, und obwohl ich nicht wirklich bei Sinnen gewesen war, hatte ich Lagerfeuer ausmachen können.

„Komm." Finlay legte den Arm um mich und schob mich raus.

Das Kratzen in meinem Hals nahm zu und ich brauchte meine gesamte Kraft, um das Husten zu unterdrücken, wobei der Weg, den Finlay einschlug, nicht gerade einfach zu beschreiten war. Er hielt uns auf, andererseits wurden wir dadurch langsam genug, dass auch ich folgen konnte. Ich wollte also nicht murren, und wenn dann hätte ich andere Punkte, die erwähnenswerter wären. Meinen Durst, dass ich fror und wie müde ich war, zum Beispiel.

Wir blieben nicht unbemerkt, aber Finlay verstand es, uns rechtzeitig aus dem Sichtfeld zu bringen, wann immer sich eine schwierige Situation anbahnte. Den ganzen Tag verbrachten wir verborgen hinter Gestrüpp oder laufend, bis wir den Hain durchquert hatten und bei Anbruch der Nacht über offene Landschaft huschen mussten. Das war schon einmal schiefgegangen und mittlerweile bekam ich kaum mehr einen Fuß vor den anderen.

„Finlay", keuchte ich, am Ende meiner Kraft und zog an seinem Arm. Er hielt meine Hand schon den ganzen Tag, um mich nicht zu verlieren, wie er sagte.

„Weiter."

Mein Kopfschütteln gab mir den Rest, ich sackte an Ort und Stelle zusammen und streckte mich aus.

„Katharina."

„Geh ohne mich weiter. Ich kenne mich hier nicht aus und kann niemandem verraten, wo irgendwas ist, und ich bin dir auch zu nichts nütze!" Meine Lider klappten von selbst zu. Ich war schlicht am Ende meiner Kräfte.

„Nay, kommt." Der Dummkopf, der sicher ebenfalls müde, hungrig und durstig war, versuchte mich auf den Arm zu heben, aber ich schlug nach seiner Brust.

„Hau ab! Du bist schneller in Sicherheit ohne mich." Wie um es zu unterstreichen, hustete ich und krümmte mich dabei. „Mir geht es nicht gut."

„Nay." Lang konnte ich ihn nicht auf Abstand halten. „Kommt." So ein verflucht sturer Bock.

„Du kannst selbst kaum laufen. Du humpelst, du hältst dir die Seite, vermutlich haben sie dir die Rippen geprellt, als sie dich schlugen. Finlay sei vernünftig und lass mich hier."

„Ruhe."

Wenn er mir den Mund verbieten wollte, sollte er lernen, es richtig zu sagen. Auf Ratespiele ließ ich mich

nicht ein. „Du bist …" Eine Hustensalve unterbrach
mich und ich klammerte mich an seine Brust. Wurde
zur Gewohnheit, dass ich hier landete. Ich schloss die
Augen, als ich endlich zur Ruhe kam.

„Ihr Bär."

Mehr als ein Stöhnen brachte ich nicht über die Lippen. Gedanklich erwiderte ich jedoch: Und du ein riesiger Idiot!

***

Wie genau ich in diese Höhle gelangt war, konnte ich
nicht sagen. Ich weiß noch, dass Finlay mich irgendwann mit einem tiefen Seufzer absetzte und ich das
Rauschen des Meeres ausmachen konnte. Eine Klippe
grüßte mich, als ich die Lider öffnete und Finlay
schwang sich über die Kante.

Was folgte war nun ein Rausch an Farben und Tönen.

Das Rauschen war nicht vergangen, begleitete jeden
Augenblick, wenn auch in unterschiedlicher Intensität.
Ein kleines Feuer knisterte vor mir, wärmte mich aber
nicht halb so gut, wie der heiße Körper in meinem Rücken. Finlays schwerer Arm lag über meiner Taille und
er schnarchte mir ins Ohr. Der Hunger hielt mich wach.
Mein Magen knurrte erbärmlich und zog sich immer
mehr zusammen, irgendwie befürchtete ich, dass es
nicht nur mein Magen war, sondern meine Regel, die
einsetzte, was ein Desaster wäre.

Ich hatte schrecklichen Durst, meine Zunge klebte an
meinem Gaumen und ich hatte sogar meine Tränen
wieder aufgeleckt, um meinen Flüssigkeitshaushalt zumindest etwas auszugleichen.

Mein Kopf drehte jeden Moment, den ich in Finlays Gesellschaft verbracht hatte, hin und her. Alles machte absolut keinen Sinn. Wir waren über die halbe Insel gewandert und ich hatte nichts gesehen, was einer Straße oder einer modernen Behausung nahekäme. Keine Autos, LKWs oder Motorräder. Nicht einmal ein Flugzeug oder ein Schiff – nichts. Keine Strommasten, wie ich sie gesehen hatte, als ich in der Limousine über die Insel gekommen war. Es war ein schauderhafter Gedanke, dass es kein Wahnsinn war und kein Schauspiel, das hier stattfand, sondern womöglich Realität. Natürlich ein irrwitziger Gedanke.

Was wusste ich über das Jahr 1746? Verflucht wenig, wenn ich ehrlich zu mir selbst war. Ich konnte nicht einmal sagen, was in Deutschland zu der Zeit los gewesen war, geschweige denn in England oder dem Rest der Welt. Nur dass einige unschöne Ereignisse bevorstanden: die Französische Revolution, die Abspaltung der amerikanischen Kolonien von der Krone durch eine Teeparty und natürlich die beiden Weltkriege auf dem Kontinent mit Deutschland in seiner Mitte. Das waren schon gute Gründe, die Vergangenheit zu meiden, aber es gab drängendere: Frauenrechte gäbe es weitere zweihundert Jahre nicht, abgesehen von allgemeinen Menschenrechten und ganz zu schweigen von einer unabhängigen Rechtsprechung. Das Leben war wortwörtlich tödlich in dieser Zeit und da waren die Möglichkeiten so mannigfaltig wie schrecklich: Krankheiten wie Blattern, Pest, Cholera, Schwindsucht und Syphilis waren nur der Gipfel des Eisberges. Herrje, jede Erkältung konnte einen dahinsiechen lassen.

Jeder Tag war eine Gefahr, auch wenn man nicht von Soldaten verfolgt wurde, die einem an die Wäsche wollten, und selbst kleine Freuden brächten dich ins Jenseits. Herrgott, jeder Sex könnte dein Aus bedeuten. Schön, ich wurde melodramatisch, aber irgendwie hatte ich das Gefühl, ich sei bereits tot. Egal was ich machte, das war mein unausweichliches Ende.

Ich zitterte haltlos, mühte mich ab, meine Tränen zurückzuhalten und schluchzte trotzdem leise. Ich wollte nach Hause. Ich wollte zu irgendjemand, der mich in den Arm nehmen und trösten konnte.

Finlay erwachte schlagartig und presste seine Hand auf meinen Bauch und mich dadurch an sich. „Sassenach?"

„Hm?" Meinen Mund bekam ich sicher nicht auf.

Er kam hoch und fuhr sich erst durchs Haar, rieb dann mit beiden Händen über das Gesicht, bevor er sich umsah. Er grollte eine lange Litanei, die ich nicht verstand, bevor er sich an das Sprachproblem erinnerte und stockte. Es war offensichtlich, dass er nicht wusste, wie er seine Worte formulieren sollte. „Essen. Wasser. Licht." Er deutete auf das kleine Feuer, das langsam in sich zusammenfiel. „Ich holen. Ihr Ruhe."

„Damit ich dich Richtige verstehe: Du besorgst was zu Essen, Wasser und Holz, um das Lagerfeuer in Gang zu halten, während ich hier rumsitze?" Zugegeben, zu viel mehr war ich nicht nutze. Ich fror, seit er sich aufgesetzt hatte.

Ein Grinsen hob seine Mundwinkel. Er sah schlimm aus, blutverschmiert und blaugelb gesprenkelt mit Blutergüssen. „Aye."

„Schaffst du das?" Immerhin war er arg zugerichtet worden. Seine Mundwinkel fielen wieder und die Brauen zogen sich über seiner Nase grimmig zusammen.

„Aye!" Finlay rappelte sich auf und zischte dabei. Die Hand presste er an die Seite.

„Haben wir irgendetwas, was als Verband dienlich wäre?"

„Nay, Sassenach. Ruhe." Er bedeutete mir, sitzenzubleiben, während er probeweise einige Schritte durch die Höhle machte. „Wasser und … Holz."

„Ist es nicht zu gefährlich?" Zum einen die Kletterei an der Felswand, zum anderen suchten Patrouillen nach uns.

Er grinste mich wieder an. „Aye." Und so ließ er mich sitzen. Blödmann. Schön, mir war bewusst, wie abhängig ich von ihm war, aber das war es nicht, was mich beunruhigte. Alles war falsch, nichts machte Sinn und die einzige Konstante war bisher er. Wenn er weg war …

Es wurde schlimmer als vermutet. Ich wusste nicht, wie die Zeit verging, ob er nur Augenblicke fort war oder Stunden, aber das Feuer war niedergebrannt, ich zu einer kleinen Kugel zusammengerollt und dem Wind lauschend. Es klang wie ein gewaltiger Sturm. Ich sah nichts, weil der Eingang um eine Ecke lag, hinter der ich mich verbarg, oder hinter der das Feuer versteckt war, um vom Meer aus nicht gesehen zu werden. Das Warten nahm kein Ende und meine Gedanken kreisten mittlerweile um den nahen Tod. Ohne Wasser konnte man noch mal wie lang überleben? Nicht lang und die Zeit verstrich wie Sandkörner in einem Stundenglas. Je länger ich hier untätig liegenblieb, desto wahrscheinlicher war es, dass man meine sterblichen Überreste in tausend Jahren bei einer Höhlenexpedition fand. Allerdings waren meine Chancen, auch nur bis zum Ausgang der Höhle zu kommen, nicht sehr hoch, denn wenn ich mich aufsetzte, schwindelte es mir, meine Arme zitterten und das Atmen wurde augenblicklich zur Tortur. Von wegen Bär! Ich rollte mich wieder zusammen. Es gab nicht viel, was ich tun konnte, nicht in meinem Zustand.

Ein Keuchen schreckte mich auf. Vorsichtige Schritte. Es war zu dunkel, um etwas ausmachen zu können, selbst wenn ich nicht versteckt wäre. Sie kamen näher und ich rutschte leise rückwärts.

Eine Gestalt hob sich von der Glut des Feuers ab. Beugte sich hinunter zu der Stelle, an der ich Augenblicke zuvor noch gekauert hatte. Mir blieb fast das Herz stehen.

„Lassie?"

Mein Atem entwich mir in einem scharfen Zischen.

„Katharina." Er stolperte über die Überreste des Feuers und tastete nach mir.

„Hier."

Ein Schwall fremder Worte folgte, während er mich an sich zog. „Kalt." Seine großen Hände rieben über meinen Rücken. „Wasser und Essen."

Langsam wurde mir wärmer und mein Herzschlag beruhigte sich wieder.

„Wasser." Klang herrlich.

„Kommt." Finlay nahm mich auf und drehte sich, um mich vor der schwellenden Glut wieder abzulegen. „Holz."

„Es heißt Feuer, wenn du das Lagerfeuer meinst." Ich wollte mich wieder aufsetzen, aber mir fehlte die Energie, also blieb ich liegen.

„Warm und Licht." Finlay fummelte herum und einige Augenblicke später knisterten frische Holzscheite in der Glut. „Feuer."

„Ja, ein Lagerfeuer, es wärmt uns und hellt diese Höhle auf, damit wir was sehen."

„Aye, Lagerfeuer." Finlay nahm seinen Umhang ab und legte ihn auf mich, um ihn um mich festzustecken. „Wasser."

„Trinken. Ich bin sehr durstig." Er hielt mir eine Art Sack an die Lippen. Ich trank gierig, wobei die Hälfte an meinen Mundwinkeln herabfloss.

„Ruhe." Er nahm den Schlauch von meinen Lippen. „Ruhe."

„Du meinst langsam. Ich soll langsam trinken", korrigierte ich leise. Es war einfacher zu sprechen, nun da ich meine Kehle befeuchten konnte.

„Aye."

„Dann sag es." Konnte nicht schaden, wenn er lernte, ganze Sätze von sich zu geben anstelle von Schlagworten.

„Ich soll langsam trinken?", sagte er und hob den Behälter wieder an meine Lippen. Nach einem Schluck korrigierte ich ihn wieder.

„Trink langsam."

„Trink langsam."

Nach einem weiteren Schluck legte ich mich hin und schloss die Augen. „Wo warst du?"

„Suchen."

„Du warst auf der Suche nach Wasser, Essen und Holz."

„Aye."

Ich seufzte gedehnt. „Wiederhole es. Ich war …"

„Warum?" Er zog einen Sack näher, aus dem er schon das Wasser geholt hatte, und hielt mir etwas unter die Nase. Es roch frisch und süß. Blinzelnd erkannte ich die Frucht: Einen Apfel.

„Oh!"

„Ihr."

„Für mich?" Ich nahm ihn an, weil mein Magen sich lautstark zu Wort meldete.

„Aye."

„Wo hast du das her?" Er roch zu verführerisch, ich musste einfach hineinbeißen und kaute dann genüsslich.

„Gefunden."

Mein Stocken wurde von aufgerissenen Augen begleitet, denn mir schwante Böses. „Gestohlen?" Es war unwahrscheinlich, dass im Herbst Äpfel herumlagen.

„Nay, Lassie." Er grinste versichernd, aber ich glaubte ihm kein Wort.

„Er ist gestohlen. Das Wasser auch? Mein Gott, natürlich, wo bekommt man auf die Schnelle so ein Ding her?" Der Appetit war mir gründlich vergangen, allerdings war mir auch klar, dass ich nicht wählerisch sein durfte.

„Ich …", begann er nach den richtigen Worten zu suchen und schüttelte dann den Kopf.

„Und deshalb sollst du wiederholen, wenn ich dich verbessere. Wir können nicht kommunizieren." Ich deutete mit dem Apfel erst auf ihn und dann auf mich. „Das macht mich wahnsinnig." Oder eher die Tatsache, nicht zu wissen, was los war, aber darauf wollte ich nicht eingehen. „Ich habe keine Ahnung, wer du bist."

„Finlay." Sein Grinsen wurde tiefer und er deutete auf mich. „Katharina." Dann zuckte er die Achseln.

Das mochte für ihn reichen, für mich sicher nicht. „Und wo kommt Finlay her? Was tut er? Warum muss er sich vor den Soldaten verstecken?" Und wie zum Teufel war ich dazwischen geraten?

Er schüttelte nur wieder den Kopf. „Essen." Er stand auf und streckte sich. „Keine Fragen."

„So funktioniert das aber nicht." Ich konnte nicht ruhig schlafen, geschweige denn irgendetwas anderes tun, ohne Bescheid zu wissen. Es machte mich ganz kribbelig, diese ganze Ahnungslosigkeit, und so konnte ich nicht weitermachen. Ich brauchte endlich Beweise für das, was hier vor sich ging. Und dann eine Erklärung. „Wir sind auf der Isle of Skye?"

„Aye."

„Wer ist König?"

Er sah mich an, als zweifle er an meinem Verstand. „George II."

„Hm." Solange ich ihm keinen Besuch abstatten konnte, half mir das nicht. „Der Duke of Skye."

„Was?"

„Wer ist der Duke of Skye?" Wenn ich zu seiner Burg konnte, wäre ich in Sicherheit, so oder so.

„Warum?"

Ich seufzte. Er hielt mich sicher für so verrückt, wie ich ihn. „Meine Schwester ist die Duchess of Skye."

Er lachte auf. „Nay."

„Vanessa. Sie hat vor einem Jahr geheiratet, ohne die Zustimmung seiner Eltern." Oder würden in über zweihundertsechzig Jahren geheiratet haben, wenn ... Aber das war auszuschließen.

„Nay." Dieses Mal war es ein sicheres, festes Nein.

Ich knabberte an meinem Apfel. „Warum nicht?"

„Kein Weib."

„Er ist nicht verheiratet?", fragte ich nach.

„Nay."

„Also schön, Finlay, wenn du dich nicht mit mir unterhalten möchtest, auch gut!" Eingeschnappt drehte ich mich weg, allerdings war mir klar, dass ich so nicht weiterkam. Mein Apfel beschäftigte mich eine Weile, aber nicht lang, und ihm den Rücken zuzukehren hatte den Nachteil, nicht zu wissen, was er trieb. Es machte mich nervös, aber alles machte mich derzeit verrückt.

Das hier wurde mehr und mehr zu einer Tortur, zumal ich zu zittern begann. Entweder es wurde kälter, oder ich hatte meine Erkältung noch nicht überwunden. Ich wollte mir gar nicht vorstellen, wie diese Geschichte ausging.

„Eiskalt." Finlay zog die Finger von meiner Hand zurück, die ich bisher gar nicht bemerkt hatte, und legte sie stattdessen an meine Stirn. „Daingead." Er kletterte über mich hinweg und quetschte sich zwischen mich und der Felswand. Unter die Umhänge zu kommen war schwieriger, schließlich waren sie fest um mich gewickelt. Es wurde wärmer, als er an mich heranrückte und vorsichtig den Arm um mich legte. „Muss“, murmelte er dabei. „Ihr eiskalt.“

Das wusste ich auch so. Ich kuschelte mich an ihn, so eng es ging, und wunderte mich, wie er so verflucht heiß sein konnte, wo er nicht einmal mehr seinen Umhang trug, wohingegen ich mich bald als Eiszapfen ausstellen lassen konnte.

Mann, das war einfach nicht fair.

***

Ich wusste in den nächsten Stunden nie genau, wann ich träumte und wann ich etwas bewusst erlebte. Alles blieb wirr und auf Abstand. Manchmal versuchte ich mit Finlay zu sprechen, nur um sicherzugehen, dass ich nicht allein war. Mir war nie bewusst gewesen, wie sehr es mich belastete, niemanden um mich herum zu haben, auf mich allein gestellt zu sein, aber ich schaffte es nicht, meinen Groll mit Nichtbeachtung auszudrücken.

Manchmal spürte ich ihn an mir, immer dann, wenn mir warm, aber nicht unerträglich heiß war, denn das wechselte sich nun ab. Mal fror ich erbärmlich, mal kochte ich im eigenen Saft, und zu jeder Zeit bellte ich wie ein wütender Straßenköter. Keine Frage, ich war übel dran.

Als ich erwachte, flackerte ein riesiges Feuer vor meinen Augen. Es qualmte und reizte meine Bronchien. Das hatte mich sicherlich geweckt, denn sonst war es totenstill um mich herum.

„Finlay?“ Ich erwartete keine Antwort. Er ging immer mal wieder, um Vorräte zu stehlen, was sicher angenehmer war, als an meinem Krankenbett zu wachen und sich anzuhören, wie ich mir die Lunge aus dem Hals hustete. Ich wäre auch gegangen, wenn ich er wäre.

Bei meinem Rundumblick fiel mir die leberförmige Tasche auf, in der Finlay das Trinkwasser besorgte. Ich setzte mich auf, gegen den Schwindel ankämpfend. Ein Beutel lag daneben, und sah gefüllt aus. Meine Finger zitterten, als ich sie ausstreckte und den groben Stoff berührte. In ihm befand sich ein weiteres Bündel, zwei Karotten und ein Apfel. Das Bündel enthielt Brot. Wenn Essen und Trinken bereitstand und Finlay nicht da war …

Ich lauschte angespannt, vernahm aber nur das stetige Rauschen des Meeres, allerdings gedämpft, nicht so wie sonst. Das Feuer war hoch aufgestellt und schon eine Weile am Brennen, Holz lag bereit, es gab also keinen Grund für ihn, die Höhle zu verlassen. Ich wartete ungeduldig, betete dabei, er möge um die Ecke biegen, aber das passierte nicht. Mein Magen knurrte und das Feuer verbreitete Rauch, der mir den Atem nahm. So ging das nicht. Mich aufzurappeln war ein Akt, um die Ecke zu gelangen ein weiterer und dort stutzte ich erst einmal. Es war dunkel. Schön, das an sich war kein Grund zur Besorgnis, es konnte Nacht sein, aber es war unnatürlich dunkel. Ich ging zurück und setzte mich unruhig wieder hin, um in das Feuer zu starren und etwas zu essen. An meiner Einsamkeit änderte es nichts, also versuchte ich erneut am Eingang etwas zu sehen. Dieses Mal entzündete ich langwierig einen Ast, um ihn als Fackel zu nehmen und nicht in der Dunkelheit herumtapsen zu müssen. Mein Herz stockte, wollte nicht glauben, was meine Augen sahen. Der Ausgang war versperrt, was erklärte, warum der Rauch sich staute. Die Erkenntnis war bitter.

Eingesperrt. Alleingelassen. Ich musste gestehen, ich war nicht wirklich verwundert. Es war vernünftig mich zurückzulassen, ich hielt ihn nur auf, und starb vermutlich sowieso.

Dieser Gedanke rüttelte mich auf. Ich befand mich im Jahr 2018 und in der Zeit starb man nicht an Erkältungen, schon gar nicht, wenn man jung und kräftig war. Also sah mein Plan ganz einfach aus: Hier rauskommen und das nächste Gebäude ansteuern, in der Hoffnung, dass der Wahnsinn endlich ein Ende fand. In der Zivilisation sah alles schon viel rosiger aus.

Allerdings war die Blockade des Eingangs massiv und ich konnte sie nicht fortschieben. Keuchend ging ich davor in die Knie, wobei ich die Stirn an den groben Stein lehnte. Es gab einen Luftzug, ich spürte ihn, allerdings war es nur eine Frage der Zeit, bis die Zufuhr nicht mehr ausreichte. Mit bloßer Muskelkraft kam ich hier nicht raus, also brauchte ich Hilfe. Da ich wohl kaum darauf warten brauchte, dass mich hier jemand fand, gab es nur eines, was mir einfiel: Hebelkraft.

Da der Rauch sowohl in den Augen als auch in meinem Hals kratzte, und ich am qualmenden Lagerfeuer nicht genug Luft bekam, sammelte ich schnell die Dinge ein, die ich brauchte, und schleppte sie zum Eingang. Dort war es kalt, ja, aber es gab Atemluft. Ich wickelte mich ein, knabberte an dem Brot und wartete geduldig. Auf genug Kraft, um den Hebel anzusetzen.

Dann konnte der Rauch abziehen und ich mich weiter ausruhen, bis ich mir zutraute, die Felswand hinaufzuklettern.

Wann immer das auch sein sollte.

Nach einer Weile setzte ich einen dicken Ast an und drückte mit meinem vollen Gewicht dagegen. Lange Zeit tat sich nichts, also variierte ich den Ansatzpunkt, bis der Fels endlich knarzte. Ein Stück bekam ich ihn weggeschoben, dann musste ich erst einmal ausruhen. Der stetige Zug des Rauches, der nun an mir vorbeizog, machte mich verdammt zufrieden, immerhin zeugte es von meinem Erfolg.

Allerdings machte es meinen Platz neben dem Eingang recht frostig. Ich rieb mir die Gliedmaßen, um sie etwas aufzuwärmen, weil die Decken nicht ausreichten. Ich musste nur noch zu Kräften kommen, dann konnte ich versuchen, die Felswand zu erklimmen. Erschöpft schloss ich die Augen, und schreckte auf, als es knarrte. Etwas streifte meinen Fuß, den ich schnell einzog ebenso wie meinen Atem. Was war los?

Mein Herz raste und ich drückte mich eng gegen die Wand in meinem Rücken. Schritte von mehr als einer Person waren zu hören und alle gingen tiefer in die Höhle hinein. Ich setzte mich so leise wie möglich auf. Von meinem Standort aus war das Feuer nur ein kleiner Schimmer, aber er beleuchtete die Gestalten, als sie um die Ecke bogen. Fünf an der Zahl.

„Lassie?" Ein Schwall fremder Worte folgte. „Katharina, wo seid Ihr?"

Finlay, trotzdem rührte ich mich nicht.

„Hört Ihr mich? Katharina! Daingead, Lassie, wenn Ihr mich hören könnt, dann bitte gebt einen Ton von Euch.“

Was für ein Lügner!

„Ich bin zurück und habe Hilfe mitgebracht. Hört Ihr mich?“

Obwohl Ärger in mir brannte, hatte ich nicht vor, mich zu verstecken. Ich brauchte Hilfe, egal von wem.

„Hier.“

„Katharina!“ Finlay war innerhalb von zwei Wimpernschlägen bei mir. „Was macht Ihr so weit ...“ Er stockte, merkte wohl, dass er sich verraten hatte. „... vom Feuer entfernt?“

„Die Barriere ließ keine Luft rein, man, du hättest mich beinahe ausgeräuchert“, brachte ich krächzend hervor. Abgesehen von dem Schock, den ich bekommen hatte, als ich mutterseelenallein aufwachte.

„Nay, ich habe den Ausgang zu Eurer Sicherheit versperrt.“

„Ich nehme an, es diente auch meiner Sicherheit, als du so tatest, als sprächest du kein Englisch.“ Ich schob seine Hände von mir und rappelte mich auf. „Wer sind diese Männer?“ Die sich mittlerweile um uns versammelt hatten.

„Hilfe. Euer Fieber ist gesunken? Ich befürchtete schon, ich käme zu spät.“ Er wagte einen weiteren Versuch, meine Temperatur zu prüfen.

„Finger weg!“ Immerhin konnte ich aus eigener Kraft stehen.

„Kommt, wir bringen Euch zu einem Heiler.“ Finlay überwand meinen Widerstand und zog mich aus der

Höhle. „Wir müssen den Hang hinab. Wenn Ihr unsicher auf den Füßen seid, trage ich Euch.“

Lieber nicht. Angestrengt versuchte ich etwas zu sehen, aber leider war es Nacht und abgesehen von dem verhangenen Felsvorsprung nichts auszumachen. Es war doch Selbstmord, unter diesen Bedingungen am Felsen herumzuklettern!

„Spinnst du?“

Finlay legte den Arm um mich und schob.

„Kommt, von hier vorn könnt Ihr Euch einen Eindruck verschaffen, von dem was vor euch liegt.“ Sprich: der Klippe.

Zwar wagte ich nur widerwillig einen Blick hinunter, aber zumindest verstand ich nun, worauf er hinaus wollte. Ein schmaler Pfad schlängelte sich in großen Bögen den Hang hinunter.

„Das ist nicht dein Ernst.“ Ich brachte es kaum heraus.

„Ein kleiner Spaziergang.“ Er feixte, was ich nur deutlich erkennen konnte, weil die Wolkendecke kurz aufbrach und der Mond uns beleuchtete.

„Gibt es keinen anderen Weg?“ Irgendwie hoffte ich auf einen Jux, auch wenn ich tief in mir wusste, dass es keiner war.

„Nay.“

„Oh, Gott, ich bring dich um, wenn ich das hier überlebe.“ Obwohl ich daran größere Zweifel hatte als je zuvor. Herrgott, ich war krank! Lange Anstrengungen schaffte ich nicht, und das hier war mehr als lang, es war unendlich. Ich schloss die Augen.

„Es wäre mir lieber, du hättest mich zurückgelassen.“

„Ich trage Euch, habt keine Angst, ich werde Euch nicht fallenlassen.“ Er schlang die Arme um mich, aber so schnell wollte ich nicht aufgeben. Also drückte ich ihn fort.

„Ich versuche es auf eigenen Füßen." Mein Entschluss stand fest. „Mir fehlen die Worte, um auszudrücken, was ich hiervon halte."

„Das wäre in der Tat neu."

Mein erster Schritt ging fast ins Leere, als ich seine Worte vernahm.

„Also, mir warst du lieber, als du so getan hast, als könntest du dich nicht verständigen." Zumindest war ich da vor seinem Hohn sicher gewesen.

„Dabei wolltet Ihr doch reden." Sein Zwinkern war völlig fehl am Platz und raubte mir für einen Augenblick die Worte.

„Ich wollte dir lediglich helfen", verteidigte ich mich und folgte endlich den Männern, die bereits ein Stück den Hang hinunter waren und uns zuwinkten.

„Oder aushorchen."

„Ha!" Lächerlich, was konnte er mir schon erzählen, was irgendeine Relevanz für mich haben könnte. „Deine Geheimnisse interessieren mich nicht die Bohne!"

„Davon bin ich nicht überzeugt."

Der Weg war so schmal, dass ich nicht wagte ihn frontal zu begehen, also drängte ich mich mit dem Rücken gegen die Felswand und schob die Füße vorsichtig seitwärts weiter. Es dauerte und, was schlimmer war, es war furchteinflößend. Ich hatte ständig den Abgrund vor Augen, konnte den Blick kaum abwenden von dem hypnotischen Einrollen der Wellen und der Art, wie sie sich an den Felsen brachen. Auf einen weiteren Sturz konnte ich verzichten und hier runter wäre mein sicherer Tod. Es braute sich in mir ein riesiges Brausefass zusammen, das mich zittern ließ und meinen Puls in die Höhe trieb, ohne dass etwas passierte. Pure Angst ließ mich in Schweiß ausbrechen und stoppte mich. Schwer atmend schüttelte ich den Kopf. Ich hatte nie irgendwelche Ängste gehabt und sicherlich keine vor Höhen. Ich liebte es, zu fliegen, ob nun als Paraglider oder in einem Segelflugzeug war da gleich, aber dies hier weckte Urängste in mir.

„Lassie", flüsterte Finlay in mein Ohr. „Ich halte Euch." Tatsächlich spürte ich seine große Hand auf meinem Bauch, aber Sicherheit gab sie mir nicht. Herrje, er konnte ebenso abrutschen wie ich, oder von meiner Bewegung überrascht werden und dadurch ins Trudeln geraten.

„Ihr werdet nicht fallen. Das lasse ich nicht zu."

Dummkopf, mehr gab es dazu nicht zu sagen.

„Nun schiebt den Fuß weiter. Langsam, aber stetig." Noch immer strich sein Atem über mein Ohr, bewegte die lockeren Härchen, die mich sogleich kitzelten. Wenn er nicht aufhörte, ging ich tatsächlich noch über die Klippe, weil ich einfach dem Kitzeln entkommen wollte.

Schnell rutschte ich weiter. Meine Hände streiften über die rauen Vorsprünge der Felswand in meinem Rücken und gaben mir die Richtung vor. Die Augen zu öffnen, wagte ich nicht.

„So ist es gut, Lassie."

Mann, wie konnte er so nah bei mir sein, um mir Dinge ins Ohr zu flüstern?

„Gleich geht es in die Kurve. Jetzt."

Ich musste blinzeln, mir blieb keine Wahl. Tatsächlich änderte der schmale Pfad seine Richtung.

„Ihr macht dies hervorragend. Nun langsam weiter."

Er lenkte mich ab, und ich war ihm dankbar dafür. Mein Geist konzentrierte sich auf seine Worte und verdrängte damit die Angst. Es dauerte lange, und die Männer waren angenervt, als wir endlich bei ihnen ankamen, aber ich schaffte es auf eigenen Füßen bis hinunter zum kleinen Ruderboot, das für meinen Geschmack zu voll war. Finlay platzierte mich auf der mittleren Planke, wodurch ich zwischen zwei bulligen Männern eingepfercht wurde, während er mir gegenüber Platz nahm, am Ruder. Hinter mir gab jemand den Takt in einer mir unverständlichen Sprache an und die vier Männer nahmen ihren Schlag auf. Es ging überraschend schnell, die riesige Felswand blieb zwar unser Begleiter, aber sie wuchs weiter an, fiel ab und stieg dann wieder, während wir an ihr entlangglitten. Im Mondschein und so eng, dass ich mir ausmalte, die Wand mit den Fingerspitzen berühren zu können, sollte ich mich aus dem Boot lehnen und den Arm ausstrecken.

Ich fror, merkte es aber nicht, weil die Männer, zwischen denen ich eingeklemmt war, enorme Hitze ausstrahlten. Nur meine Finger bebten in meinem Schoß. Bei jedem Schlag wurde ich zwischen ihnen zusammengepresst, was unangenehm war, obwohl ich natürlich von ihrer Körperwärme profitierte. Endlich steuerten sie eine Bucht an. Meine Erleichterung hielt nicht lange an, denn auf den ersten Blick erkannte ich die Krux der Geschichte: Die Felswand war noch da.

Man nötigte mich, auszusteigen und ich stand dann wortlos vor der Wand, ohne den Blick abwenden zu können. Ich konnte nicht genau sagen, was ich fühlte, es war eine Mischung aus Verzweiflung, Angst und dem Bewusstsein, aus der Nummer nicht rauszukommen. Ich musste, ob ich wollte oder konnte oder auch nicht. Trotzdem ging ich in die Verweigerung. Ich drehte mich um, und wollte wieder zurück auf das Ruderboot. Finlay, der neben mir gestanden hatte, trat mir in den Weg, so dass ich gegen ihn lief, oder besser: In seine Umarmung hinein, denn er schlang sogleich die Arme um mich, und presste mich an sich. Seine Finger woben sich dabei in mein Haar, legten sich auf meinen Hinterkopf und hielten mich so nah bei sich, während er mir ins Ohr flüsterte.

„Ruhig. Ihr müsst nicht weiter.“

Es brach etwas in mir, sorgte dafür, dass meine Augen brannten und mein Hals sich wie bei einem Heulkrampf zusammenzog. Nein! Es kostete mich den Rest meiner Kraft, mich zusammenzunehmen. Finlay hielt mich so fest, dass es nicht auffiel, dass meine Knie nachgaben.

„Ihr seid stark“, murmelte er. „Und wenn Ihr müsstet, dann könntet Ihr weiter. Aber Ihr müsst nicht.“ Sein Halt wurde lockerer, wodurch ich etwas zusammensackte und er mich dann auf den Arm hob. „Ich bringe Euch nach oben, seid unbesorgt.“

Ich versteckte mein Gesicht an seiner Schulter und schloss die Lider. Er konnte mich schlecht die Felsen hinauftragen, ich hatte keinen Weg ausmachen können, obwohl die Sonne bereits über den Horizont blinzelte. Aber einen Moment wollte ich einfach daran glauben, dass er es doch könnte. Dass er meinetwegen wie Supermann vom Boden abhob und hochflog, oder sonst irgendetwas. Dieses Problem wollte ich weder kennen noch lösen. Nicht jetzt.

„Ihr seid schon wieder eiskalt, Lassie“, wisperte er mir zu, als er losging. Er eierte eher über die Steine, vorsichtig, was mir imponierte, natürlich wollte er sich bei einem Sturz nicht verletzen. Aber mit mir als zusätzliche Last extra vorsichtig umzugehen, fand ich bemerkenswert umsichtig von ihm.

„Es wartet ein richtiges Bett auf Euch“, versprach er. „Und gutes Essen. Ihr werdet euch erholen.“

„Ich brauche Medikamente.“ Es war einen Versuch wert, oder?

„Ihr sprecht von Tinkturen? Auch die sollt Ihr bekommen.“

Irgendwie glaubte ich nicht, dass wir uns richtig verstanden. „Ich meine, dass ich einen Arzt sehen muss. Ich glaube, ich entwickle eine Lungenentzündung.“ Vielleicht übertrieben schwarzseherisch, aber ich war noch nie so krank gewesen, dass ich tagelang mit hohem Fieber flachgelegen hätte.

„Nay, Fachkundige findet man hier oben nicht, aber mein Onkel sollte einen gemeinen Heiler beschäftigen.“ Er lachte innerlich, dumm für ihn, dass ich es spüren konnte, schließlich lag ich eng an seiner Brust!

„Was ist so lustig? Dass ich auf gute Behandlung bestehe?“

„Aye“, murmelte er, immer noch lachend.

„Dummkopf.“ Warum ich kein stärkeres Schimpfwort wählte, verstand ich selbst nicht so genau, und mein Tonfall war irgendwie auch eher neckisch. Mein

Husten störte etwas, das wollte ich einräumen, aber alles in allem klang ich wie bei einem Flirt.

Der Gedanke lenkte mich ordentlich ab, widersinnig wie er war. Ich flirtete nicht. Schon gar nicht mit einem Irren, respektive Barbar, je nachdem ob ich auf meine Sichtweise bestehen wollte.

Es wurde dunkel, weshalb ich dann doch den Kopf hob. Schon wieder eine Höhle. Mein Stöhnen war raus, bevor ich ihn zurückhalten konnte.

„Seid unbesorgt, ich kümmere mich um Euch.“

So gut er eben konnte, oder wie?

„Hamish ...“ Da es unverständlich weiterging, schaltete ich ab. Dieses Sprachwirrwarr brachte mich ganz durcheinander.

„Vertraut mir, Katharina, Euch wird kein Leid zugefügt werden.“

Das klang aber nicht vertrauenserweckend. Im nächsten Moment ruckte es, als verlöre er den Halt. Wir schwangen und ich schrie auf.

„Scht, es ist sicher.“

Glaubte er vielleicht! Ich wäre ihm aus den Armen gesprungen, wenn er mich nicht felsenfest an sich gepresst hielt. So riss ich eben die Augen auf, und sah mich um. Fackeln erleuchtete das Dunkel – unter und über mir!

Es knirschte und knarzte beängstigend und bei jedem Ruck blieb mein Herz erneut stehen. Über mir hing eine Art Flaschenzugkonstruktion, mittels der wir emporgezogen wurden – von den vier Männern, die unten geblieben waren. Dabei fasste der Käfig, in dem wir standen und der aus einigen Holzplanken bestand, soweit ich es beurteilen konnte, gerade mal zwei Personen, von der Breite meiner Begleitung zumindest.

„Das ist Wahnsinn", quietschte ich und klammerte mich noch fester an ihn. Natürlich wusste ich, dass es mir nichts brachte, sollten wir tatsächlich abstürzen.

„Ganz ruhig", flüsterte Finlay mir zu. Ihm selbst machte das Schwingen und die Anfälligkeit der Konstruktion nichts aus. Sein Herz schlug bedeutend langsamer als meines, fast schon entspannt.

„Mein Gott, ich bringe dich um …"

„Ihr tätet uns beiden einen Gefallen, so etwas nicht laut auszusprechen. Hier haben die Wände Ohren, und ich möchte nicht, dass man Euch als Gefahr wahrnimmt."

Die Ernsthaftigkeit seiner Warnung war beängstigend, zumal er eben noch belustigt gewesen war.

„Wie meinst du das?"

„Ich weiß, dass Ihr es nur so dahinsagt, aber man könnte es für bare Münze nehmen. Unsere Frauen sind temperamentvoll und begehen schon mal eine Dummheit. Ich möchte verhindern, dass man Euch falsch einschätzt."

Was mir immer noch nicht viel sagte.

„Wie wäre es mit Klartext?" Ich schob mich von seiner Brust weg, auch wenn es mir schwerfiel. Viel lieber hätte ich mich noch einen Moment länger in der Illusion vergraben, dass alles gut würde, und zwar ohne dass ich aktiv eingreifen musste. Per Geisterhand, praktisch. Eine sehr naive, fast schon kindliche Vorstellung, aber die Situation brachte mich einfach an meine Grenzen.

Finlay sah mich mit einem Ausdruck an, der mir eisige Schauer über den Körper jagte.

„Ihr seid keine Schottin, sprecht englisch und wir verstehen uns derzeit nicht gut mit Engländern und ihren Verbündeten. Der König ist aus dem Haus Hannover, was man ebenfalls nicht gut für Euch auslegen wird. Jedes Eurer Worte wird auf die Goldwaage gelegt werden." Irgendwie wurde mein Gefühl nicht besser. „Werdet Ihr als Spion betrachtet, bringt Euch dies in ernste Gefahr." Ich hörte Lebensgefahr, oder interpretierte den Kontext so, denn er klang einfach unheilvoll.

Es war kein Geheimnis, dass das Königshaus Windsor deutsche Wurzeln hatte. Herrje, ganz Europa war in den adligen Kreisen miteinander verwandt, aber ich hatte sicher nichts mit ... Stop! König, nicht Königin, und Hannover, nicht Windsor. Es verwirrte mich einfach.

„Das ist doch Quatsch." Meine Stimme brach. Wenn ich davon ausging, dass ich es hier mit schottischen Separatisten zu tun hatte, also in gewisser Weise Terroristen, dann gäbe es keine Untersuchung durch Kriminalbeamte oder Bundesbeamte oder Ähnlichem, sondern dieser Verrückte urteilte über mich und dann ... Ich nahm ihn augenblicklich todernst. Mein ganzer Körper wurde starr, und mein Zittern rührte nicht mehr von meiner gesundheitlichen Verfassung, sondern von meinen angegriffenen Nerven.

„Glaube mir, Sassenachs leben genauso gefährlich in Schottland wie wir Schotten selbst." Was absolut unsinnig klang.

„Ich habe dir schon einmal gesagt, dass mich deine Geheimnisse nicht interessieren. Das gilt auch für jeden anderen. Mich interessiert nicht, was ihr hier anstellt, ich will nur nach Hause." Ich wurde heftig, was zumindest meine Furcht dämpfte, aber auch meinen Verstand klärte. Ich sollte vorsichtig sein, wenn die anderen Kerle hier so drauf waren, wie jener nach meiner Rettung aus den Fairy Pools.

„Das wird schwierig werden, Katharina. Zurzeit ist das halbe Land auf der Flucht und die andere Hälfte nicht bereit, Sassenachs beizustehen." Er seufzte leise. „Es wird Zeit kosten, ihr müsst Geduld haben."

Herrlich, die eine Tugend, die ich sicher nicht besaß, war Geduld. Meine Augen verdrehend, kuschelte ich mich wieder an seine Brust. „Ich muss doch nur zu meiner Schwester." Also gar nicht quer durch Britannien und dann über den Ärmelkanal, sondern nur ein paar Kilometer in irgendeine Richtung. Das musste doch machbar sein. „Sie lebt doch hier", wisperte ich an seinem Hals und schloss die schweren Lider.

„Scht, Prinzessin, wir sprechen später darüber."

Ich fragte mich noch, wie viel später, aber der Gedanke zerfaserte.

7. Das Haus meiner Schwester

Es hätte auch eine Höhle sein können, war mein erster klarer Gedanke, als ich die Augen öffnete. Die kahlen Wände erinnerten mich an mein Zimmer in Vanessas neuem Heim, aber es war noch kleiner und urtümlicher. Der Kamin brannte mit echtem Holz, und war schmaler, als jener in meinem Zimmer auf der Burg. Das Fenster war nicht verglast, auch wenn ich das erst glaubte, als sich ein Vogel auf dem Sims setzte und darauf herumlief. Der Ausblick war dafür grandios – wenn man das offene, weite Meer liebte. Der Wind pfiff durch den Raum und bewegte die Vorhänge, die das Bett flankierten und nur am Fußende geschlossen waren. Es zeigte ein Wappen, was mir bekannt vorkam. Es anstarrend kramte ich in meinem Gedächtnis nach dem Äquivalent. Wo hatte ich es gesehen?

Ich wurde abgelenkt, als eine junge Frau das Zimmer betrat und einen kleinen Schrei ausstieß, bevor sie eilig knickste und einige unverständliche Worte von sich gab. Es wurde nervig, keine Frage, aber nur weil diese Sturköpfe von Schotten mich auflaufen lassen wollten, anstatt englisch zu sprechen, lernte ich sicher nicht ihr vermaledeites Gälisch!

Trotzig kniff ich die Lippen zusammen, und starrte sie an. Sie wich zurück, und verschwand. Na toll! Zwar konnte ich mich nicht mit ihr unterhalten, aber ich lernte Gesellschaft zu schätzen.

Zum Glück blieb ich nicht lange allein. Finlay kam, setzte sich auf das Bett und beugte sich zu mir, wobei er sich umsah, als erwartete er unerwünschte Mithörer, bevor er murmelte: „Ich musste eingestehen, dass Ihr keine Schottin seid und woher ich Euch habe.“

Leise Entrüstung schwellte in mir. Ich war kein Gegenstand, den man wo herhaben konnte.

„Mein Onkel wird Euch befragen, sobald er hört, dass Ihr erwacht seid. Antwortet weise.“ Er hob die Brauen, als wolle er darauf hinweisen, wie wichtig dieser Punkt war, nur konnte ich damit nicht viel anfangen.

„Du rätst mir also nicht zur Wahrheit, sondern ...“ Mein Hals kratzte und ich musste abbrechen, mein Punkt war aber auch so klar.

„Die Wahrheit? Welche?“

„Meine Schwester“, krächzte ich und hustete vor Anstrengung.

„Die Duchess of Skye?“ Er klang belustigt. „Das brächte Euch hier in ernste Schwierigkeiten.“

„Mag man Ian nicht?“ Leider konnte ich mir meinen Sarkasmus nicht verkneifen. „Hat wohl die falsche Frau geheiratet, hm? Eine Preußin.“

„Ian?“ Seine Brauen zogen sich nun über seinen Augen zusammen, und er schüttelte ansatzweise den Kopf. „Sagt nicht ...“

„Mein Schwager“, knirschte ich offensiv. „Ian McDermitt, der Duke of Skye.“

Finlay schüttelte den Kopf. „Nay, der Duke of Skye ist Sheamus Angus Alisdair Donald Fergus McDermitt."

„Das muss sein Vater gewesen sein." Zugegeben, ich wusste es nicht. Ich konnte mich nicht entsinnen, ob die Vornamen der Eltern gefallen wären.

Wieder schüttelte Finlay den Kopf. „Sein Erbe ist Padraig, oder, sollte er seinen Verletzungen doch noch erliegen, was Gott verhüten möge, sein Bruder Rourke. Ian …" Finlay griff nach meiner Hand und drückte sie. „Erwähnt ihn nicht, schon gar nicht, wenn er eine Sassenach geheiratet hat und sich Duke of Skye nennt."

Mein Mund klappte auf. Schön, ich mochte nicht viel über meinen Schwager wissen, aber ich hielt ihn nicht für einen Verrückten, der sich einen Titel aneignen wollte, der ihm nicht zustand. Wurde so was nicht überwacht? In einem Adelsregister vielleicht, damit alles seine Richtigkeit hatte?

„Wenn Ihr wisst, wo er sich aufhält, bringe ich Euch zu ihm und Eurer Schwester, aber erwähne ihn nicht!"

Ich war sprachlos. Finlay räusperte sich mit einem schnellen Blick zur Tür.

„Ruht Euch aus. Ihr braucht einen plausiblen Grund, warum Ihr bei den Fairy Pools …"

Die Tür wurde aufgestoßen und Finlay beugte sich schnell vor, um seinen Mund auf meinen zu pressen.

„Finlay", röhrte es, dass es mir nur so in den Ohren dröhnte. Der Angesprochene ließ sich aber nicht hetzen. Genüsslich drückte er mir einen weiteren Schmatzer auf, bevor er sich aufsetzte und sich umdrehte.

„Bràthair-màthair." Sie wechselten einige Worte, bevor Finlay aufstand und an die Wand zurückwich. Sein letzter Blick sagte alles, er befürchtete das Schlimmste.

Es machte mich unnötig nervös, und ich klammerte mich an meine Bettdecke, die ich höher zog, um sie als Bollwerk zu benutzen.

Der Mann, der nun an die Seite meines Bettes trat, war älter als Finlay und wirkte alles andere als gefährlich. Er ging leicht vornübergebeugt, was ihn kleiner wirken ließ und weniger bedrohlich als die Schotten, die mir bisher begegnet waren. Ihm folgte ein jüngerer Mann, beide hatten rötliches Haar, auch wenn der Ältere weiße Strähnen aufwies und buschigere Brauen besaß. Der Jüngere blieb am Fußende des Bettes stehen und musterte mich aus zusammengekniffenen Augen, während der Ältere ein Lächeln auf den Lippen trug.

„Nighean, latha math.“

Da ich ihn nicht verstand, starrte ich ihn nur an.

„Ihr verstehst mich nicht, nicht wahr, Kindchen?“, fuhr er dann auf Englisch fort.

„Katharina“, korrigierte ich, schließlich war ich bei Weitem kein Kind mehr.

„Ein schöner Name.“

Die Bestätigung sparte ich mir.

„Für eine Sassenach.“

Auch das war keine Frage, also hielt ich den Mund.

„Vom Festland habe ich gehört.“ Auch seine Augen verengten sich, während die jüngere Ausgabe seiner selbst die Arme vor der Brust verschränkte und mich aus glühenden Augen anstarrte.

„Aber nicht aus Frankreich.“ Er wartete und wurde langsam ungeduldig. Sein Mund war verkniffen, aber er hatte noch immer keine Frage gestellt, was also wollte er von mir?

„Woher genau kommt Ihr?“

„Ich komme aus dem Vest." Was niemandem etwas sagte, der nicht ebenfalls aus der Gegend stammte. „Recklinghausen." Das war jetzt so genau, dass er es trotzdem unmöglich zuordnen konnte. „Muss ich es auf einer Karte zeigen? Weitere Städte in der Nähe aufzählen?"

„Liegt Hannover in der Nähe?"

„Sind wir hier in der Nähe von Glasgow? Dann ja."

„Lassie, dies ist nicht die Zeit für Späße." Etwas von seiner Weichheit schwand und machte ihn dem Jüngeren ähnlicher. „Welche Verbindung habt ihr zum Haus Hannover?"

Allein die Fragestellung war unsinnig. „Keine?"

„Eure Eltern, wer sind sie?", stellte er die nächste Frage, obwohl er nicht den Eindruck machte, meine Antworten für voll zu nehmen.

„Clara und Jens Hagedorn."

Er wartete sichtlich, aber mehr hatte ich nicht zu sagen. Was auch? Ihre Berufe, Alter und Hobbys?

„Und wer sind Clara und Jens Hagedorn?"

Was für eine Information suchte er eigentlich?

„Meine Eltern?"

„Ihren Stand, Mistress Katharina. Welche Liegenschaften und welches jährliche Einkommen haben sie", mischte Finlay sich angespannt ein. Der Ältere zischte ihm eine Warnung zu und ein kurzer Dialog entspann sich zwischen ihnen.

Es gab mir Zeit, um über Finlays Hinweis nachzudenken. Ganz deutlich verstanden sie hier einiges nicht. Was hatten die finanziellen Umstände meiner Eltern hier zu interessieren? Die Antwort war Erpressung. Tja,

Pech, dass er kein Lösegeld bei meiner Mutter herausschlagen konnte. Moment! Hatte Finlay mich mit Vanessa gesehen?

War es das? Die ganze Show, um Vanessa zu erpressen?

Ich war baff. Als der ältere Mann sich wieder mir zuwandte, starrte ich mit einem Gefühl in meinen Schoß, das noch niederschmetternder war, als jenes, als ich allein in der Höhle aufgewacht war.

„Sprecht, Lassie. Wer sind Clara und Jens?"

„Jens ist tot." Es fiel mir nicht schwer, es zu sagen, für mich war mein Vater nur eine Art Sagengestalt. Bei Vanessa sah es anders aus, aber er fehlte mir nicht. „Und Clara ist Steuerfachangestellte. Ihr Jahresgehalt liegt bei, keine Ahnung, zwanzig oder so." Ich zuckte die Achseln. „Aber sie braucht jeden Cent."

Der Jüngere schnaubte und verließ seinen Platz, um näher zu treten. Er sagte etwas.

„Nay", widersprach Finlay und stieß sich von der Wand ab. „Sie ist nur ein Mädchen."

Die Situation spitzte sich zu, ich merkte es deutlich, und zwar nicht nur an den erhobenen Stimmen und der Aggression, die in der Luft hing. Etwas kroch unangenehm kalt meine Wirbelsäule empor.

„Ein Mädchen", spie der Jüngere mit einem giftigen Blick zu mir, „das aus purem Zufall in die Fairy Pools springt?"

„Ich ..." schnell klappte ich den Mund zu, bei Finlays warnender Miene. Es war wohl nicht wichtig, dass ich gestoßen worden war und nicht gesprungen.

„Aye."

Die Anstrengung und gleichzeitige Anspannung bescherte mir Schweißausbrüche. Ich war bei Weitem nicht gesund und dieser Befragung nicht gewachsen. Zumal ich nicht die Wahrheit sagen konnte, oder?

Meine Zweifel machten mich noch verrückt, denn weder wusste ich, ob Finlay es gut mit mir meinte, noch was gut für mich wäre.

Die Fakten lagen nicht auf dem Tisch. Nichts ließ sich einschätzen, was mich wahnsinnig machte.

„Warum?“, brummte der Jüngere.

Ich sah auf, in die giftigen, grünen Augen des Jünglings, der noch deutlich jünger wirkte, wenn man ihm ins Gesicht sah. Es war weniger kantig, als das des Dukes, und wies keinerlei Alterungserscheinungen auf. Er konnte zwischen fünfzehn und fünfundzwanzig Jahre sein.

Der Ältere behielt mich ebenfalls scharf im Auge und wartete. Finlay wurde sofort unterbrochen, als er zu einer Antwort ansetzte.

„Meine Beziehung verlief nicht gut, und ich brauchte Abstand zu ihm. Großen Abstand, also bin ich weg.“ So weit war es die Wahrheit, auch wenn Vanessas Einladung unterschlagen blieb.

„Ihr seid fortgelaufen? Von Eurem Angetrauten? Wer ist es?“, hakte der Ältere nach und verengte die Augen.

„Ich bin nicht verheiratet.“

Brauen hoben sich, und die allgemeine Meinung über mich schwang um. Beide Männer bekamen diesen gewissen Ausdruck, als sie mich nun musterten, und setzten unisono ein Grinsen auf, das schon an Gier grenzte.

„Aye“, murmelte der Ältere. „So ein Mädchen seid ihr.“

„Bràthair-màthair!" Finlay kam zum Bett und sprach auf den Sitzenden ein, während der andere Mann mich weiterhin lüstern anstarrte. Sie hatten hier deutlich ein Triebproblem, zu dessen Lösung ich nicht beitragen wollte.

„Mo nighean!" Finlay plusterte sich auf wie ein Rebhuhn, was bei seiner Gestalt gar nicht nötig war, allerdings Eindruck schindete, denn der Ältere hob die Hände und klang versöhnlich.

„Ich verabschiede mich vorerst, Lassie."

„Guten Tag." Ich senkte den Blick wieder auf meine zittrigen Finger, bevor ich die Lider ganz schloss. Ich hörte, wie Schritte sich entfernten, erst etwas schlurfend, dann gefolgt von festen, sicheren. Die Tür schlug zu, und wieder hasteten Tritte über den Holzboden, dieses Mal zu mir zurück. Blinzelnd versicherte ich mir, dass es Finlay war, der geblieben war und sich nun wieder auf die Bettkante setzte.

„Jetzt haben wir ein Problem." Er flüsterte es. „Sie halten Euch für eine Buhle."

Mit dem Wort konnte ich nichts anfangen, allerdings ließ der Kontext nicht viele Möglichkeiten offen, und ich tippte mal stark auf Hure für die Übersetzung.

„Ich will nach Hause", flüsterte ich am Ende meiner Kraft. „Ich will einfach nur nach Hause."

„Aye, aber bis auf den Kontinent ist es ein sehr weiter Weg."

Ich drehte mich von ihm fort, und kuschelte mich in die Plaids. Es war eiskalt.

„Bleibt im Bett", schlug er vor. Ich sah nur zu ihm zurück, um ein wortloses Statement zu machen. „Hier sollte Euch niemand aufsuchen." Finlay fuhr sich durchs Haar und verwuschelte es. Zum ersten Mal sah ich ihn fahrig und unsicher. „Ihr müsst euch schützen."

Ich schloss die Augen. „Lass mich in Ruhe."

„Ich lasse Euch Essen bringen. Ruht."

Das hatte ich vor. Immerhin war ich nun einen Schritt weiter. Es gab jede Menge Leute in dieser Burg, und irgendjemand würde mir helfen können, dem Rätsel auf die Spur zu kommen und heim zu kommen. Es schwirrte nur so in meinem Kopf. Es war unerträglich. Tief in die Decken verkrochen, presste ich die Lider aufeinander und hielt mir vor, dass alles gut wurde. Ein Mantra, das trotz Wiederholung nicht hängenblieb.

***

Es war das erste Mal, dass Finlay mich aus der Kammer im Turm ließ. Vier Wochen, wenn ich die Tage richtig gezählt hatte und er aufrichtig mit der Zeit war, die ich nicht wahrgenommen hatte, zumindest. Damit waren es jetzt mindestens sechs Wochen her, dass ich von diesem verfluchten Wasserfall gestoßen worden und damit in diesem hirnrissigen Irrsinn gelandet war.

Der Turm bestand aus kleinen Zimmern wie das meinige – oder eher Finlays, wenn ich ihn richtig verstanden hatte – und einer engen Wendeltreppe. Schon nach zwei Windungen war mir schummrig, aber es ging endlos weiter hinunter. Finlay ging vor mir und bemerkte nicht, dass ich stehenblieb und mich an die Wand lehnte. Die Lider geschlossen und tief durchatmend, wartete ich darauf, dass der Schwindel nachließ.

„Lassie?", rief Finlay unter mir, aber ich konnte mich nicht genug zusammennehmen, um zu antworten.

Schnelle Schritte zeugten davon, dass er wieder hochkam, dann berührte er mich. „Ihr seid unwohl, kommt ich bringe Euch zurück in die Kammer."

Fehlte noch der berühmte Satz: Ich habe es dir ja gesagt.

„Nein, es geht mir gut. Ein leichter Schwindel, sonst nichts." Ich hob die schweren Lider und die Mundwinkel gleich mit. Er war zugänglicher, wenn ich lächelte, eher bereit mir zuzuhören.

„Der Heiler bestand auf weitere Wochen absoluter Ruhe."

Oh, ja, und er wäre mir fast ins Gesicht gesprungen, als ich ihm widersprach. „Ich langweile mich."

„Aye, Lassie, Ihr werdet nicht müde, mir dies zu versichern." Er zog mich an sich. „Kommt, Ihr benötigt Ruhe, nicht Ablenkung und ich bot Euch bereits an ..."

Mir Nähzeug zu besorgen!

Mein flammender Blick ließ ihn abbrechen. „Danke, aber ich bin nicht so firm in Handarbeiten." Oder deutlicher: Mit Sticken, Stricken, Häkeln und Co konnte man mich jagen.

„Ihr werdet Eure Fertigkeiten nicht verbessern, wenn Ihr nicht dabei bleibt."

Dass er es ernst meinte, machte es nicht besser.

„Finlay, ich werde dich mit der Stricknadel erstechen, wagst du es, eine in meine Nähe zu bringen."

Er presste mir schnell die Hand auf den Mund und drückte mich mit seinem Körper gegen die Wand. „Nay, Katharina, sprecht nicht so." Er kam noch näher, füllte mein Blickfeld aus und flüsterte mir zu. „Es ist nichts, worüber man scherzt, nicht hier. Bedroht niemanden."

Es war nicht das erste Mal, dass er diese Warnung an mich richtete.

„Mein Onkel sucht nur nach einem Grund, Euch festzusetzen. Er wird jeden Eurer Schritte mit Argusaugen verfolgen, versteht Ihr?" Er hob mein Kinn an, um mir direkt in die Augen zu sehen. Es war seltsam, aber ich konnte den Kontakt kaum halten. Mir wurde unsäglich heiß. Er ließ mir aber keine Wahl.

„Versteht Ihr, Katharina?"

„Ja."

Sein Daumen rieb über mein Kinn, wobei sein Nagel fast meine untere Lippe berührte. Es kribbelte.

„Achtet auf Eure Worte, zieht keine Aufmerksamkeit auf Euch." Sein Atem wusch über meine sensiblen Lippen. „Ich helfe Euch, ich bringe Euch Heim, aber zunächst müssen wir uns ruhig verhalten."

Das Schlucken fiel mir schwer, also nickte ich bloß.

„Gut." Noch immer stand er nah vor mir, berührte mich und sah mir eindringlich in die Augen. „Ich beschütze Euch."

Endlich ließ er zu, dass ich das Kinn senkte.

„Seid Ihr Euch sicher, dass Ihr nicht zurück in die Kammer möchtet?"

„Ja. Du hast gesagt, dass ich beim Abendmahl vor deinem Onkel und weiteren Befragungen sicher sei." Ein Rückzieher kam nicht infrage.

Finlay musterte mich erneut, dann entließ er einen anhaltenden Seufzer und legte mir den Arm um die Mitte, um mich die Stufen hinunterzuführen. Bei der Enge des Aufgangs war es ein Wunder, dass keiner von uns von den Stufen abglitt, oder sich den Kopf stieß.

Unten angekommen schob er mich von sich. „Nun kommt, wir sollten nicht auffallen und das täten wir, wenn wir die Letzten wären." Er führte mich weiter. Der Turm markierte die Ecke der unteren Ebenen und verband den Nordteil mit dem Westteil der Burg.

„Das nehme ich dir sogar ab." Schließlich spielte er den Kauz aus der Vergangenheit mehr als glaubwürdig.

„Eines noch. Durch Eure Worte ... man wird Euch nicht freundlich aufnehmen. Vermutlich wird man Euch den Platz am Tisch verwehren."

Es waren seine Worte, die mich irritierten, nicht seine Aussage. Finlay nahm meine Hand auf und legte sie sich in die Ellenbeuge. „Geht aufrecht, lasst Euch Euer Unbehagen nicht anmerken, sie werden jede Möglichkeit nutzen, Euch zu brüskieren."

Es war ein komisches Wort, eines das ich niemals verwendete. Umschreibungen waren gewöhnlicher. „Ich lasse mich nicht brüskieren." Ich war eine erwachsene Frau und kein Teenager, den man mit Worten verletzen konnte.

„Bedenkt Eure Worte." Finlay führte mich den Gang hinunter, und blieb vor einer zweiflügligen Tür stehen. Die Klinken waren fein geschwungen und ziseliert, das Tor riesig und ungewöhnlich bearbeitet. Meine Füße waren tonnenschwer, und auch meine Hand fiel von seinem Arm. Die Tür kam mir bekannt vor, das Muster der Schnitzereien.

Finlay trat vor, bevor er meine Abwesenheit bemerkte, und drehte sich dann zu mir. Ich hatte immer noch nur die Schnörkel vor Augen.

„Katharina?"

Ich hob den Blick, sah an ihm vorbei in den Raum. Ein großer Tisch stand dort mittig und darüber hing ein gewaltiger Kronleuchter. Die Stühle waren mit dickem rotem Samt bezogen. Am Kopf saß der ältere Mann des Duos, das mich befragt hatte, und hinter ihm hing ein riesiges Banner mit einem Wappen, das ich kannte, aber bisher nicht zuordnen konnte. Bisher. Trotzdem wollte ich es nicht wahrhaben. Mein Magen flatterte. Ich machte einen Schritt rückwärts, und stieß gegen die Wand.

„Katharina?" Finlay ergriff meine Hand und drückte sie versichernd. „Seid unbesorgt." Er legte den Arm um mich und schob mich weiter. „Kommt."

„Wo sind wir hier?", fragte ich, wobei meine Stimme ebenso schwankte wie ich selbst.

„Fragt nicht", wisperte er. „Seid nun still."

Der Ältere stand auf und sprach Finlay an, der mich langsam weiterführte.

„Mistress Katharina." Seine Augen glitten über mich, und blieben auf Höhe meiner Brust hängen.

„Bràthair-màthair!", grollte er. „Habt acht."

„Setzt euch", befahl er dann und ließ sich auf seinen Sitz fallen. Er schlug auf den blanken Holztisch und brüllte weitere Worte.

Ich sollte doch noch einmal darüber nachdenken, Wörterbücher zu wälzen, nur um nicht ständig dumm dazustehen.

Diener stoben heran, um zwei zusätzliche Stühle an den Tisch zu stellten. Finlay zog einen für mich heran und half mir beim Platznehmen. Die Dame zu meiner Rechten rückte weiter ab, obwohl noch ein Stuhl zwischen uns stand. Dafür kam der Mann zur Linken näher und blinzelte mir in den Ausschnitt. Ich hätte mich geweigert, das Kostüm anzuziehen, das Finlay mir beschafft hatte, wenn es Alternativen gegeben hätte. Allerdings waren mir meine Jeans bereits abgenommen worden, als man mich nach unserer Ankunft ins Bett steckte. Ich hatte eine längere Diskussion mit Finlay hinter mich gebracht, in der er mich informierte, dass ein Weibsbild keine Beinkleider zu tragen habe. Unter keinen Umständen, und er gedächte nicht, mich aus der Kammer zu lassen, solange ich mich weigerte, anständig bekleidet zu sein. Also trug ich nun einen wallenden, dunklen Rock aus festem Leinen, der durch die Unterröcke wirkte wie ein Ballon, wobei das Hüftkissen noch extra auftrug und mich aussehen ließ wie eine Abwandlung dieser historischen, französischen Frauen, nur nicht so übertrieben breit, dass ich nicht durch die Tür käme. Dazu hatte ich ein Mieder angelegt, das fest um meinen Oberkörper lag und mir das Atmen erschwerte. Mein weißes Hemd blitzte im Ausschnitt hervor und bauschte sich an meinen Oberarmen. Ich fand es albern, immer noch, auch wenn jeder Einzelne in der Runde kostümiert war. Ich fühlte mich wie in der Faschingszeit, auch wenn ich noch nie eine so konsequente Aufmachung gesehen hatte.

„Meinen Sie, Sie werden mich irgendwann genug angestarrt haben?"

Klar, ich war nicht wirklich nackt, aber ich fühlte mich so. Ein Blick hinab offenbarte eine nach oben gedrückte Büste, will heißen, meine Brust drückte sich oben heraus und man hatte einen netten Einblick in das Tal zwischen ihnen.

„Wie meinen!" Die Hängebacken meines Nachbarn gerieten in Wallung, als er den Mund auf und zu klappte.

„Ist es nicht unhöflich?" Ich lächelte süß, ließ die Wimpern flattern und machte die Augen groß. Mein Gesicht hatte eine leichte Herzform, meine hohe Stirn ließ nicht viel Platz für den Rest, also drängten sich Augen, Nase und Mund zusammen. Alles in allem kam das Kindchenschema bei mir voll zur Geltung, was mir viele Jahre zugutegekommen war. Traurige Augen, Schmollmund und kaum jemand konnte mir lange böse sein – außer Vanessa, sie hatte mich schon früh durchschaut.

„Bràthair-màthair, darf ich Euch Katharina vorstellen?", griff Finlay ein und lehnte sich vor. „Sie ..." Er stockte, sah mich an und fuhr fort: „Gehört mir."

Es klingelte in meinen Ohren, und ich war nahe dran, ihn zu korrigieren, aber die Dreistigkeit des Mannes nahm mir den Atem. Er umfasste mein Gesicht, drückte meine Wangen zusammen und drehte es von links nach rechts.

„Hübsch ist sie. Taugt sie was?"

„Alisdair!", zischte eine altbackene Brünette von gegenüber. Sie erdolchte mich mit Blicken und tat gleichzeitig so, als gäbe es mich nicht, denn meinem Blick wich sie aus. Anders als mein Mieder war ihres bis zum Hals geschlossen. Eine weise Wahl, bei derart lüstern starrenden Männern. Schade, dass es kein Verbrechen war, aber die Würde einer Frau war eben doch antastbar. Mir blieb nur, mich leicht abzuwenden.

„Sie ist äußerst zungenfertig."

Mir klappte der Mund auf. Für meine Ohren klang es eindeutig anzüglich. Finlay konnte froh sein, dass das Besteck noch nicht auf dem Tisch lag, und dass das der Anderen nicht ohne größere Mühe zu erreichen war, sonst hätte er herausgefunden, dass Warnungen bei mir nicht ankamen und mein Temperament dazu gut war, mich in Schwierigkeiten zu bringen.

„So?" Ich spürte nicht nur die Augen meines Sitznachbarn auf mir. „Finlay, wenn Ihr mit einem Füllen wie diesem Eure Zeit im Gespräch verschwendet ..."

„Ihr schlagt nicht vor, einer Lady anders zu begegnen, nicht wahr, Onkel?" Ich spürte eine eigenartige Spannung von ihm ausgehen, die wohl nur mir auffiel. Seine Miene blieb gelassen, und in seiner Stimme schwang ein Hauch Ärger mit.

„Einer Lady?" Die Spannung stieg, ließ mir gar eine Gänsehaut zu Berge stehen. „Nein, sicher nicht."

„Einer ehrenhaften Frau", beharrte Finlay durch zusammengebissenen Zähnen, obwohl er lächelte. „Einer tugendhaften Lady."

„Finlay." Der Mann am Ende der Tafel schlug erneut auf den Tisch. „Sprechen wir es aus: Ihr bringt eine Sassenach in unsere Mitte?"

Wenn mir zuvor Misstrauen entgegenschlug, war es nun Verachtung.

„Aye." Die Stille war durchdringend. „Nicht jeder Sassenach ist unser Feind."

Mit der Meinung stand er alleine da.

„Eine aus Hannover soll uns gutgesinnt sein?", griff nun ein anderer auf, den ich erst beim näheren Hinsehen als den zweiten Befrager erkannte. Der jüngere Heißsporn, in dem ich noch einen Jugendlichen sah.

„Aus dem Vest", korrigierte ich. Klar kannte niemand diese Bezeichnung für die Region, aus der ich stammte, aber es war nun mal nicht Hannover. „Und selbst wenn ich in Hannover geboren wäre … was bedeutet das?" Neben mir tauchte ein Mädchen auf und legte Besteck und Teller vor mir und Finlay ab. Burschen folgten mit duftender Suppe.

„Ist die Abstammung nicht von Bedeutung?"

Ich musste mich wieder meinem Tischnachbarn zuwenden, um dem Tischherrn nicht weiter den Rücken zu zeigen. Mein Lächeln war sicher.

„Einzig meine Taten sprechen für mich, nicht die meiner Ahnen."

„Eine ungewöhnliche Weltansicht, Mistress." Er kniff die Augen zusammen, um mich zu mustern. „So sagt mir, was führt Euch in diese Gefilde?"

„Bràthair-màthair, eine Befragung in großer Runde? Dabei hofften wir auf ein gutes Mahl und angenehme Gesellschaft."

Er vielleicht, ich hoffte auf Erklärungen und Einsichten. Erneut fing das Wappen hinter dem Hausherrn meine Aufmerksamkeit ein. Es war anders, als ich es in Erinnerung hatte. Die Farben kräftiger, und damit das gesamte Wappen deutlicher. Außerdem gab es keine Farbveränderungen oder Ausbesserungen. Ich musste mich irren, ich konnte nicht auf Dunvegan, der Burg meiner Schwester, sein. Ich legte die Hände auf den Tisch. Das Holz war glatt, aber nicht so, wie ich es gewohnt war.

„Höfliche Konversation, Finlay, sind wir Engländer?", spie der Jüngere über den Tisch und ließ mich seufzen. Sein Haar war nicht so akkurat zurückgebunden und sauber wie bei unserer letzten Begegnung und er wirkte weniger sicher.

„Schotten, aber nicht jedes Volk versteht sich als Einheit. Wir sollten respektieren, dass Katharina sich nicht als Angehörige deren von Hannover sieht.“

„Ich bin aus Nordrhein-Westfalen. Hannover liegt in Niedersachsen. Ich behaupte auch nicht, sie wären hier alle …“ Ich suchte nach einem passenden Vergleich, hütete mich aber davor, einen Ort aus England zu nennen. „Aus Inverness.“

Ein entrüstetes Gemurmel brandete auf.

„Eben.“ Ich fand meinen Punkt hervorragend hervorgehoben und sah mich zufrieden um.

„Inverness ist ein unbedeutendes Dorf mit einem Haufen illoyaler Dummköpfe drum herum!“, spie der Bursche, der mir langsam auf den Keks ging.

„So? Ich hörte, es sei eine freundliche Gegend und einen Aufenthalt wert“, setzte ich störrisch dagegen.

„Pah!“

„Rourke!“, polterte der Ältere, was erneut von einem Hieb auf die Tischplatte begleitet wurde. Der Typ hatte kein angenehmes Temperament und konnte froh sein, dass der Tisch massiv war. Der Esstisch in meiner WG wäre mit Sicherheit zusammengeklappt.

„Verbietet mir nicht ständig den Mund, fàthair!“ Rourke sprang auf, stemmte sich auf dem Tisch ab und beugte sich vor, um auch von jedem gesehen zu werden. „Ich bin kein Knabe mehr und verdiene Euren Respekt!“

Mein Pfiff war sicher unpassend, entkam mir aber, bevor ich ihn zurückhalten konnte.

Rourkes brennende Augen legten sich auf mich. Seine Miene stürmte und sein Hals schwoll an, während er angestrengt atmete.

Finlay legte die Hand auf meine, was Rourke ablenkte, seinen Vater jedoch nicht. Auch er stand mittlerweile, ebenfalls vornübergebeugt, an seinem Platz. „Ihr undankbarer Lauser! Ihr wagt es, mich in meinem eigenen Haus, vor meinen Männern, anzugehen?"

Finlays Hand zog sich zusammen und schloss sich schmerzhaft um meine.

„Wer stellt hier wen bloß, fàthair? Ihr zieht es vor, der Forderung dieser Hexe nachzugeben und ihr mein Erbe in den Rachen zu werfen."

„Oh, oh", machte Finlay leise.

„Euer Erbe!" Der Vater lief langsam purpurrot an.

„Padraig hat Euch belogen und hintergangen, fàthair, Ihr solltet ihn verstoßen!"

Die Suppe lockte mit ihrem Duft, aber da Finlay meine Hand festhielt, konnte ich nicht weiteressen. Schade, das Schauspiel wäre mit Mahlzeit bei Weitem besser, mit einem gefüllten Magen. Wie hieß es so schön? Jede Familie hatte ihre Problemchen und diese offenbar ein paar mehr.

„Padraig ist mein Erbe und bringt mir mit dieser Verbindung einen Landstrich ein! Wozu seid Ihr nütze?"

Dieses Mal verkniff ich mir den Pfiff.

„Als Prügelknabe will mir scheinen!" Er riss das Geschirr hinunter, als er mit den Armen einen Schlenker machte. Die Dame zu seiner Rechten bekam einiges ab, Suppe, Wein und Wasser landeten auf ihrem Kleid vom Dekolleté abwärts. Ein paar Spritzer landeten in ihrem

Gesicht. Sie schrie auf, aber keiner schenkte ihr Beachtung.

„Aber das bin ich nicht, fàthair!" Er stieß seinen Stuhl um. „Und ich bin kein alter, verblendeter Narr, wie Ihr einer seid! Diese Hexen überrennen uns!" Sein Finger schwang über die Reihe der Zuschauer und blieb dann leider bei mir hängen.

Das ging dann doch langsam zu weit!

„Ist dies eine Anklage?", knurrte Finlay. Er stieß den Stuhl zurück. „Wollt Ihr es so austragen? Zu Leide eines unschuldigen Mädchens?" Er hatte die Hände zu straffen Fäusten geballt und bebte vor Anspannung.

„Aber nein, Finlay, ich würde niemals ein Mädchen in unseren Zwist hineinziehen!", spuckte Rourke und stieß gegen den Tisch, der aber zu massiv war, als dass er dadurch bewegt werden konnte. Trotzdem zuckte ich zurück.

Ich schloss aus seiner Betonung, dass es doch eine Frau gab, der ihrem Streit wohl zugrunde lag.

„Ruhe!", röhrte der Hausherr. Männer mit an den Knäufen ihrer Schwerter gelegten Händen umkreisten plötzlich den Tisch, die ich zuvor gar nicht bemerkt hatte. Finlay hob sogleich die Hände und trat vom Tisch zurück.

Rourke gab nicht klein bei. „Was nun, fàthair, wollt Ihr mich einkerkern?" Er lachte auf, hohl und bitter. „Den einzigen wahren Sohn, den Ihr habt?"

Ein Wink und Rourke wurde überwältigt. Seine Sitznachbarn stoben zur Seite und retteten sich an die Rückwand des Speisesaals. Er landete auf dem Tisch und auch auf unserer Seite flüchteten die Leute. Finlay zog mich mit sich, wobei er mich von meinem Stuhl zerrte und mich dann in seiner Umarmung abschirmte.

„Ihr trotzt mir? In meiner eigenen Burg, an meinem Tisch? Ihr?"

Unter Finlays Arm hindurch erhaschte ich einen Blick auf den tobenden Hausherrn.

Ein Choleriker der üblen Sorte. „In den Kerker mit ihm!"

Rourke ließ sich nicht einfach abführen, er brüllte und widersetzte sich den vier Männern, die ihn aus dem Speisesaal bugsierten.

Alle anderen bemühten sich nicht ins Kreuzfeuer zu geraten, inklusive Finlay, der mich sorgfältig vor Rourke abschirmte. Stattdessen traf mich der Blick des Hausherrn. Keine Frage, er hätte mich gerne an Stelle seines Sohnes in den Kerker geworfen und lastete mir dessen Ungehorsam an.

Erst als endlich Ruhe im Saal herrschte, nahm er seine Augen von mir.

„Möchte noch jemand Kritik üben?" Jeder kam in den Genuss seines Starrens. „Ich bin der Duke! Und ihr ... gehorcht oder verschwindet aus meinem Haus!" Wieder ließ er seinen Blick an mir kleben, bevor er sich hob, um Finlays zu begegnen. „Das gilt insbesondere für meine lieben Gäste."

Finlay senkte langsam den Kopf. „Aye, my Laird."

Die anderen stimmten schnell ein. Diener huschten heran, und begannen das Durcheinander zu beseitigen, leise und so unauffällig wie möglich, obwohl sie die Einzigen waren, die sich bewegten. Die Spannung nahm einfach nicht ab und keiner wagte, sich zu rühren. Der Duke leerte sein Weinglas und orderte Whiskey.

„Setzt euch, Herrgott!" Er selbst begann herumzuwandern. Es wirkte, als suche er nur nach einem Grund, weiter zu wüten. Finlay führte mich zum Tisch, schob mir den Stuhl zurecht und setzte sich neben mich. Meine Hand ließ er nicht los, während wir darauf warteten, dass etwas Normalität Einzug nahm. Es dauerte. Selbst als alle wieder um den Tisch herum saßen und der nächste Gang aufgetragen wurde, blieb die Anspannung erhalten. Der Duke wanderte um den Tisch herum, einmal, zweimal, dann schabten die Füße seines breiten Stuhls über den Steinboden. Mir stellten sich die Nackenhaare auf.

„Mistress, wie gelangtet ihr noch gleich an unsere Küste?"

Finlays Griff wurde schmerzhaft.

„Sofern ich mich erinnere, war ein Boot involviert." Eine kleine Jolle, die auf dem Wasser geschaukelt hatte, als wäre es eine Nussschale.

„So." Ein Tablett mit einem ganzen Schwein wurde vor ihm abgestellt und vor seinen Augen tranchiert. „Wer waren eure Reisegefährten?"

„Schotten." Zumindest bei meiner letzten Reise.

„Bràthair-màthair, ist es wichtig, wie sie zu uns gelangte? Sollten wir uns nicht ihrer Gesellschaft erfreuen, nun da sie bei uns ist?"

„Erfreuen, Neffe?" Er lachte dunkel auf. „Sie zwingt uns, in ihrer Sprache zu sprechen."

„Es ist nicht meine Sprache. Ich bin ebenso gezwungen, Englisch zu sprechen, wie Sie." Mein Widerspruch kam nicht gut an. „Wir können gerne ins Französische wechseln, wenn Ihnen das genehmer ist."

„Parlez-vous francaise?"

„Mais qui." Ich hob die Achseln. Er sah mich ebenso ungläubig an, wie Vanessa stets, dabei war doch wirklich nichts dabei. Meine zweite Fremdsprache war Latein gewesen, aber ich hatte immer eine Vorliebe für Frankreich gehabt. La belle vie. Und so schwer war es dann auch nicht. Wir wechselten also die Sprache, was ihm nicht gefiel und Finlay auch nicht.

„Wo begann Eure Reise?"

„Ich wohne derzeit in Köln, aber ich war bei meiner Mutter in Recklinghausen, bevor ich mich auf den Weg machte."

„Eurer Mutter? Clara, nicht wahr? Welche Stellung nahm sie noch gleich ein?"

Finlay räusperte sich. „My Laird …"

„Haltet euch bedeckt, Neffe!", brachte er ihn harsch zum Schweigen. „Die Lady und ich führen eine Unterhaltung, nicht wahr?"

„Sie ist meine Mutter, nichts weiter." Nicht, dass sie doch noch auf die Idee kamen, Lösegeld zu fordern.

„Eine Mutter, die Euch ohne Begleitung durch die halbe Welt reisen lässt?" Die Herausforderung schwang in jeder Silbe mit.

„Eine Mutter, die auf meine Fähigkeit vertraut, auf mich aufzupassen." Auch wenn meine derzeitige Situation eher dagegen sprach. „Und Schottland liegt nicht weit entfernt."

„Es herrscht Krieg."

„Hier?" Seit mindestens zwei Jahrhunderten nicht mehr. „Das wäre mir neu." Obwohl ich nicht up to date war mit dem Zeitgeschehen, so etwas doch bekam man auch als Nachrichtenmuffel mit.

„Ist das die Haltung der Hannoveraner? Dass nichts stattgefunden hat? Warum werden dann immer noch hunderte Clanangehörige festgehalten und als Verräter gehängt?"

Mir klappte der Mund auf, schließlich war die Todesstrafe schon lange abgeschafft. „Das ist doch …" Unsinn, aber das Wort kam mir nicht über die Lippen.

„Katharina", wisperte Finlay. „Nicht."

„Lasst sie sprechen, Neffe. Was wolltet Ihr sagen?"

„Entschuldigung, ich kann es nicht fassen, das ist alles." Mein Räuspern schnitt in die unnatürliche Stille. „Es ist schwer vorstellbar."

Finlays Griff lockerte sich. „Aye. Selbst wenn man dabei gewesen ist."

„Aye, Neffe", grollte der Laird. „Gegen den Wunsch Eures Lairds!"

„Aye, my Laird." Der reuige Unterton wunderte mich. „Wir waren uns unserer Verfehlung bewusst."

„O aye, das wart ihr!" Er hieb auf den Tisch. „Und es scherte euch einen Dreck!"

„Nay, my Laird, wir hielten es für unsere Pflicht."

Aus dem Gespräch wurde ich einfach nicht schlau.

„Eure Pflicht war es, auf euren Laird zu hören und auf euren Vater!", spie der Duke und hieb erneut auf den Tisch.

Finlay nickte. „Aye. Wir waren dumme Narren."

„Aye!" Irritierenderweise wurde er augenblicklich ruhiger. „Ihr hättet hören sollen, Laddie, und nun tragen wir die Kosten. Jeder einzelne Schotte wird nun unter des Engländers Knute stehen und es gibt nichts, was noch getan werden kann."

„Es ist nicht das Ende", widersprach Finlay hitzig und bemühte sich sogleich um Mäßigung. „Wir haben eine Schlacht verloren, nicht den Krieg."

„Glaubt Ihr?" Der Duke verengte die Augen und schürzte die Lippen. „Dann seid Ihr ein größerer Narr, als ich es bisher angenommen habe."

„Vielleicht bin ich das", räumte Finlay ein, „Aber ich glaube daran, dass unser rechtmäßiger König auf dem Thron sitzen sollte und nicht ..." Er stockte, wobei er zu mir sah. Sollte nun eine Beleidigung folgen, die er sich nur meinetwegen verkniff?

Er räusperte sich. „Jemand anderes."

„Aye", knurrte der Duke. „Der rechtmäßige König, aber sollte es an Euch liegen, zu bestimmen, wer dies ist?"

Eine politische Grundsatzdiskussion beim Abendessen, herrlich. Das wirklich Fatale: Finlay hielt noch immer meine Hand und drückte sie.

„Nay, bràthair-màthair, nicht an mir, die Erbfolge sollte maßgeblich sein und laut derer ..."

„Es reicht!", brüllte der Duke und schlug auf den Tisch. „Ich bin dieser Diskussion überdrüssig!" Er lud sich Fleisch auf den Teller und stopfte es dann in seinen Mund. Für einen Duke mangelte es ihm deutlich an Tischmanieren. Der Braten nahm seinen Weg auf und jeder bediente sich, wobei zu bemerken war, dass die Frauen nicht selbst zugriffen, sondern sich von ihrem Sitznachbarn bedienen ließen.

Finlay musste dazu meine Hand loslassen, die ich schnell unter den Tisch fallen ließ und rieb, um die Blutzirkulation wieder anzuregen.

„Ist es so recht, Katharina?"

Die Portion war mehr als großzügig, also nickte ich schnell. Viel lieber hätte ich mich selbst bedient und nicht darauf gewartet, dass die Speisen bei mir anlangten. Denn die Schalen mit den Kartoffeln, Möhren und Pilzen wurden von den Dienern von einer Person zur nächsten getragen. Es dauerte ewig, und bis ich endlich ans Essen kam, war es auch schon kalt.

„Nun, Mistress, Ihr wolltet uns Euren Status also verschweigen?"

Mein Seufzen blieb innerlich. „Nein. Ich habe keinen Status." Vermutlich redete ich mich hier um Kopf und Kragen. „Ich kann mit keinem Titel aufwarten."

„Hm." Er schmatzte, als er Wein in sich hineinkippte. „So so. Eine Bürgerliche? Was sagtet Ihr noch, war Euer Vater?"

„Elektriker", sagte ich widerwillig, weil ich mich eigentlich nicht ausfragen lassen wollte. „Aber er starb vor langer Zeit."

„Ich fürchte, dieser Begriff ist mir nicht bekannt."

„Elektriker? Er arbeitete mit Elektrizität. Strom, stromführende Geräte, so etwas." Mit meiner Erklärung sorgte ich nicht für Durchblick. „Er repariert Dinge. Kühlschränke, Waschmaschinen, Elektro-Zeug." Solange ich Rede und Antwort stehen musste, konnte ich nicht essen. Schön, es war kalt, kälter wurde es nicht mehr, trotzdem störte es mich. Ich war hungrig, der Braten roch verführerisch.

„Handwerker", bot Finlay an. „Er reparierte Dinge."

Der Duke verzog das Gesicht, verlor aber endlich das Interesse an mir. Sein Blick wanderte weiter und er verbiss sich in ein neues Opfer. „Dough, habt Ihr meinen verfluchten Bruder endlich dingfest machen können?"

Tief ausatmend wagte ich es endlich, mir eine Gabel in den Mund zu stecken. Wenn hier jedes Abendessen in so einer Atmosphäre stattfand, konnte ich sehr gut auf Gesellschaft verzichten.

Es gab zwei weitere Gänge, bevor die Tafel aufgehoben wurde, und zwar dadurch, dass der Hausherr brüllend hinausstürmte. Dann endlich zog Finlay mir den Stuhl zurück und half mir beim Aufstehen.

„Wie fühlt Ihr euch?", murmelte er mir zu. „Wohler?" Sein Arm legte sich um meine Rückseite und schob mich Richtung Tür.

„Nein." Eigentlich hatte ich genug von diesem Tag.

„Ich habe Fragen."

„Und ich erst. Aber ich bin müde."

„Ein kleiner Spaziergang im Hof", schlug er vor. „Wir nehmen die Abkürzung zum Turm." Finlay zog den Arm zurück, und legte meine Hand in seine Ellenbeuge, so führte er mich in die entgegengesetzte Richtung, aus der wir gekommen waren. Die Steinmauern wurden von Kandelabern unterbrochen, die den Gang beleuchteten, sonst fehlte es an Schmuck.

„Ich dachte immer, Dukes leben in Saus und Braus." Vermutlich war es auch kein Thema, das ich anschneiden sollte, aber mein Verstand suchte nach Fehlern in seiner Geschichte. Wenn wir gerade mit dem Duke of Skye zu Abend gegessen hatten, und zwar auf Dunvegan …

„Er lebt in Saus und Braus, glaubt mir“, brummte Finlay. Der Gang machte eine Biegung, aber wir nahmen das Tor zum Hof. „Ihr solltet vorsichtiger sein“, mahnte er, sobald wir das Gemäuer hinter uns ließen. Dazu zog er mich enger an sich und beugte sich vor, um mir zu zu flüstern. „Ihr macht zu auffällige Fehler.“

„Wie bitte?“ Meine Verblüffung war ehrlich.

„Eine Handwerkertochter, die nicht nur Englisch spricht, sondern Französisch obendrein?“ Er schüttelte knapp den Kopf. „Das wird Euch niemand glauben. Zudem sind Eure Tischmanieren für eine Bürgerliche zu gut, ganz zu schweigen von Eurem Habitus. All jenes spricht von einer vornehmen Abstammung.“

Hielt er mich für arrogant?

„Daingead, euch fehlt jeder Funken Demut, Prinzessin.“

Und überkandidelt?

„Ihr habt ihn in seinem Verdacht bestätigt, dass Ihr eine Spionin seid, gewollt oder ungewollt.“ Er verkniff die Lippen, während er mich musterte. „Katharina, ich kann Euch nur beschützen, wenn Ihr auf mich hört und große Vorsicht an den Tag legt.“ Sein Atem wanderte über meine Wangen, die durch die Umgebungstemperatur schnell auskühlten.

„Na klar“, knirschte ich. „Das ist idiotisch. Wen soll ich denn ausspionieren? Wozu? Ihr seid ein Haufen Verrückter, die Krieg spielen. Ich bin mir sicher, dass es bessere Wege gibt, euch aufzuspüren, als Menschenleben zu gefährden.“ Ich verdrehte die Augen. „Satellitenbilder, Abhörtechnik, Hightech halt.“

„Ihr redet wirr, Lassie." Finlay schlang den Arm wieder um meine Mitte. Der Hof wurde durch wenige Fackeln erhellt und bestand aus Schlamm, Stroh und Tieren. Männer standen herum, tranken und grölten. Die Fläche war groß, viereckig und umgeben von Wänden. Es gab Türme, auch wenn sie nicht in üblicher Manier angelegt waren. Die hintere Seite des Hofes bestand nur aus einer Mauer, auch wenn sie ziemlich hoch war und auf ihren Zinnen Posten standen, um das Umfeld im Auge zu behalten. Vanessas Garten, auch wenn der natürlich grün war und nicht braun vor Schlamm. Der Turm in meinem Rücken war viereckig und schloss direkt an den Wohnraum an, auf den wir zugingen, dieser war eher länglich und nicht halb so hoch.

„Ich rede wirr?" Mein Schnauben trug meine Entrüstung. „Also bitte! Ich bin nicht diejenige, die behauptet, im Jahr 1746 zu leben und sich im Krieg mit den Engländern zu befinden!" Mein Versuch, sich aus seiner Umarmung zu winden, schlug fehl.

„Nein, Ihr sprecht nur von Dingen, die es nicht gibt", knurrte Finlay und zog mich noch enger an sich. „Hört auf, Aufmerksamkeit auf uns zu ziehen und haltet Eure Stimme gesenkt."

„Ach, und was gibt es nicht?" Lachhaft und auch ziemlich dumm zu glauben, ich könnte Sinn und Verstand in ihn hineinquatschen. „Die Polizei? Recht und Ordnung? Straßen?"

„Aye, und wenn Ihr nicht Eure Stimme senkt, gibt es einen Aufenthalt im Kerker für uns beide!"

Sinnlos. Mein Kopf schwirrte. Einerseits meinte ich, Dinge wiederzuerkennen, andererseits sagte mir mein

Verstand, dass es nicht sein konnte. Dies hier konnte nicht Dunvegan sein.

„Wo sind wir?"

„Dunvegan", murmelte er leise. „Der Festung des Dukes of Skye."

Eine unsichtbare Faust landete mit voller Wucht in meinem Magen. „Unsinn", haspelte ich, bemüht, aufrecht zu bleiben und das Gefühl, mich krümmen zu müssen, zu übergehen.

Finlay drehte mich mit einem Ruck herum und starrte mir fest in die Augen. Seine Hände schlossen sich um meine Oberarme, und eine Warnung stand in seiner Miene.

„Daingead, Lassie, ich bin nicht derjenige, der von Klippen springt und sich dabei den Kopf stößt!"

Er hätte mir Angst gemacht, wenn seine Worte nicht so verflixt abwegig wären.

„Ich bin nicht gesprungen, ich wurde gestoßen." Ein sehr entscheidender Punkt, wenn man mich fragte. „Und ich habe mir nicht den Kopf gestoßen!"

„Weib, ich hätte Euch in dem ganzen tosenden Gewässer gar nicht gefunden, wenn mir Euer Blut nicht den Weg gezeigt hätte!", knurrte er, wobei er mir noch näher kam. „Daingead, zieht in Betracht, dass nicht ich es bin, der nicht weiß, wo er sich befindet und verwirrt ist, sondern Ihr!"

Sein Blick brannte sich in mich, aber davon ließ ich mich nicht beeindrucken. Es war schlicht unmöglich, was er mir hier einreden wollte, und daran musste ich festhalten, sonst wurde ich tatsächlich noch verrückt.

8. Ein Nest voller Vipern

Nach zwei Wochen kannte ich mich in Dunvegan ziemlich gut aus. Es half, dass ich generell ignoriert wurde, und zwar von faktisch jedem außer dem Duke und seinem Sohn, der nach einer Woche wieder aus seiner Einkerkerung befreit worden war. Und Finlay natürlich, der mich nicht aus den Augen ließ. Zum Glück hatte er seine Verpflichtungen, und konnte mich nicht ständig gängeln.

Ich stand vor demselben Zimmer, das Vanessa mir überlassen hatte, ich wusste es jetzt. Ich hatte einige Gemeinsamkeiten entdeckt, neben dem Wappen, dem Innenhof und dem Namen, aber nun war ich mir absolut sicher. Neben all den Ähnlichkeiten zu dem Dunvegan, das ich kannte, gab es auch Unterschiede, natürlich. Zum Beispiel waren die Wände unverputzt und blank, während sie in Vanessas Burg mit Seide verkleidet waren. Zumindest der Gang, die Salons und Speisezimmer, wenn schon nicht die große Halle, in der lediglich der riesige Kamin an das bekannte Äquivalent erinnerte. Aber das hier war mein Zimmer, jenes, das genau neben der Treppe lag, damit ich mich auf keinen Fall verlief, wenn ich das Speisezimmer suchte, oder den Pool, den es hier noch nicht gab.

Meine Finger zitterten, als ich sie nach der Klinke ausstreckte. Es konnte nicht mein Zimmer sein. Ich gab der

Pforte einen Schubs, dass sie aufschwang. Der Anblick war erschreckend, schließlich grüßten mich zwei Fensterbögen, die jedoch nicht verglast waren, wie die an die ich mich erinnerte. Zur Rechten war der Kamin in die Wand eingelassen und zur Linken stand das große Bett. Vier Pfosten, mit Vorhängen umgeben und mit einprägsamen Schnitzereien. Disteln, wenn mich nicht alles täuschte, so genau hatte ich mich nicht mit der Frage beschäftigt, aber nun ließ ich die Finger über die Schnitzerei wandern. Rauten, Schnörkel und Blätter, ein typisch schottisches Muster. Sicher gab es viele Betten mit ähnlichen Schnitzereien und Räume mit ähnlichem Interieur, aber mein Gefühl sagte mir, dass es dasselbe Zimmer war. Mein Magen schlingerte und drückte seinen Inhalt nach oben. Das konnte nicht sein, und doch ...

Ich schloss die Lider, presste sie fest zusammen und bemühte mich, den Boden nicht unter den Füßen zu verlieren. Es war schwer. Furchtbar schwer, denn noch immer weigerte sich jede Faser in mir, auch nur in Betracht zu ziehen, tatsächlich irgendwie in die Vergangenheit katapultiert worden zu sein. Die Alternative: Eine Zwillingsburg? Ein Paralleluniversum? Es wurde nur noch irrer.

„Ah, die kleine Spionin, was hat sie wohl entdeckt?" Rourke schreckte mich auf. Er sah an mir herab, setzte ein süffisantes Grinsen auf und gab der Tür einen Tritt. Sie fiel laut krachend zu.

„Nichts. Ich spioniere nicht, sondern schaue mir die Zimmer an. Ich habe geklopft, bevor ich eintrat, und ging davon aus, es sei unbewohnt." Ich sparte mir zu lächeln. Zum einen wirkte es bei ihm ohnehin nicht, und zum anderen fiel es mir in seiner Gesellschaft schwer, es glaubhaft auf die Lippen zu bekommen.

Rourke kam langsam auf mich zu, Schritt für Schritt und mit einem Habitus, der mich vorwarnte. Ich wich zur Seite aus, als er nach mir griff, und schleifte am Bettpfosten vorbei. Damit brachte ich mich in eine Zwangslage, denn ich befand mich nun eingepfercht zwischen ihm, dem Bett und der Wand, hinter der sich in Zukunft mal ein Badezimmer befinden sollte.

„Nana, Lassie, wo wollt Ihr denn hin?" Er ließ mir keinen Ausweg, keine Möglichkeit, an ihm vorbeizukommen, und dies ließ nur einen Schluss zu.

„Ich wünsche nur, einen gewissen Abstand einzuhalten." Wenn er involviert war, sogar einen ziemlich großen Abstand.

„Nay, Lassie, im Gegenteil." Es war unumgänglich, dass er mich einfing und an sich presste, schließlich hatte ich nicht genug Platz, um zu agieren. „Ich werde Euch zeigen, wo Euer Platz ist."

Seine Hand legte sich in meinen Nacken und drückte zu. Es schmerzte, er hatte den perfekten Weg ausgesucht, um mich bewegungslos zu halten. Rourke presste seinen Mund auf meinen zu einem harten Kuss, den ich keineswegs zuließ, allerdings war mein Ziel, ihn ganz los zu sein, und dafür brauchte ich mehr Spielraum. Nur einen Moment seiner Unaufmerksamkeit und mit zwei gezielten Schlägen sollte ich frei sein. Zumindest frei genug, um ihn abwehren zu können, indem ich ihn auf die Matte schickte.

Rourke war nicht sonderlich vorsichtig, unterschätze meine Wehrhaftigkeit und lockerte seinen Griff in meinem Nacken, um an meinem Mieder zu zerren. Ein Fehler, denn nun konnte ich ihm gezielt die Faust in die Seite schmettern. Den Schulterwurf konnte ich mir sparen, ein Antippen und er klappte zur Seite weg. Memme!

Während er aufs Bett fiel, rannte ich los. Die Tür war von innen schwieriger zu öffnen als von außen und stahl mir kostbare Sekunden. Die ungewohnt langen Röcke waren auch hinderlich, aber ich musste schließlich auch nicht weit. Ich brauchte nur Gesellschaft, dann musste Rourke sich zusammennehmen – hoffte ich.

„Bleibt stehen, Dirne!“, keifte Rourke mir nach. „Das werdet Ihr bereuen!“

Ich bereute derzeit einiges, da konnte ich mit dieser Kleinigkeit leben. Natürlich sparte ich mir den Atem, und hetzte um die Ecke. Es war keine richtige Ecke, Dunvegan war keine viereckige Burg, daher war dies eher ein abknickender Gang, trotzdem war mir der Einblick verwehrt, bis ich am Scheitelpunkt anlangte, und da war es auch schon zu spät. Ich lief frontal mit jemandem zusammen und wurde gerade noch abgefangen, als ich zurückprallte. Der Ruck an meinem Arm war schrecklich schmerzhaft, aber der Länge nach hinzufallen wäre auch nicht besser gewesen.

„Sassenach?“

Meine Anspannung entwich in einem Aufschrei. Finlay! Ich warf mich ihm an den Hals, einfach nur froh, nicht mehr allein zu sein.

„Haltet die Dirne!“, brüllte Rourke, als er ebenfalls blind um die Ecke kam. Finlay riss mich mit sich, als er aus dem Weg sprang, und so war es der Duke, der unter dem Ansturm seines Sohnes zu Boden ging. Und nicht nur er. Zwei weitere Männer, beides Verwandte, wenn ich es zwischen den Zeilen richtig mitbekommen hatte, trafen das gleiche Schicksal und polterten im wilden Gebrüll zu Boden.

Finlay murmelte etwas, was ich nicht verstand, und presste mich an sich. Der Duke tobte, während die drei vom Fall verschonten Männer ihm aufhalfen.

Rourke musste selbst sehen, wie er sich aus dem Getümmel von Beinen und Körpern befreite, wobei er keineswegs still blieb.

Finlays Halt wurde noch fester, und ein Blick in sein Gesicht bewies seine Anspannung. „Das ist eine Lüge."

Ich war ihm dankbar, dass er den Anstand hatte, in einer Sprache zu bleiben, die ich verstand, auch wenn sich sonst niemand dazu bequemte. Dadurch blieb die Hälfte – oder eher dreiviertel des Gesprächs – natürlich im Dunkeln.

„Katharina hat Euch ganz sicher nicht verführt, um Euch Informationen abzuschwatzen."

Mein Schnauben erstickte er, indem er mich fester an sich presste.

„Nay, ich bin kein verblendeter Idiot."

Bei Gelegenheit sollte ich ihm danken, er musste sich ziemlich was anhören und beschützte mich, obwohl ich keinen Pfifferling auf seine Warnungen gab. Das war richtig nobel von ihm. Ich lehnte mich an ihn, ließ die Hände aber abrutschen, schließlich war er nicht gerade leicht zu umarmen. Dabei fiel mir eines deutlich auf: Er wäre ein richtiger Hingucker, wenn er seine Behaarung überdenken würde. Im Allgemeinen fand ich Männerdutts und Co eher abtörnend, schließlich wollte ich nicht mit meinem Partner um die schönere Mähne konkurrieren müssen.

Abgelenkt von meiner neuen Gebietserkundung – er hatte verdammt muskulöse Schultern und auch eine stahlharte Brust, die in den vielgepriesenen Waschbrettbauch übergingen – verlor ich beinahe mein Gleichgewicht, als Finlay mich hinter sich schob. Er griff nach seinem Dolch, und ging nun doch ins Gälische über, um Rourke anzuspeien.

„Genug!", herrschte der Duke. Seine kleinen, blassen Augen lagen durchdringend auf mir. „Ihr nennt meinen Sohn einen Lügner, Finlay?"

Meine Nackenhaare richteten sich schmerzlich auf. Der Tonfall riet mir zur Vorsicht, und ließ Rourke süffisant grinsen.

„Aye", bestätigte Finlay fest und streckte die Schultern. „Wenn er behauptet, dass meine Braut sich ihm anbot, dann ist er ein Lügner!"

Mein Keuchen war halb ein Lachen, so widersinnig war der Gedanke. „So ein Blödsinn!"

„Katharina!", zischte Finlay, während der Duke mich noch schneidender ansah.

„Lasst sie sprechen."

Es machte mich nervös, dass plötzlich jeder nur noch Interesse an mir hatte. Man spürte, wie die Spannung zwischen den Parteien wuchs, wobei meine Seite die deutlich unterlegene war. Sieben zu zwei, wobei ich mich sicher nicht lange gegen diese durchtrainierten Krieger behaupten konnte, schon gar nicht, wenn Stichwaffen ins Spiel gebracht wurden. Ich schluckte, leckte mir über die Lippen und räusperte mich, um noch eine Sekunde zu erkaufen.

„Verzeihung, aber er …“ Ich streckte die Hand aus, und deutete auf Rourke. „… weckt nur ein Gefühl in mir: den Brechreiz.“

Schön, ich sah ein, dass es nicht die richtige Art war, um die Situation zu meistern. „Ich habe mich gefragt, ob alle Zimmer gleich waren und habe meiner Neugierde wider besseren Wissens nachgegeben.“

Finlay knirschte hörbar mit den Zähnen.

„Ich habe ein leeres Schlafzimmer betreten.“ Das war schwer von der Hand zu weisen. „Dort hat er mich überfallen und wollte …“ Tja, wie formulierte ich es am besten?

Finlay knurrte und ich legte ihm schnell eine Hand auf den Arm.

„Ich konnte mich gerade noch retten.“

„Sie ist eine Hexe“, klagte Rourke mich an. Sein Grinsen war zu selbstsicher, als dass es für mich gut sein konnte. „Sie hat mich verhext, genau wie ihn.“

Die Spannung explodierte, als Finlay auf Rourke zustürmte, worauf der nicht vorbereitet war und deswegen überrumpelt wurde. Finlay schleuderte ihn gegen die Wand, hielt ihn am Schlafittchen und legte ihm eine Klinge an die Kehle.

„Nein!“ Es war über meine Lippen, bevor ich mir meiner Reaktion bewusst wurde, oder die Gedankengänge sich entfalteten, was aus dieser Situation alles werden konnte. Ich wollte zu ihm, aber zwei der Gefolgsmänner des Dukes fingen mich ab.

„Katharinas Zauber rührt von keiner unchristlichen Macht“, spie Finlay harsch. „Es ist ihre Einzigartigkeit, ihre Unabhängigkeit und Selbstsicherheit, die mich anzieht, und die ihr zerstören wollt. Nichts weiter!“

„Nun, das lässt sich herausfinden“, keuchte Rourke zufrieden. Es sandte mir einen eisigen Schauer über den Körper, und das Gefühl von Unheil verknotete mir nicht nur den Magen, sondern auch die Zunge. Da war dieser eine Fakt, der mir in Verbindung mit der Vergangenheit bitter bewusst war: Als Hexe bezeichnet zu werden, war nie gut.

„Aye, aber sobald ihr Name reingewaschen ist, kann ich ihre Leiche gerade noch der Erde überantworten, mehr nicht!“

Da war es. Ich hatte nun wirklich nicht vor, als Leiche zu enden.

Der Duke grinste ähnlich zufrieden wie sein Sohn. Keine Frage, die Beschuldigung passte ihm hervorragend in den Kram. Finlay knurrte angespannt, während er den Cousin immer noch an die Wand presste und den Onkel fixierte.

„Eine unangebrachte Strafe.”

„Aber nein, Neffe, wir folgen nur der Leitung unseres Herrn, dem wollt Ihr Euch doch nicht verwahren?” In der Stimme schwang Genugtuung mit. Finlay blieb still, was mich verwunderte, schließlich hatte er bisher stetig für mich gekämpft.

„Fein.” Ich biss die Zähne aufeinander. Zwar war mir nicht bewusst, was genau auf mich wartete, aber der Tod war mir sicher, wenn ich mich richtig an die Hexenprozesse erinnerte. „Von mir wird also erwartet, dass ich mich dieser haltlosen Anklage stelle?” Aber sicher nicht ohne Reißzähne und Krallen einzusetzen. „In dem Fall bezichtigte ich ihn …”, ich streckte die Hand aus und deutete auf Rourke. “Mich mit einem Bann belegt zu haben. Er brachte mich her.” Soweit mich meine Erinnerung nicht trog, genügten diffuse Anschuldigungen bei Hexerei.

„Hexe!", zischte Rourke verächtlich.

„Ich bin keine Hexe, was ist mit Ihnen? Betreiben Sie dunkle Magie?" Natürlich war auch er kein Zauberer oder sonst wie mit dem Teufel im Bunde, sondern nur ein Idiot. Ein mittelalterlicher Idiot.

Ich musste dringend meine Taktik anpassen. Frauen waren früher arme Schweine, ohne Rechte, ohne Schutz, schlicht ausgeliefert. So konnte ich nicht leben.

Die Männer, die mich festhielten, suchten nach Bestätigung bei ihrem Anführer.

„Oder dürfen hier nur Frauen bezichtigt werden, die sich lediglich wehren wollen, missbraucht zu werden?" Noch zu selbstbewusst, dessen war ich mir schmerzlich bewusst, aber in diesem Fall wäre es ebenso fatal, still zu sein und es die Männer regeln zu lassen. Zumindest meinen Widerstand gegen den Halt der Männer gab ich auf, um guten Willen zu bezeugen. Sie drängten mich zur Wand, und ich stieß mit dem Rücken dagegen.

„Au."

Finlay haderte sichtlich, ob er Rourke weiter in Schach halten oder mir beistehen sollte.

„Eine solche Bezichtigung ist schwerwiegend, Mistress Katharina." Der Duke sah zwischen mir und seinem Sohn hin und her. „Aber natürlich ist Euer Einwand berechtigt."

Es war unheimlich, dass er mir zustimmte.

„Allerdings sind auch mir die Hände gebunden, ist die Anklage erst einmal ausgesprochen."

Natürlich. Mein Seufzen unterdrückte ich. „Das gilt für beide, hoffe ich." Ein Spiel mit dem Feuer, zumal das Grinsen des Dukes gehässig wurde.

„Aber selbstredend."

„Fàthair!"

„Schweigt!", blaffte er mit einem Wisch seines Arms. „Schweigt, Ihr nutzloser Abkömmling einer feigen Ratte!"

Bemerkenswert, gerade hatte er sich selbst beleidigt. Auch Finlay versteifte sich und ließ sich von Rourke wegstoßen, der mehr als verärgert aufheulte.

„Ihr vergesst meine Abstammung, Fàthair!"

„Keineswegs!" Er grinste dreckig. „Das ist das McInnes-Blut."

Finlay zuckte, machte ganz den Eindruck, auf seinen Onkel stürmen zu wollen, hielt sich aber mannhaft zurück.

„Ich bin voll und ganz ein McDermitt, und Ihr entehrt Euch selbst, etwas anderes zu behaupten." Rourke war nahe dran, die Beherrschung zu verlieren.

„Keineswegs." Der Duke blieb süffisant, und rieb sich zufrieden die Hände, während Finlay an einem schweren Brocken zu knabbern hatte: Ruhe bewahren, aber Stellung beziehen, ohne sein Ziel aus dem Auge zu verlieren – meinen Schutz. Ich muss gestehen, mein Herz machte einen Sprung. Egal, welche Gründe er haben mochte, er legte sich mächtig ins Zeug.

„Ihr plant, meine Zukünftige der Hexenprobe zu unterziehen?" Sein Brummen jagte mir einen Schauer über den Rücken. Allein das Wort war unheimlich.

„Gemeinsam mit meinem Sohn, um jegliche Voreingenommenheit ausschließen zu können. Nur für den Fall, dass jemand nach Eurem Verbleib fragt."

Ich verstand, die Männer auch. Rourke fasste es zusammen:

„Ihr opfert mich?"

Teuflisch genial.

***

Finlay führte mich schnellen Schrittes durch die Burg, wobei wir einmal mehr die Abkürzung über den Hof nahmen, den er offenbar als sicher betrachtete, denn nirgends sonst sprach er so offen mit mir wie hier. Seine Anspannung war in jedem Zoll seines Körpers zu spüren. „Mir fehlen die Worte", knurrte er, wobei er sich so weit zu mir beugte, dass ich seinen Atem auf der Wange spüren konnte. „Bat ich nicht um Vorsicht?

Warnte ich nicht, wie verheerend es wäre, Aufmerksamkeit auf Euch zu lenken?"

„Ich brauchte Gewissheit."

„Lassie sprecht nicht so!" Seine Finger bohrten sich in meinen Arm. „Daingead. Wisst Ihr, was Euch nun erwartet? Ein grausamer Tod, und ich kann nichts tun, um es abzuwenden!"

„Ich nehme an, auf einen fairen Prozess brauche ich nicht zu hoffen." Oder auf eine Galgenfrist.

„Lassie, Ihr könnt froh sein, wenn nach dem nächsten Geistlichen geschickt wird!" Er fluchte derb. „Selbst dann bleiben uns nur Tage."

157

„Du glaubst, er zieht es durch? Hat Rourke eine bessere Chance als ich, die Hexenprobe zu bestehen?" Sein Blick war köstlich, allein durch seine Verwirrung.

„Weib mich dünkt, Ihr seid wahrlich von Sinnen."

Es war wohl Zeit, ein paar Dinge auszusprechen, so verrückt sie auch klangen, also stoppte ich unseren Marsch. „Finlay, wir müssen reden."

Er versuchte mich weiterzuschieben, gab es aber auf, als ich stolperte. Er fluchte, stabilisierte mich und sah sich um. „Nay, spart Euch eure Worte."

„Würde ich gerne, schließlich weiß ich, wie durchgeknallt ich klingen werde." Mein Seufzen unterdrückte ich mühevoll. Ich wollte es gar nicht aussprechen, aber es half ja nichts.

„Hör zu, es klingt verrückt, aber ich sollte nicht hier sein."

„Aye", murrte er. Hände platzierten sich in seine Hüften und lenkten meinen Blick ab. Er stand breitbeinig vor mir, den Kopf schräggelegt und mich mit einem Blick betrachtend, der deutlich seinen Mangel an Geduld ausdrückte. Er sah sich um, und ich atmete auf. Es war leichter, die Gedanken beisammenzuhalten, wenn er mich nicht ansah.

„In dieser Zeit."

„Lassie, das ist genau, was ich Euch sagte. Bleibt in der Kammer, dort seid Ihr sicher ..."

„Nein."

Meine Unterbrechung machte ihn einen Augenblick sprachlos, dann biss er die Zähne aufeinander. Seine Brauen wanderten zusammen und seine Augen verengten sich zu schmalen Schlitzen. Schnell hob ich die Hände, um ihn abzuwürgen.

„Ich gehöre nicht hierhin.“

„Aye.“

„In das Jahr 1746.“

Er blinzelte.

„Ich muss zurück in meine Zeit.“

Wieder ein Blinzeln.

„In das Jahr 2018.“

Immerhin lachte er mich nicht aus, was ich sicher getan hätte, wäre ich an seiner Stelle gewesen.

„Nur weiß ich nicht wie. Ich weiß nicht, wie ich hier gelandet bin.“

„Lassie, so solltet Ihr nicht reden.“ Finlays Stimme war tief und hohl. Er schüttelte den Kopf und sah mich dabei an, als wüsste er nicht, ob er nicht lieber das Weite suchen sollte, und zwar schnell.

„Es klingt verrückt, ich weiß, aber leider …“ Er griff nach mir und unterbrach mich damit. Meine Zähne schlugen klappernd aufeinander.

„Seid Ihr eine Hexe?“, zischte er. Ich hätte gelacht bei einer solch unsinnigen Frage, aber etwas in seinen Augen hielt mich davon ab. Glaubte er etwa an Hexerei?

„Nein.“ Vermutlich konnte ich sagen, was ich wollte, aber glauben würde mir niemand. „Und wenn du es wissen willst: Ich vertrete den Standpunkt, dass es absolut nichts Magisches auf der Welt gibt. Lediglich Naturgesetze. Chemie, Physik, Biologie. Alles ist rational erklärbar.“

Er verlor an Farbe. „Auch das solltest Ihr für euch behalten, so Ihr leben wollt!“

Mir blieb nur ein Schnauben. „Habe ich das mit der Hexenprobe etwa falsch verstanden? Es ist nicht zu überleben, denn sterbe ich nicht dabei, werde ich bei lebendigem Leib verbrannt werden."

Er hatte die Güte, zu erröten. Nur ein leichtes Färben der Wangen, die zuvor bleich gewesen waren.

„Aye."

„Ich muss hier weg." Ich suchte seinen Blick. „Ich muss nach Hause und das bedeutet nicht nur einige Kilometer, sondern zweihundertfünfzig Jahre, die ich überwinden muss."

Mein Magen sackte ab. Es klang mehr als nur verrückt, eher unmöglich.

„Ich muss …", krächzte ich und schluckte. Wenn es nun gar keinen Weg zurück gab?

„Katharina." Er schüttelte den Kopf. „Wovon Ihr sprecht, ist Hexenwerk."

Vermutlich. Verwirrt brach ich den Blickkontakt. Ich widersprach mir selbst, wenn ich mich nun auf etwas Magisches berief.

„Finlay, ich weiß, dass es verrückt klingt, und glaube mir, jede andere Erklärung wäre mir lieber, aber Fakt ist, dass der Tag meiner Geburt der 23. November 1993 ist – oder sein wird." Allein der Gedanke war unheimlich. Ich existierte gar nicht – noch weitere zweihundertsiebenundvierzig Jahre nicht.

„Prinzessin …"

„Ich weiß, wie es klingt."

Finlay biss die Zähne zusammen.

„Ich bin nicht verrückt." Auch wenn ich so klingen mochte. „Hör zu, ich erwarte nicht, dass du mir glaubst, ich brauche nur deine Hilfe, um hier rauszukommen."

Okay, der Plan war Mist. Nur aus Dunvegan zu entkommen, hatte keinen Zweck. Aber dieser Ort war mein sicherer Tod.

„Daingead, Prinzessin, so einfach ist das nicht!"

Finlay ließ seinen Blick betont langsam über den Hof wandern. Meiner folgte. Die Mauern wuchsen bei jedem Meter, wurden breiter und unüberwindlicher. Zugleich kamen sie auf mich zu, nahmen mir fast die Luft zum Atmen. Ich musste mich abwenden und mit fest geschlossenen Augen tief Luft holen, um die Beklemmung wieder loszuwerden.

„Wartet. Gebt mir etwas Zeit." Er fuhr sich durchs Haar. „Ich finde eine Lösung."

Welche sollte das sein, wenn nicht die, dass ich nach Hause kam. Seufzend rieb ich über meine Augen.

„Finlay, ich meine es ernst. Ich muss zurück in meine Zeit. Nicht nur, weil man mich hier als Hexe verbrennen will, sondern weil ich so nicht leben kann." Und so bedeutete, ohne den geringsten Komfort, Medizin oder Sicherheit. „Es gibt einen Weg. Bestimmt." Wie genau war ich hier gelandet? Ich war von dem Felsvorsprung bei dem Fairy Pools gefallen, das wusste ich noch, aber sonst?

„Gebt mir die Chance, einen sicheren Weg zu finden, einen bei dem uns nicht die halbe Insel hinterherjagen wird."

Ich sah keinen, aber ich war bereit, ihm einen Heimvorteil einzuräumen. Er kannte sich mit den Begebenheiten hier aus und fand vielleicht einen Weg, der mir die Farce einer Hexenprobe ersparte und damit einen sicheren und unschönen Tod.

9. Schwer, schwerer, Katharina

Obwohl ich sehnsüchtig auf Neuigkeiten gewartet hatte, war es mir gar nicht lieb, dass Finlay nun vor mir stand. Er fuhr sich durch das Haar, lockerte es dabei aus seiner strengen Verschnürung im Nacken, und seufzte tief. Seine Worte konnten mir nicht gefallen, wenn sie schon ihm quer im Magen lagen.

Ich setzte mich zurück aufs Bett, aus dem ich bei seinem Eintreten in die Kammer aufgesprungen war, und schloss die Augen.

„Du hattest keinen Erfolg." Eigentlich wunderte es mich nicht. Schnell stand ich wieder auf und ging durch den engen Raum zum offenen Fenster. Es war frostig und ich schlang die Arme um mich. „Ich gehe mal davon aus, dass du keine echten Hexen kennst, oder jemanden, der sich mit Übernatürlichem auskennt."

„Daingead, Lassie, Ihr legt es drauf an, zu brennen", knurrte er mit dräuendem Blick.

Ich spürte ihn in meinem Rücken, auch wenn er mich nicht berührte. „Ganz im Gegenteil, ich lege es darauf an, nach Hause zu kommen." Das war alles, was mich interessierte. „Und du hast selbst gesagt, dass ich hier keine Chance habe."

Finlay räusperte sich. „Es gibt da eine Möglichkeit."
Eine, die ihm immer noch nicht behagte.

„Die da wäre?" Zumindest anhören konnte ich ihn. Ich warf einen schnellen Blick über die Schulter, um Interesse zu signalisieren, nichts weiter. Seine ernste Miene ließ mich aber innehalten. Ich drehte mich zu ihm um und lehnte mit dem Po gegen die raue Wand. Meine Finger lagen als Isolierung dazwischen.

„Werdet mein Weib." Seine Worte kamen abgehackt und trotzdem schnell, so als wollte er es rasch hinter sich bringen. Das war aber nicht der Grund, warum ich es nicht verstand.

„Wie bitte?"

„Geht den Bund der Ehe mit mir ein." Ich brauchte eine gefühlte Ewigkeit, um angemessen reagieren zu können, und damit meinte ich, dass ein Lachen oder der Hinweis, dass er verrückt wäre, nicht ging.

Mein Räuspern diente nur dazu, mir Zeit zu kaufen. „Das ist sicher gut gemeint, aber der falsche Weg. Was soll das bringen?"

„Der Duke wird es sich zweimal überlegen, ob er meine Gattin der Hexenprobe aussetzt."

Jetzt musste ich doch lachen. „Er will seinen eigenen Sohn der Probe ..." Das war doch sinnlos! Ich ließ ihn stehen, aber die Kammer war nicht groß genug, um ihm zu entkommen. „Du hast selbst gesagt, dass Rourke keine besseren Chancen hat als ich, es zu überleben, was auch immer da passieren wird." Was ich gar nicht so genau wissen wollte. „War das gelogen?" An der Tür wandte ich mich wieder um.

„Nay, Lassie."

Ich wartete auf eine Erklärung.

„Der Duke hasst Rourke, und der macht es mit seinem Ehrgeiz, Padraig auszustechen, auch nicht besser."

„Und?" Ich sah nicht, wie mir das helfen sollte.

„Ihn loszuwerden, und auch noch gewinnbringend, ist zu verlockend."

„Welchen Gewinn denn?" Ich sah es eher als Verlust, besonders wenn es den eigenen Sohn betraf, und auch noch in einer Zeit, in der männliche Erben so etwas wie den Heiligen Gral bedeuteten.

„Sicherheit." Finlay sprach leise. Es erinnerte mich daran, dass er überall Spione erwartete. Er stand noch immer am Fenster, sein Haar wehte leicht im Windzug. „Euch dem Tod zu überantworten, könnte ihn in eine schwierige Situation bringen, wenn nach Euch gesucht würde." Er kam auf mich zu. „Wenn Eure Familie nach Euch sucht." Er blieb vor mir stehen. Seine breite Gestalt blockierte das Sonnenlicht und stellte mich in den Schatten, trotzdem konnte ich in seiner Miene lesen und er in meiner. Finlay hob die Hände, als ich anhob etwas zu sagen. Ich stockte.

„Wenn Eure Familie nach Euch sucht und hier nur Euren Leichnam auffindet, ist es sicherer, wenn es auch einen Verlust auf unserer Seite gibt."

Wieder hob ich an zu widersprechen. Finlay beugte sich vor.

„Nay, Lassie, behaltet es für Euch", flüsterte er leise, aber eindrücklich. „Jedwedes Widerwort."

Generell hatte man damit bei mir keinen Erfolg, es stachelte mich eher noch an, eben doch zu mosern, aber das Thema war für mich durch, jedes nötige Wort gesagt und alles Weitere nur ein Punkt, sich unnötig aufzuregen. Also hob ich die Achseln und verkniff mir mein Seufzen. Meine Miene war wohl vielsagend genug, denn er schüttelte den Kopf und murmelte: „Prinzessin, ich weiß."

Ich vernahm es kaum, aber die Worte huschten über mein Gesicht, getragen von seinem heißen Atem, der süß prickelte, und zwar nicht nur auf der Wange. Das gab den Ausschlag.

„Nein." Seine Verblüffung war köstlich. „Eine Eheschließung kommt für mich nicht in Betracht."

Sein Kiefer klappte auf. „Katharina!", haspelte er, als ich mich an ihm vorbeidrückte. „Hört mich an."

Dies tat ich seit einer ganzen Weile und war sicher nicht zu überzeugen, dass ich heiraten musste, um dem Feuertod zu entgehen. Ich wandte mich ihm zu, mittig im Raum stehend und die Hände vor dem Bauch gefaltet, um sicher und gefestigt zu wirken. „Meine Antwort bleibt Nein."

Das gefiel ihm nicht. Finlay starrte mich aus zusammengekniffenen Augen an, aber Erfolg hatte er damit keinen. Ich hatte Jahre hinter mir, in denen Vanessa mich mit diesem missbilligenden Blick bedacht hatte, ohne dass ich je eingeknickt wäre. Also stemmte ich die Hände in die Hüften und streckte die Schultern, um meinen Standpunkt deutlich zu machen. Finlay starrte weiter, und es wurde ein kleiner Wettkampf, der ihn im Gegensatz zu mir frustrierte. Fluchend drehte er sich schließlich weg.

„Es muss eine Alternative geben", beschied ich zufrieden.

„Ich habe eine Idee", grummelte er, die Hand nach der Türklinke ausstreckend. „Bleibt hier. Rührt Euch nicht vom Fleck."

Das entrüstete Schnauben sparte ich mir, schließlich wollte ich eine Klärung der Angelegenheit und keine Diskussion darüber.

„Heiraten ist keine Option", rief ich ihm nach, nur um doch noch das letzte Wort zu haben.

***

Finlays Lösung war abzuhauen. Er hatte es mir zwar lang und breit erklärt, aber in üblich geflüsterter Manier, was so anstrengend war, dass ich nur die Hälfte mitbekam.

„Es ist ein Dienst für den Duke, ja, aber ich war auf dem Weg, als Ihr mir in die Arme fielt." Er hatte mich gegen die grobe Wand neben dem Fenster gepresst – ich hatte das Gefühl, dass jedes unserer Gespräche genau so ablief – und mir ins Ohr geflüstert. „Es ist gefährlich." Er stockte, als erwartete er, ich würde darauf reagieren. Tat ich auch, aber nicht so, wie er es sich vorstellte.

„Wo bleibe ich?"

Unausgesprochen blieb: Wenn dir bei deiner Tour quer durch Schottland etwas zustößt. Ja, in der Retrospektive war mir auch klar, wie ungeheuer egoistisch ich gewirkt haben musste, und es tat mir leid, aber meine Gedanken drehten sich hauptsächlich um meine Misere. So oder so war alles, was hier passierte, bereits passiert – irgendwie.

Finlay stockte, schluckte runter, was er zuerst hatte sagen wollen, und räusperte sich dann gedehnt. „Hier."

Das hatte ich befürchtet, also schüttelte ich stumm den Kopf. Er erwartete doch nicht, mich wohlbehalten anzutreffen, wenn er wieder zurück war, oder?

Ich spielte schnell die Möglichkeiten durch, aber es gab keine. „Ich komme mit." Zumindest war ich dann vor Rourke und seinem Vater sicher.

„Nay, Lassie."

„Finlay", knurrte ich, was ihn die Gelassenheit kostete. Er starrte mich mit offenem Mund an.

„Hier wollen die mich tot sehen!" Der Grund, warum ich keinesfalls bleiben konnte.

„Aye", haspelte er und fing sich. Finlay richtete sich auf, was bei seiner Statur recht beeindruckend war. „Weswegen der Duke Euch nicht gehen lassen wird."

„Und warum nicht?" Ich stemmte die Hände in die Hüften und hob das Kinn, um in der kurzen Distanz zwischen uns in sein Gesicht schauen zu können und nicht auf seine Brust. „Man will mich loswerden, warum muss ich dabei unbedingt ins Gras beißen?" Die Antwort blieb er mir schuldig, also bohrte ich weiter: „Warum wirft man mich nicht einfach aus dem Haus und lässt mich unbehelligt meiner Wege ziehen?"

Sein Blick sagte alles, mürrisch, wie er war. „Ihr wisst zu viel, zumindest besteht Rourke auf diesen Standpunkt." Sein Kiefer mahlte und er stieß sich von der Wand ab, um mir den Rücken zuzuwenden. „Es sei zu gefährlich."

„Das ist schizophren." Natürlich ging ich nicht davon aus, dass er mit dem Begriff etwas anfangen konnte. Seine Miene war köstlich verwirrt.

„Finlay", sagte ich begütigt und stieß mich von der rauen Wand ab. „Hier ist es für mich gefährlicher als sonst wo." Sah er das nicht?

„Was hindert den Duke daran, mich dieser Hexenprobe zu unterziehen, sobald du weg bist?"

„Ich habe sein Wort.“

Mein ungläubiges Schnauben bekam er obendrauf.

„Er ist ein Ehrenmann, Prinzessin, er besitzt mein Vertrauen.“

Wer war hier noch gleich der Narr in dieser Posse?

„Vertraut mir.“

Ich verdrehte die Augen. Ich vertraute ihm, aber in diesem Fall verlangte er zu viel.

Finlay legte seine große Hand an meine Wange, sein Daumen strich federleicht darüber und meine verflixten Lider schlossen sich von selbst.

„Solange Ihr meinen Worten Beachtung schenkt, wird Euch kein Leid zugefügt werden.“

Er wusste doch bestimmt, dass ich keine fünf Minuten aushielt, ohne genau das Gegenteil von dem zu machen, was man von mir erwartete.

Er hob mein Kinn, sein Blick driftete dabei ab, und einen Augenblick lang erwartete ich, geküsst zu werden. Dann fiel mir zum Glück ein, wie dumm es wäre, sich emotional zu verstricken und ich trat zurück.

Finlay blieb überrumpelt von meinem Rückzug einen Moment in seiner vorherigen Haltung, bevor er die Hand ballte und sinken ließ. „Haltet Euch an meinen Rat, bleibt einfach unauffällig.“

Nichts leichter als das.

Leider fiel mir nach einer Woche bereits die Decke auf den Kopf, und ich musste einfach raus aus der beengenden Kammer, brauchte unbedingt Gesellschaft – andere als das stumme Mädchen, das mir die Mahlzeiten brachte – und Beschäftigung. Es war wohl nicht klug, nach Lesestoff zu suchen, schon gar nicht in dem von Papieren überwucherten Raum mit den schweren, dicken Kerzen, die auch bei Tage rußend die Luft verpesteten. Unglücklicherweise las ich tatsächlich, was auf ein Stück Pergament gekritzelt worden war, als man mich entdeckte. Ich habe nie behauptet, besonders clever zu sein, aber das war selbst für mich beschämend.

„Etwas Brauchbares entdeckt, Mistress Katharina?"

Ich erkannte ihn an seiner Stimme, auch wenn sie ungewohnt sanft war. Der Duke stand am hinteren Ende des engen Raums in einem Türrahmen, den ich übersehen hatte, als ich mich nach meinem Eintreten flüchtig umgeschaut hatte. Meine Finger wurden starr, und Finlays Stimme schalt mich, einfach unbelehrbar zu sein – und fürchterlich dumm.

„My ... Laird."

Seine Braue hob sich, aber mein mangelnder Respekt schien nicht einmal seine gute Stimmung trüben zu können. „Ihr habt mich mit Euer Gnaden anzusprechen, Mistress, das sollte Euch bekannt sein."

„Entschuldigung." Ich ließ die Hand sinken, extra langsam, aber er hatte nicht vor, mich mit meiner Indiskretion durchkommen zu lassen – natürlich nicht.

„Ein Billett an seine königliche Hoheit, König George II. von England, bezüglich einer ausländischen Hexe, die auf meinem Land festgesetzt worden ist, aber auch dies ist Euch bekannt, nicht wahr?"

„Euer Gnaden", hob ich leise an, zwängte ein zerknirschtes Lächeln auf die Lippen und seufzte dann betrübt. „Ich suchte nach Lektüre und fand diesen Raum. Ich schätze mal, es ist nicht die Bibliothek." In jedem großen Herrenhaus gab es eine, Vanessa hatte auch von ihren verstaubten Büchern gesprochen, zu denen die Romane ihrer Schwägerin so gar nicht passten.

„Nay.“

„Ich befürchtete es.“

Der Duke kam auf mich zu. Obwohl er nicht wütete, wie ich es eigentlich von ihm gewöhnt war, schüchterte er mich ein. Natürlich ließ ich es mir nicht ansehen, hob das Kinn, die Brauen gleich mit, und warnte ihn mit meinem Blick, mir ja nicht zu nahe zu kommen. Der Duke grinste, als er einen Schritt vor mir stehenblieb und das Pergament aufnahm, das ich noch mit den Fingerspitzen berührte.

„Wie freundlich von Euch, Euer Gesicht so baldig zu zeigen.“

„Wie bitte?“ Ich ahnte zwar, was er ausdrücken wollte, hoffte aber noch auf einen Irrtum. Hexe oder Spionin. Ach, Hure war ebenfalls eine Option, die im Raum stand, zumindest für seinen grässlichen Sohn.

„Nun, es wird Euch beruhigen zu hören, dass ich Euch vorerst nicht dem Tode überantworten werde.“

Der Kloß in meinem Hals drückte mir den Atem ab, trotzdem hatte ich nicht vor, es so stehenzulassen.

„Sie irren sich, ich habe nur nach Lesestoff gesucht. Das da“, ich deutete mit einem knappen Wink auf das Pergament, „hatte ich nur in der Hand, weil …“ Sollte ich lügen? Tja, eigentlich konnte ich nicht einmal sagen, warum ich ausgerechnet dieses Stück Papier gelesen hatte. „Es obenauf lag.“

„Ist dies Eure Erklärung?“ Er lachte auf. „Ihr lest Billetts, die nicht für Euch gedacht sind, weil sie obenauf liegen?“

„Mister … Euer Gnaden, ich versichere Ihnen, dass es purer Zufall war, dass ich gerade dieses Dokument aufnahm. Es hätte jedes sein können, eine Aufstellung von Gebrauchsgütern bis hin zu einem Liebesbrief. Ich habe nicht geschnüffelt, ich habe nicht erwartet, irgendwelche Geheimnisse zu entdecken, oder …“ Ich konnte mir meine Worte sparen, das sah ich ihm an, und es versetzte mich in Panik. Ich machte einen hastigen Schritt auf ihn zu.

Der Duke schob mich grob von sich. „Nay, Weib, Euer Zauber wirkt bei mir nicht.“ Er fummelte an seinem Kragen herum und zog etwas hervor, das wie ein Säckchen aussah. „Ich habe mich vorbereitet!“

Vor Verblüffung klappte mir der Mund auf. Meine Knie zitterten und ich musste mich unauffällig auf der Schreibtischplatte abstützen. „Euer Gnaden, das ist Quatsch.“

„Wachen!“, brüllte er, anstatt Vernunft anzunehmen.

„Euer Gnaden, ich hätte keinen Blick auf das Dokument werfen dürfen, aber es war pure …“

„Aye!“

Männer stürmten den Raum und griffen nach mir. Ich hatte noch nicht herausgefunden, wie die Dinge hier organisiert waren, aber keiner der Männer wirkte wie ein Diener. Hatte der Duke seine eigene Leibgarde? Immerhin war es das zweite Mal, dass ich eine solche Invasion beobachtete, zuletzt bei meinem ersten Abendessen in Gesellschaft, bei dem Rourke abgeführt worden war.

„Es tut mir leid“, rief ich. „Ich wollte niemanden in Aufruhr versetzen.“ Oder mich in Schwierigkeiten bringen. Jedes weitere Wort war müßig, schließlich bekamen die fünf Männer ihre Order auf Gälisch, wofür ich zur Abwechslung keine Übersetzung brauchte. Sicher wollte man mich einschließen, aber dass daraus ein stinkendes, abgelegenes Loch wurde, erschreckte mich trotzdem. Zumindest hatte ich eine genaue Vorstellung davon, wo ich mich befand: Unter dem linken Wachturm des großen Tores, und zwar noch eine Ebene tiefer als der Keller!

Entsetzt sah ich mich um, nachdem ich mich von dem Schock, einfach in ein Loch gestoßen worden zu sein, erholt hatte. Ich hatte mir die Schulter geprellt und die Hüfte gleich mit, denn der Schubs der Wachen hatte mich destabilisiert und mit der Seite aufkommen lassen. Über mir grinste einer der Wachleute hämisch zu mir herab, zwinkerte und schloss die Luke mit einem Gitter, dessen Streben mir keine Hoffnung zur Flucht ließen. Denn selbst aufgerappelt und ausgestreckt würde ich sie nicht erreichen. Unter mir befand sich hartes Erdreich und in den Ecken – wobei mein Kerker rund war und keine Ecken aufwies – lag verdrecktes Stroh herum, wie ich erkannte, als ich nähertrat und den Haufen mit dem Fuß zur Seite schob. Ansonsten gab es nur ein weiteres Loch im Boden. Zusammengefasst: kein Bett, kein Wasser – zum Waschen oder Trinken – und auch keine Toilette. Wobei ich stark befürchtete, dass das Loch dazu ausgehoben worden war. Mir wurde schlecht, und es lag nicht an dem modrigen, fäkaliengetränkten Gestank, der mich umgab.

10. Eine Hochzeit in den Highlands

Mein Zeitgefühl war dahin, es gab rund um die Uhr nur Kerzenschein von irgendwo über mir aus dem Gang, und die Mahlzeiten kamen nicht regelmäßig, denn dann wäre ich bis dato keine Woche eingekerkert. Es fühlte sich eher wie ein Jahr an, obwohl das sicher nicht stimmte. Egal ob es nun eine Woche oder sechs waren, in der Zeit hatte ich kaum genug Wasser, um meinen Durst zu stillen, geschweige denn auch nur einen Tropfen für Hygiene übrig. Meine Nase hatte sich daran gewöhnt, roch ich doch nicht einmal mehr meine eigenen Fäkalien, aber meine Augen wollten sich nicht daran gewöhnen, Dreck zu sehen. An mir, den Fingern, Händen, Armen ... selbst meine Zehen gingen farblich nahtlos in die Umgebung über. Dreck als Camouflage, auch eine Idee.

Mein Haar war nicht mehr mit den Fingern zu durchkämmen, und ich war froh, dass es keinen Spiegel gab. Aber mein Aussehen lenkte mich kaum von meiner Reue ab. Ich hätte auf Finlay hören sollen und nicht auffallen dürfen. Wie leichtsinnig ich gewesen war, wie dumm!

Auf diese Art ging das immer weiter, drehte sich im Kreis, wieder und wieder. Endlos. Obwohl ich nicht religiös war, stellte ich mir so das ewige Fegefeuer vor. Ewiger, selbstbereiteter Schmerz.

Die Aussicht auf die Zukunft deprimierte mich, und obwohl ich sonst nicht so schnell in Tränen ausbrach, war ich hier unten ziemlich oft verdammt nah dran, einfach drauflos zu heulen.

Als die Klappe über mir gelüftet wurde, hoffte ich bestenfalls auf Wasser, und geriet ziemlich aus dem Häuschen, als eine Stiege hinabgelassen wurde. Aufspringend eilte ich durch den Raum, wobei er ohnehin kaum fünf Schritte in jede Richtung maß, und biss mir vor Aufregung in den Fingerknöchel. Über mir befand sich nur ein dunkler Umriss, der das Licht aus dem Gang blockierte.

Sollte ich hinaufklettern oder abwarten? Hin- und hergerissen konnte ich kaum stillstehen, stapfte ebenfalls von einem Fuß auf den anderen und kaute auf meinem Fingerknöchel herum. Was bedeutete dies?

„Katharina.“ Ein Name, der besser klang, als jede Lobpreisung. Mit einem Aufschrei hastete ich die Stiege hinauf, ungeachtet ihres unsicheren Halts und des Knatschens jeder Sprosse, und warf mich Finlay an den Hals. Heulend.

„Gott sei Dank!“, schniefte ich, geschüttelt vor Weinkrämpfen. „Ja. Du hast recht. Es muss sein, wir müssen heiraten. Ich hätte gleich auf dich hören sollen!“

Er grummelte etwas auf Gälisch, weshalb ich es einfach überging.

„Es tut mir leid, Finlay, ich habe mich bemüht und es war eine ganz dumme Sache. Ich hätte besser aufpassen sollen, die Finger bei mir, es tut mir schrecklich leid!" Ich sah zu ihm auf, in sein vor Ärger und Verblüffung zerrissenes Gesicht. „Ich habe mir so gewünscht, dass du endlich zurückkommst!" Es hatte mir eines deutlich vor Augen geführt: Ich brauchte ihn. In dieser Zeit, an diesem Ort, hatte ich, so wie ich nun mal war, keinen Platz und auch keine Chance zu überleben.

Finlay legte mir die Hand an mein verschmutztes Gesicht und wischte sacht über meine Wange.

„Prinzessin ..."

„Bitte sag nicht, dass es zu spät ist." Mein Magen sackte ab, aber das war es auch schon. Vermutlich hatte ich es tief im Inneren gewusst, dass selbst Finlay mich nun nicht mehr retten konnte. Ich lehnte mich an ihn, um zumindest noch einen Augenblick seine beruhigende Nähe spüren zu können. Seine Hitze und Lebendigkeit.

Er räusperte sich.

„Schon gut", unterbrach ich ihn schnell. „Du hast mich gewarnt."

Er zog mich an sich, und ich klammerte mich in seinen Plaid. Es war kalt da unten, und ich hatte nichts außer dem, was ich am Leib trug, um mich zu wärmen. Da wollte ich jede Sekunde nutzen, nicht nur um mich aufzuwärmen, denn mich an ihn zu kuscheln, linderte auch meine Panik.

Finlay versuchte, mich sanft von sich zu schieben.

„Kommst du mich noch einmal besuchen?", fragte ich schnell. „Dann habe ich etwas, worüber ich mich freuen kann." Und was mich beschäftigt hielt, denn momentan brannten meine Augen fürchterlich und kündigten damit einen weiteren Heulkrampf an, den ich gerade noch so in Schach hielt, um Finlay nicht zu vergraulen.

Mein gezwungenes Lächeln konnte sicher nicht überzeugen und vermutlich war es pures Mitleid, weshalb er mich wieder in die Arme zog.

„Prinzessin, bitte", murmelte er. „Weint nicht."

„Mache ich nicht", schniefte ich, wischte mir dabei schnell über die Wangen und grinste noch bemühter, als ich mich löste. „Alles gut."

„Kommt, Ihr werdet ein Bad wünschen."

„Nein, nein, schon gut." Wozu baden, wenn man doch wieder im Dreck landete?

Tänzelnd wich ich zurück und streckte die Hand nach der Stiege aus.

„Bitte", murmelte er, wobei er meinen Ellenbogen einfing und mich von dem Loch fortzog, in das ich mich wieder verkriechen wollte. „Ich habe soeben erst erfahren, dass der Duke Euch einkerkern ließ." Ein Grollen folgte und ein wilder Blick umher. „Daingead, das er es wirklich wagte!" Es ging in Gälisch weiter, weshalb ich abschaltete und einen panischen Blick zurückwarf. Gut, schlimmer konnte es kaum mehr werden, und vielleicht konnte ich Finlay überreden, mit mir die Flucht anzutreten.

Mein Gewissen zwickte mich. Es war egoistisch, brächte ihn in Schwierigkeiten und womöglich auch in Lebensgefahr.

„Finlay?", wisperte ich und musste mich lauter wiederholen, um seine Aufmerksamkeit einzufangen. „Das wäre ein Fehler, meinst du nicht?" Am Rande bekam ich mit, dass sich niemand in der Nähe meiner Zelle aufhielt. Hatte ich demnach stets umsonst um Gehör gebeten?

„Kommt, so könnt Ihr wahrlich niemandem unter die Augen treten." Er zog mich weiter, die Stufen hinauf und durch das niedrige Tor hinaus. Die Sonne blendete mich. Den Kopf abwendend versteckte ich meine empfindlichen Augen hinter meinem Haar.

„Hálo, Finlay! O mo chreach, sagt mir, dass dies nicht Eure Lady ist." Etwas blockierte das gleißende Licht, und als ich es wagte, hinter meinem verfilzten Vorhang hindurchzublinzeln, staunte ich nicht schlecht. Zwar war mein Sonnenschutz blass und stützte sich auf einen weiteren Schotten, aber er machte trotzdem einiges her. Er war groß, hatte rabenschwarzes Haar und hübsche, braune Augen mit einem dunklen Rand als Corona. Ansonsten war er weniger adrett als kernig. Seine Gesichtszüge waren streng und kamen mir bekannt vor, was vielleicht auch an seinem schiefen Lächeln liegen konnte. Rourke grinste ähnlich, nur wirkte er dabei verschlagener.

„Paddy, Ihr solltet Euch ausruhen", mahnte Finlay, mich an sich ziehend. „Aye, meine Lady, die Skye in den Kerker warf, während ich in seinen Diensten stand!"

„Lady Katharina." Er verneigte sich leicht vor mir, wobei er schwankte.

„Katharina, darf ich Euch meinen Cousin vorstellen? Lord Padraig McDermitt." Nach einigen gälischen Worten wechselte er wieder ins Englische. „Meine Lady benötigt ebenfalls einige Zeit, um sich von den Strapazen der letzten Wochen zu erholen, demnach verpasst Ihr nichts, Padraig, wenn Ihr Euch niederlegt. Eure Lady ruht sicherlich bereits."

Ob sie wohl ebenfalls vor Dreck starrte und sich wünschte, im Erdreich zu vergehen vor Scham?

„Aye, Mylady, ich freue mich darauf, Euch in … besserer Verfassung anzutreffen." Wieder deutete er eine Verbeugung an. Während seine wortlose Stütze lediglich nickte und seine Last mit sich schleifte.

„Kommt. Ich Sorge für Euer Wohlbefinden, auch wenn ein Bad zu richten einige Zeit in Anspruch nehmen wird." Er seufzte schwer und setzte sich wieder in Bewegung. Wir nahmen die entgegengesetzte Richtung zu Padraig, wir mussten den Hof überqueren. Es musste anhaltend geregnet haben, denn überall hatte sich der Boden in eine Schlammpfütze verwandelt, in die man an manchen Stellen bis zu den Knöcheln absank. Der Hof brauchte dringend einen Betonboden, bekäme ihn aber nie. Vanessas Garten kam mir in den Sinn.

„Sie sollten hier was anpflanzen. Ich fand den Efeu besonders schön."

„Wie meinen?" Finlay sah verdattert auf mich herab.

„Wenn meine Schwester hier wohnt, wird das Areal ein Garten sein." Ich deutete quer über den Hof. „Es wird eine Hecke geben und Beete. Es wird farbenfroh aussehen und am Hauptflügel wird es einen Wintergarten geben."

„Prinzessin …"

„Ich halte schon den Mund." Und versteckte mich wieder an seiner Seite.

„Was soll eine Burg mit einem unbrauchbaren Hof?“
Sein Lachen blieb allein zwischen uns. „Nay, Lassie, ich
glaube nicht, dass hier je Pflanzen wachsen werden.“

Mein müdes Grinsen sah er nicht. Finlay öffnete die
schwere Tür zum Turm, und schob mich hindurch.
Seine Hand legte sich in meinen Rücken, drängte mich
die Spiraltreppe emporzusteigen.

„Was ändert sich sonst?“, flüsterte er in mein Ohr.
„Wird die Halle der Tanzsaal sein?“

Ich sah zu ihm zurück. „Nein.“

„Hm, vielleicht das Arboretum?“ Er hob mich auf die
nächste Stufe, weil ich bei seinem Scherz stehenblieb.
„Kommt, Prinzessin.“

„Nein, es wird nur noch älter sein und absolut unmo-
dern.“

Er lachte auf. „Lassie!“

„Puh.“ Mir schwindelte, schließlich hatte ich seit lan-
gem kaum Nahrung zu mir genommen, und sackte zittrig gegen die Wand. Sofort war Finlay da und hielt
mich aufrecht. Dazu schlang er den Arm um meine
Mitte und zog mich an sich.

„Ich habe Euch.“ Jedes Wort umhüllte mich wie ein
wärmendes Tuch. „Ich helfe Euch.“ Wieder hob er mich
von den Füßen, und stellte mich dieses Mal erst ab, als
wir vor der Tür zu seiner Kammer standen. „Werdet Ihr
es hineinschaffen?“

Nein. „Es sind ja nur ein paar Schritte.“

„Dann kümmere ich mich um Euer Bad. Seid Ihr
hungrig?“

„Ja. Und könnte ich auch Wasser bekommen? Zum
Trinken.“

„Aye.“ Er hielt mich noch an sich gepresst und konnte mir mühelos ins Ohr wispern.

„Danke.“ Und damit meinte ich nicht nur, dass er sich um meine Bedürfnisse kümmerte, sondern alles, was er für mich getan hatte. Das Herausfischen aus den Fairy Pools, der Schutz vor seinem Landsmann, und dass er mich weder in der Höhle noch hier im Stich ließ.

Sein Halt um meine Mitte wurde fester. „Aye.“ Dann zog er sich zurück, räusperte sich und warf mir noch einen schnellen Blick zu. „Ruht, es wird dauern, bis die Mägde die Wanne und das Wasser herbeigeschafft haben.“

„Ja.“ Kaum mehr als ein Seufzen, schließlich war ich ganz mit all den anderen Anforderungen beschäftigt, die soeben auf mich einstürmten. Stehenzubleiben zum Beispiel, und mich nicht närrisch wieder in seine Arme zu flüchten. So etwas wie Panik knabberte an meiner Verfassung. Ich wollte nicht, dass er mich allein ließ, was mich zugleich ärgerte. Ich war sicherlich nicht auf einen Mann angewiesen. Es knirschte leise hinter mir. Er ging.

„Finlay!“ Mich umdrehend sackte ich gegen die Tür. „Wirst du lange fort sein?“

Oh, das war einfach zu peinlich.

***

Das Wasser war nicht heiß, aber ich wollte nicht murren. Ich hatte ein hartes Stück Seife bekommen, das sich kaum aufschäumen ließ, und eigentlich war das Wasser bereits zu dreckig, als dass ich mich nach dem

Baden wirklich sauber fühlen könnte, trotzdem rubbelte ich fest über meine Haut. Immer und immer wieder.

Hinter mir räusperte sich Finlay, den ich förmlich hatte anflehen müssen, mich nicht allein zu lassen. „Prinzessin?“

„Nur noch einen kleinen Augenblick, bitte.“ Das sagte ich nun sicher schon zum zehnten Mal.

„Lasst mich Eure Mahlzeit ...“

„Nein!“ Ich drehte mich in der engen, hölzernen Sitzwanne und stieß mir Ellenbogen und Knie an. „Bitte. Wir können uns unterhalten.“ Er stand mit dem Rücken zu mir, die Arme vor der Brust verschränkt und die Füße weit auseinander, als bräuchte er dringend Standfestigkeit, um sich zu behaupten. „Wie lange warst du fort? Es hat sich wie eine Ewigkeit angefühlt.“ Eine Ewigkeit in der Hölle!

„Vier Wochen.“

Verblüfft starrte ich seinen Rücken an. Sein Haar war offen, lockte sich auf seinen Schultern und verbarg seinen Nacken. Die breiten Schultern kamen durch sein weißes Hemd gut zur Geltung, auch wenn ich feinere Stoffe gewohnt war und kein gewöhnliches, grobgewebtes Leinen. Sein Wollkilt hatte eine wesentlich bessere Qualität und schützte nicht nur herrlich vor der hier immerwährenden Kälte, sondern war auch kuschelig weich.

„Wo warst du?“ Ich zuckte zusammen. Meine eigenen Worte raubten auch mir den Atem. „Entschuldige, vergiss, dass ich gefragt habe.“

Ich wandte mich ab. Wasser platschte auf den Boden, und ich zog die Knie noch enger an als nötig, um meine

Zehen zu rubbeln. „Ähm, also, ich habe mich ziemlich gelangweilt.“ Was sonst?

„Prinzessin, Ihr solltet nicht fragen.“

„Ich weiß. Entschuldigung.“ Ein Schwamm oder ein Lappen wäre hilfreich um sauber zu werden, aber ich hatte nichts dergleichen, lediglich das Stück Seife.

„Mein Dienst war das Geleit meines Cousins.“

Ich stoppte und drückte meinen mittleren Zeh, wobei ich den Atem anhielt.

„Er befand sich bei seiner Braut auf Dùn Nairn.“

Was mir auch nichts sagte. Da mir der Sauerstoff ausging, schnappte ich nach Atem.

„Oh.“

„Sie wurden vor unserer Abreise gebunden, aber es wird eine zweite Hochzeit geben.“

„Ah.“ Ich sah über die Schulter zu ihm zurück. Er hatte sich nicht einen Zentimeter bewegt, stand dort wie eine lebensechte Statue.

„Das Handfasting ist zwar ein alter Brauch, aber wir brauchen ebenfalls den Segen der Kirche, und auf Nairn gibt es keinen schottischen Geistlichen mehr.“ Nun hoben sich zumindest seine Schultern zu einem knappen Zucken. „Der Duke hat bereits nach dem Bishop geschickt.“

„Aha.“

„Er sollte bald eintreffen.“

„Ich bin Protestantin.“

Vermutlich nicht der beste Hinweis, schließlich war Religiosität in der Vergangenheit ein ernstes Thema. Milliarden Tote wegen des Glaubens, wenn ich es recht in Erinnerung hatte, aber weder Religion noch Geschichte gehörten zu meinen Steckenpferden während meiner Schulzeit.

„Aye, das hatte ich erwartet“, grummelte Finlay mit einem belustigten Unterton. „Lassie, ist das Wasser nicht bereits kalt?“

„Doch, es ist schweinekalt.“ Was mir erst jetzt so richtig bewusst wurde. Eine Gänsehaut breitete sich über jeden Zentimeter meines nicht im Wasser befindlichen Körpers aus.

„Ich lasse Euch nun allein …“

„Nein!“ Ich klammerte mich an den Rand der Wanne, um mich davon abzuhalten, hinauszuspringen. „Das Handtuch liegt doch bereit und ich trockne mich einfach hinter dem Vorhang ab.“ Auf der anderen Seite des Bettes, um ihn nicht mit meiner Nacktheit zu brüskieren. Mir war es nicht unbedingt peinlich, obwohl mir mein Vorschlag auch gefiel. Es war auch für mich angenehmer, mich verstecken zu können. Herrje, das war jetzt wirklich dumm. Erst flirtete ich mit ihm, dann wünschte ich mir seine Gegenwart, und jetzt wurde ich nervös bei der Vorstellung, mich ihm nackt zu präsentieren?

Verwirrt huschte ich über den kalten Boden und versteckte mich hinter dem Bettpfosten, nur um mich zur Seite zu lehnen und zu ihm hinüber zu spähen. Er blieb völlig unbeeindruckt. Verdammt!

„Prinzessin, ich warte vor der Kammer auf …“

„Nein!“ Jetzt klang ich auch noch panisch! Nie zuvor hatte ich Angst verspürt, nicht in solchem Ausmaß und es überraschte mich, wie ich reagierte. Ich hätte nicht erwartet, so abhängig werden zu können. „Bitte.“

Das Trockentuch war nicht besonders wirksam, also schlüpfte ich noch feucht in mein langes Nachthemd. „So, fertig!" Die Decken waren schwer, aber verführerisch. Decken! Ein Bad, welch ein Luxus.

„Finlay? Danke."

Er räusperte sich. „Euer Abendmahl." Er war schneller weg als ein Blitz. Mir blieb nur übrig, mich in die Decken zu kuscheln und mich glücklich zu schätzen. Das war doch jetzt fast perfekt. Ein Bett, ein Bad, eine Mahlzeit ... und ein Ehemann.

Ein großer, muskelbepackter Schotte. Es wäre witzig, wenn mich nicht zweihundertfünfzig Jahre von mir selbst trennen würden. Von mir und alldem, was ich bisher als überlebensnotwendig angesehen hatte.

Als Finlay zurückkkam, war er mit einem großen Tablett beladen und ich eingenickt. Sein Fluchen riss mich aus meinen Träumen, ließ mich richtiggehend aufschrecken und senkrecht im Bett sitzen. Mit einem Schrei auf den Lippen.

„Prinzessin, Daingead!" Finlay stellte das Tablett – ein einfaches Holzbrett – am Fußende ab. „Was ficht Euch an?"

„Was?" Mein Herz pochte wild in meiner Brust.

„Was beunruhigt Euch?" Er schob das Brett zu mir.

Selbst meine Hand zitterte, beide, wenn man es genau nahm, aber spüren konnte ich nur die, die an meinem Hals lag.

„Du hast mich erschreckt." Mein Magen knurrte laut und lenkte zumindest ihn ab.

„Esst."

Das Brot, hart wie es war, lockte mich tatsächlich, auf Käse und Braten konnte ich verzichten.

„Ich bedaure, dass mein Onkel wortbrüchig wurde und Euch einkerkerte.“

„Ich hätte hören sollen“, murmelte ich an dem Kanten knabbernd. „Du hast mich gewarnt.“

„Aye.“

„Du hast auch gesagt, ich sei sicher, wenn ich dich heirate.“ Ich war nervös. Es war noch immer ein merkwürdiger Gedanke, zu heiraten, um sich sicher zu fühlen. Mal abgesehen davon, dass ich mit einer Ehe anderes verband, klang es in meinen Ohren recht abgeschmackt.

Seine Antwort ließ auf sich warten und war dann ein knappes: „Aye.“

„Du bist dir sicher?“

„Aye.“

Tief durchatmend nickte ich. „Schön.“

„Schön?“

Ich hob meinen Blick. „Ich habe nichts Passendes anzuziehen.“

„Prinzessin habt Ihr Eure Ansicht geändert. Zieht Ihr es nun doch in Betracht ...“ Er brach ab. Alles Weitere stand sowieso in seiner Miene. Überraschung. Verwirrung. Schock.

Armer Kerl.

„Du hast es dir anders überlegt?“ Ein Krümel steckte in meinem Hals und ich musste husten.

Finlay kletterte ins Bett und klopfte mir sacht auf den Rücken. „Katharina?“

„Schon gut.“ Meine Finger gruben sich in den Teil seines Kilts, der über seine Schulter geschlungen war. „Es war von vornherein eine blöde Idee“, wisperte ich, sobald ich das Kratzen los war und wieder atmen konnte.

„Nay, Prinzessin, eine gute. Eine sichere.“ Er hob mein Gesicht an, verblüffte mich erneut mit seiner unerwarteten Zärtlichkeit. Irgendwie passte es für mich nicht zusammen, dieses Übermaß an Kraft und auf der anderen Seite diese Beherrschung. Dagegen fühlte ich mich wie ein Trampel.

Sein Daumen glitt sacht über meine Wange, sein Blick legte sich dabei auf meinen Mund, und er schluckte.

„Ihr zieht in Betracht ...“

Und ich dachte schon, ich interessierte ihn nicht.

„Ihr solltet verschweigen, dass Ihr Protestantin seid, nur zur Sicherheit.“

Mein Seufzen hielt ich leise. „Besser als Hexe, oder?“ Der Ring der Beklemmung, der schon viel zu lange und fest um mein Herz gelegen hatte, lüftete sich ein wenig. Ich war eingeschüchtert, aber noch nicht gebrochen, das beruhigte mich doch.

„Ah“, lachte er in mein Haar. „Ich befürchtete schon, meine Bärin hätte sich in ein Täubchen verwandelt.“

„Weder das eine noch das andere.“ Nur eine arme Frau, die sich schwertut, sich an die hiesigen Begebenheiten anzupassen.

***

„Tha mise Finlay Eoan Alisdair Wallace McInnes a-nis ‘gad ghabhail-sa Katharina Hagedorn gu bhith ‘nam chéile phòsda.“

Ich verstand nur eines: die Namen. Finlay hielt meine Hand, er stand neben mir und sah angespannt den Geistlichen vor uns an. Der hatte zuvor drei güldene, bestickte Kordeln um unsere Unterarme gewickelt und dabei eine lateinische Litanei gemurmelt. Darauf hatte ich mich konzentriert und schreckte auf, als ich wieder kein Wort verstand.

„Ann am fianais Dhé`s na tha seo de fhianaisean tha mise a`gealltainn a bhith'nam fhear pòsda dhileas gràdhach agus tairis dhuitsa, cho fad's a bhios an dithis againn beò."

Finlay drückte meine Finger, als er sich halb zu mir umdrehte und mir zunickte.

„Sprich mir nach: Tha mise Katharina Hagedorn …"

„Ha mies Katharina Hagedorn." Meine Stimme war ungewohnt piepsig, aber sie passte zu meiner Verfassung. Das letzte Mal, dass ich ähnlich aufgeregt gewesen war, war bei meinem mündlichen Abitur gewesen. Mathematik. Allein der Gedanke an Wahrscheinlichkeitsrechnung drehte mir den Magen um. Oder war es doch die Situation? Ich heiratete.

„A-nis 'gad ghabhail-sa Finlay Eoan Alisdair Wallace McInnes gu bhith 'nam chéile pòsda."

Ich sprach ihm nach, mir ziemlich sicher, dass ich nicht mehr die Einzige war, die kein Wort verstand.

Der Geistliche, ein Bishop, übernahm wieder, erklärte uns im Namen Gottes zu Mann und Frau und stellte uns dann den versammelten Anwesenden vor, als Lord und Lady McInnes.

Das war geraten, denn die Vorstellung verlief natürlich auf Gälisch. Das Band wurde abgewickelt, Finlay drückte mir einen keuschen Kuss auf den Mund und drehte mich dann zur Meute. Er grinste breit, während mein Gesicht kaum mehr als eine Fratze war. Eine

Maske, absolut starr und mein Lächeln bestimmt ein Grund, sich zu fürchten.

Es wurde nicht besser. Das Abendmahl, das nach einer einstündigen Andacht in der Halle gereicht wurde und nicht im Speisesaal, war laut und nicht dazu gedacht, die Nerven einer Braut zu schonen. Es gab Musik, wenn man das Gejaule der Dudelsäcke so nennen wollte, und alle schienen sich zu amüsieren. Abgesehen von mir. Und Padraig McDermitt, der zwei Stühle weiter saß und mir immer mal wieder einen Blick zuwarf. Seine Braut unterhielt sich mit dem Duke. Zumindest war ich nun nicht mehr die meistgehasste Person im Saal, denn Rourke konnte sich kaum von seiner baldigen Schwägerin losreißen seine Miene sagte alles. Purer Hass glitzerte in seinen Augen und erstreckte sich nicht nur auf die Lady. Auch der Duke und Padraig wurden nicht freundlicher betrachtet und seine Lippen zuckten.

Es sollte mich beruhigen, dass er mich nicht so ansah, dass er seinen Hass woanders auslebte und ihn nicht mehr allein auf mich richtete. Aber irgendwie machte es alles noch viel schlimmer. Was konnte er anrichten? Wozu war er fähig?

„Habt acht, Lady", wurde ich angesprochen. Padraig lehnte sich über den freien Platz zwischen uns. Er war immer noch blass und hatte zu viel getrunken, bemaß man dies an der Schwerfälligkeit seiner Zunge. „Mein Bruder ist eine Viper."

„Wie bitte?" Ich verhaspelte mich, Hitze schoss in meine Wangen, weil mir bewusst wurde, wie ich gewirkt haben könnte, während ich Rourke sinnend im Auge behielt.

„Finlay ist ein feiner Bursche, Ihr habt Glück, Lassie. Verzeiht.“ Er hob seinen schweren Glaspokal. „Lady McInnes.“

„Er ist verbittert.“ Unauffällig deutete ich auf Rourke. „Warum?“

„Ah, man warnte mich, Ihr könntet unangebrachte Fragen stellen.“ Sein Zwinkern machte ihn lebendiger, auch wenn er immer noch erschöpft wirkte. „Eine lange Geschichte.“

„Gibt es Kurze?“ Langatmige Erzählungen war ich gewohnt, Vanessa sparte schließlich nicht damit, ihr Leid auszuschmücken. Früher zumindest. Moment. War das jetzt später?

„Nay.“ Er lachte auf, stoppte aber mit einem Griff an seine Seite und einem Keuchen, das auf Schmerzen hinwies.

„Mein Gott, Sie haben ...“ Ich wurde unterbrochen. Eine Art Aufschrei ging durch den saalartigen Raum.

„Es ist so weit.“ Padraig grinste breit. „Ich wünsche Euch eine anregende Nacht.“

Die Hochzeitsnacht, wie hatte ich die vergessen können?

Einige Frauen lösten sich aus der Menge und kamen um den Tisch herum. Finlay und ich saßen neben dem Hausherrn und seinen Söhnen vor dem großen, entfachten Kamin. Finlay war vor einer Weile aufgestanden und verschwunden, nach einem knappen Hinweis sogleich wieder zurück zu sein. Aber er hatte sich offenbar Zeit gelassen und war auch nicht auszumachen, als ich nun meinen Blick durch den Saal rasen ließ. Wie konnte er nicht da sein?

Erneut zuckte mein Blick durch die überbevölkerte Halle und blieb an Finlay hängen. Er sah mich an. Obwohl uns gute zehn Meter trennten, bemerkte ich seine Anspannung. Ich konnte mich nicht losreißen, selbst als die Frauen mich mit sich zogen. Finlays Lippen pressten sich zusammen, bevor er sich selbst in Bewegung setzte. Er finge mich ab, ich war sicher. Sofort verspürte ich Erleichterung. Anders als erwartet, führte man mich nicht in den Turm, sondern die Treppe hinauf in mein Zimmer, also jenes, in das mich Vanessa in über zweihundertfünfzig Jahren einquartieren würde. Sollte ich aufhören, so zu denken? Sollte ich es annehmen und dies nun als mein Leben ansehen? Sollte meine Zukunft nun in der Vergangenheit liegen? Als Mrs Katharina McInnes?

Ich korrigierte mich gleich, denn jetzt in dieser Zeit wäre ich Mrs Finlay McInnes und das sagte alles. Hier hatte ich kein Leben. Hier galt ich als Besitz meines Gatten, hatte keine Rechte, keine Sicherheiten. Vielleicht blieb ich am Leben, aber was wäre das für ein Leben? Kaum mehr als ein Existieren. Wie sollte ich mich damit abfinden?

Allerdings war dies nicht der richtige Moment für existenzielle Fragen, denn nachdem ich geistig abwesend in die Kammer geführt worden war, fummelten zwei der Frauen an meiner Kleidung herum. Ich trug einen dunkelbraunen Rock mit besticktem Mieder, eine Art Weste, die auf dem Bauch geschnürt wurde und darunter ein Hemd mit langen Ärmeln. Darüber eine Art Umhang, einen Tartan, der als zweite Lage über den hinteren Teil meines Rocks fiel und von dort über meine rechte Schulter geschlagen war. Eine dicke

Brosche in Form einer Distel mit Krone hielt ihn an Ort und Stelle und diese wurde nun hinausgezogen. Erst das Lösen der Verschnürung meiner Röcke riss mich aus meinen Gedanken. Wir waren nicht mehr allein im Zimmer, was mir das Gelächter heiserer Männerkehlen verriet. Aufgeschreckt wich ich den flinken Fingern aus, und zog mich hinter das breite Bett zurück, dessen Vorhänge zugezogen waren und mich damit gut vor den Blicken versteckte.

„Lasst mich!", zischte ich, als die Frauen mir folgten und mich weiter befingerten. Ich schlug nach ihren Händen. „Aufhören!" Entweder, sie verstanden nicht, oder es war ihnen egal. „Nay!", schrie ich also und schubste die nächststehende Schottin von mir. „Nay!"

Auf der anderen Seite des Bettes entstand Aufruhr. Finlay befahl etwas, was ich nicht verstand, Schritte polterten, Stimmen wurden gehoben und es dauerte, bis ich hinter den Sinn kam. Er warf sie raus?

Zumindest die drei Frauen verschwanden schnell, allerdings nicht ohne miteinander zu tuscheln und mir Blicke zuzuwerfen, die an Argwohn kaum zu übertreffen waren.

„Prinzessin?"

Die Tür schlug zu und ein Ratschen folgte. Ich nahm an, dass er den Riegel vorgelegt hatte, aber wissen konnte ich das natürlich nicht.

„Mo bhéan." Finlay räusperte sich. „Fürchtet Euch nicht."

„Mache ich nicht." Um meine Worte zu unterstreichen, wagte ich mich hinter meinem Versteck hervor. Die Kammer war abgesehen von uns beiden leer. Finlay lehnte an der Tür, die Daumen in den Gürtel um seine

Mitte eingehakt und deutlich bemüht, gelassen zu erscheinen. Aber seine Lippen zuckten, machten sein sachtes Lächeln unglaubwürdig. Er hatte sich den Bart anlässlich unserer Hochzeit abrasiert, was mich ein wenig irritierte, wenn ich ihn ansah. Er war nun so anders. Ich konnte kaum wegsehen, war gebannt von seinem Anblick und verwirrt dazu. Hauptsächlich, weil ich nicht mit einem so attraktiven Gesicht unter all der Wolle gerechnet hatte und mich nun noch mehr von ihm angezogen fühlte.

Er senkte den Kopf, seufzte leise und stieß sich dann ab. Er kam auf mich zu, blieb einen Schritt von mir stehen und ließ die Hände an sich herabfallen.

Mein Herz klopfte in meiner Brust, während ich wartete. Küsste er mich?

Noch wusste ich nicht, wie ich darauf reagieren würde, ob ich ihn ließe, es drauf ankommen ließe, oder ihm seine Grenzen aufzeigte. Unsere Ehe war nur ein Stück Papier.

Nichts weiter als eine Scharade, ein Schutz für mich.

Er räusperte sich, hob die Rechte und streckte sie aus. Nur wenige Zentimeter vor meinem Gesicht ballte er die Faust, verkniff die Lippen und ließ sie wieder sinken.

„Es ist mein Recht …“ Er brach ab. „Ihr seid mein Weib.“

„Aha. Wir nennen es Ehefrau. Aber vermutlich liegt ein Unterschied zwischen den Begriffen.“ Mit Sicherheit, schließlich war das Gesetz verflucht langsam dabei gewesen, Frauen zu schützen. Erst seit 1997 war es strafbar, seine Ehefrau zu vergewaltigen. Warum mir gerade dies durch den Kopf ging, konnte ich nicht sagen, aber es hatte einen gewissen Eindruck auf mich. Ich schlang die Arme um mich, wobei ich einen zögerlichen Schritt zurückmachte.

„Prinzessin." Er folgte, hielt aber seinen Abstand ein. „Seid unbesorgt, ich werde Euch keine unnötigen Schmerzen zufügen."

„Solange ich mich füge oder wie darf ich das verstehen?", murrte ich. Verflixt, warum gingen mir jetzt so bescheuerte Fakten durch den Kopf?

„Wie meinen?" Man sah ihm an, dass er tatsächlich nicht verstand, worauf ich hinaus wollte.

„Du sprachst von einem Recht. In meiner Zeit ist die Ehe eine Verbindung zweier freier Menschen mit denselben Rechten und Pflichten. Weder die Frau noch der Mann hat ein Recht auf den anderen." Mein Mund wurde trocken, weil sein Ausdruck nicht wechselte. Er verstand einfach nicht. „Ich bin nicht dein Besitz." So platt, wie deutlich. „Du kannst mir deine Meinung sagen, deine Wünsche äußern und deine Vorstellungen mit mir diskutieren. Aber nichts davon kannst du mir aufzwängen."

„Ihr seid mein Weib."

„Befrei dich von der Vorstellung, dass sich irgendetwas zwischen uns ändert."

Fassungslosigkeit hatte nun einen neuen Namen: Finlay.

„Prinzessin ..."

„Wir sollten schlafen gehen." Ich ließ ihn stehen, umrundete das Bett und zog mein Mieder aus.

„Katharina ... verzeiht."

Ein Blick über die Schulter zurück bewies, dass er mir gefolgt war und sich nun abwandte. Er räusperte sich schwer.

„Katharina, als Euer Gemahl …“

„Willst du mich zwingen?“ Eine Herausforderung, die ich mit der Sicherheit aussprach, dass es nicht dazu käme. Wie sehr ich ihm vertraute war schon merkwürdig.

„Nay. Nay, Katharina.“ Schritte stapften über den Steinboden und entfernten sich von mir.

Mein Mieder rutschte von meinen Schultern und fiel zu Boden. Der Knoten, der meine Röcke über dem Hüftkissen hielt, ließen sich nicht so leicht öffnen.

„Ich kann die Kammer nicht verlassen, Prinzessin.“ Er sprach lauter als sonst, was mich schon wunderte. „Es wäre zu offenbarend. Ich nächtige am Feuer.“

Also wie sonst auch.

„Das ist nicht nötig.“ Der Überrock fiel zu Boden, das Kissen ging hinterher, und auch die Unterröcke wallten bald schon um meine Füße. Ich hob sie auf, auch wenn ich nur einen Hocker fand, auf dem ich meine Wäsche ablegen konnte.

„Du kannst bei mir im Bett schlafen, solange wir uns einig sind, dass nichts passiert, was ich nicht will.“ Wobei ich nicht sagen konnte, was ich wollte. Nur mit meinem Unterhemd bekleidet rutschte ich unter die Laken.

Es dauerte, bis ich eine Rückmeldung bekam.

„Aye“, murmelte er dann und schlich auf die zur Tür gelegene Seite des Himmelbettes zu, was ich aber erst sicher sagen konnte, als sich der Vorhang lüftete. Neugierig wie ich war, riskierte ich einen Blick. Leider war auch meine Seite, also die am Fenster, vom Vorhang verdeckt, und dadurch gab es nicht genügend Licht, um überhaupt etwas zu sehen. Die Aufhängung des Bettes quietschte leise, ich hörte es nur, weil ich den Atem anhielt. Finlay seufzte, legte sich flach auf den Rücken und blieb, wo er war.

Er nahm es sehr wörtlich. Mein Magen flatterte und der Vergleich mit den Schmetterlingen im Bauch geisterte durch mein Hirn. Verliebt? Auf jeden Fall verflucht von ihm angetan.

Ich rückte näher, berührte zaghaft seine Schulter. Seine wollige Schulter.

„Nee." Ich lachte auf. Er hatte sich völlig bekleidet zu mir gelegt? „Finlay, jetzt übertreibst du es."

„Wie meinen?", grummelte er.

„Du hättest dich ausziehen können." Ich rutschte näher und bemerkte, dass ich nicht weiterkam. „Und dich zudecken."

„Prinzessin, Ihr machtet es sehr deutlich, dass Ihr meine Gegenwart in Eurem Bett nicht wünscht."

„Nein, ich machte es deutlich, dass ich mich nicht als Besitz sehen lassen werde, und selbst entscheide, wem ich gestatte, bei mir zu sein." Hoffentlich war meine Formulierung nicht zu offensiv. „Ich mag dich."

Seine Muskeln unter meinen Finger wurden stahlhart.

„Und ich vertraue dir mehr als sonst jemanden hier. Mehr als mir selbst." Das war nicht einmal gelogen. Ich beugte mich vor, wollte ihm einen Kuss auf die Wange drücken und erwischte seinen Mund.

Einen Moment haderte ich, ich wollte mich auf keinen Fall in irgendetwas verwickeln lassen, doch ich war zu sehr von ihm angetan. Es wäre dumm, sich zu verlieben, schließlich wollte ich weg. Immer noch, vielleicht sogar mehr als je zuvor, die Gefahr, in die ich mich hier brachte, war mir bewusst. Sex war ein guter Weg ins Jenseits. Wenn ich schwanger wurde ...

Finlay überrumpelte mich, noch in meinen düsteren Gedanken steckend und rollte sich auf mich. Er legte seine große, warme Hand an meine Wange und presste seinen Mund fester auf meinen. Seinen geschlossenen Mund, wohlgemerkt.

„Moment", nuschelte ich, legte die Hände an seine Schultern und schob.

„Nay, mo bhéan, nay." Er überwand meinen Widerstand natürlich mühelos, drückte mir einen weiteren keuschen Kuss auf, bevor er ebenso überraschend von mir runter rollte, wie zuvor drauf.

Okay. Ich starrte an den Betthimmel, überrascht und verwirrt zugleich.

„Verzeiht", krächzte er. „Ich sollte am Kamin nächtigen."

Das setzte mich in Bewegung. Ich kam hoch und streckte die Hand nach ihm aus.

„Finlay!"

„Es ist sicherer."

„Jetzt bleib hier, verdammt!" Meine Finger erwischten seinen Kilt, wodurch ich mitgerissen wurde, als er aufstand, und mit einem Schnaufen bäuchlings quer über dem Bett landete.

„Daingead, bhéan!" Er drehte mich herum. „Habt ihr Euch verletzt?"

Hatte ich. Mit dem Kinn war ich auf den Rand des Bettes aufgeschlagen und hatte mir dabei die Lippe aufgebissen.

Finlay hob mein Gesicht. „Kommt zum Feuer!“ Er hob mich auf und trug mich zu dem Hocker, auf dem ich meine Kleidung abgelegt hatte. Vor mir kniend drehte er mein Kinn. Seine Lippen verkniffen sich.

„Verzeiht.“

„Meine Schuld.“ Ich berührte die aufgeschlagene Stelle und seufzte. „Unsere Kommunikation ist miserabel. Schlaf bei mir.“

Er zog die Hand zurück und stand auf, um mir den Rücken zuzuwenden. „Nay, Prinzessin, ich bin hier besser aufgehoben.“

„Weil du befürchtest, dich nicht beherrschen zu können?“ Hier, vor dem flackernden Feuer, war seine Erektion durch den Kilt nicht zu verhehlen. „Du hast doch Erfahrung mit Frauen, oder?“

Sein Blick war wütend und schockiert zugleich.

„Das nehme ich als ein Ja.“ Ich leckte mir über die Lippen, weil mir das Gespräch sicher ähnlich unangenehm war wie ihm. „Dir ist klar, dass ich ebenfalls Erfahrung habe?“

Seine Miene fiel augenblicklich und korrigierte meine Annahme.

„In meiner Zeit ist es üblich, dass sich ein Paar kennenlernt und sicher ist, dass sie ein Leben lang zusammenbleiben möchten. Jungfräulichkeit ist nicht mehr der Heilige Gral. Das macht mich nicht zur Hure, Finlay.“

Er hatte Mühe, sich zu fassen, räusperte sich und schluckte, bevor er endlich etwas sagte. „Nay.“

„Ich bin der Meinung, dass man von seinem Gegenüber nichts erwarten darf, was man selbst nicht vorweisen kann.“

Er brach den Blickkontakt und grummelte nach einem Moment: „Nay."

„Wenn du das anders siehst, kannst du das ruhig sagen. Es ändert sich nichts." Es war mir wichtig, dass er das verstand. „Ich mag dich, aber selbst wenn ich dich aufrichtig lieben würde, könnte ich hier, unter den hier herrschenden Bedingungen, nicht leben." Da war er wieder, der Finlay-Blick.

„Ich will nach Hause." Das sollte deutlich sein, trotzdem führte ich es aus. „Zu meiner Familie und in meine eigene Zeit."

„Ihr glaubt wirklich ..." Sein Mund klappte zu. „Aye."

Er hatte mir also nicht geglaubt, dass ich aus der Zukunft stammte. Es machte mich traurig, aber wunderte mich nicht. Es war ziemlich starker Tobak, und ich habe ihn schließlich auch für verrückt gehalten. Mein Seufzen schwang zwischen uns wieder.

„Verzeiht, Katharina, aber solche Dinge hört man sonst nur in alten Weisen."

Bei seinen Worten schossen tausend Volt durch mich hindurch, und ich machte einen Satz auf ihn zu.

„Was sagst du da?"

Er bereute es sichtlich, den Mund aufgemacht zu haben. Verdruss überschwemmte sein Gesicht, machte sich an seinen zusammengepressten Lippen bemerkbar, aber auch bei der Art, wie er die Augen an die Decke richtete.

„Es ist eine Geschichte, die man Kindern erzählt, die nicht artig waren."

„Erzähl schon!"

Finlay grummelte. „Setzt Euch."

In meiner Eile stieß ich den Hocker um, und wäre beinahe erneut bäuchlings gelandet, hätte er mich nicht abgefangen. Er presste mich mit dem Rücken an seinen heißen Körper.

„Habt acht“, flüsterte er mir ins Ohr. „Keine weiteren Blessuren.“

Gerne hätte ich ihn aufgezogen, aber der Spaß war es mir nicht wert, dass wir das Thema wechselten.

„Erzähl mir die Geschichte.“

Finlay hielt mich noch einen Moment länger an sich, bevor er den Arm um meine Mitte löste und zurücktrat. „Setzt Euch.“ Er selbst ging vor mir in die Knie. „Es sind alte Weisen aus der Zeit vor der Christianisierung Schottlands.“

„Und sie werden immer noch erzählt?“ Klang irgendwie gefährlich, wenn man bedachte, dass Andersgläubige gerne Mal denunziert wurden.

„Aye“, meinte er gedehnt. „Natürlich glaubt niemand wirklich daran.“

„Finlay, lass mich nicht am ausgestreckten Arm verhungern. Erzähl!“ Ich beugte mich vor, völlig fiebrig vor Erwartung. Vielleicht hörte ich hier endlich, wie ich wieder nach Hause kam!

„Es wird gesagt, dass Feen Kinder rauben, die unartig sind.“

Ich wartete angespannt, aber er zuckte lediglich die Schultern.

„Das ist alles?“ Meine Stimme war schrill vor Enttäuschung. Das konnte doch nicht sein ernst sein, dafür brauchte man sich doch wirklich nicht setzen!

Er wiegte seinen Kopf, wodurch sein Haar in Schwung geriet und Lichtreflexe dank des nahen Feuers darin aufblitzten.

„Es gibt auch Berichte von Elfengestalten, die in ein Haus kamen und behaupteten, sie wären die verschwundenen Kinder."

Die Wechselbalggeschichten, die es in jedem Kulturkreis in irgendeiner Ausführung gab. Enttäuscht versteckte ich mein Gesicht in den Händen.

„Es heißt, es gäbe verschiedene Wege, um von einem Ort zum anderen zu gelangen."

Mein Kopfschütteln ermutigte ihn noch.

„Es war vom Feenland und unserem Land die Rede, aber vielleicht erschien es den Entführten nur verzaubert, weil es anders war?" Finlay streifte meine Schulter. „Wenn du nicht von hier bist, dann vielleicht von dort?"

„Aus dem Feenreich?" Ärger schwang in meinen Worten mit und lag sicher auch in meinen Augen, als ich aufsah. „Ich bin keine Fee, keine Hexe, Hure oder Prinzessin!", spie ich aufgebracht und sprang auf. Das Zimmer war zu klein, um darin herumzutigern, aber vermutlich hätten mir einige Hektar auch nicht gereicht. Ich stemmte die Hände in die Hüften und stapfte hin und her.

„Warum willst du unbedingt zurück?" Seine Frage riss mich aus meinem mahlenden Gedankenstrom, der mich nur immer weiter aufregte. Ich stoppte auf Höhe des Bettes, lief ich doch mittlerweile stetig vom Fenster zur Tür.

„Weil meine Zeit tausendmal besser ist." Mindestens. Ich nahm meine Wanderung wieder auf.

„Was ist so viel besser?“

„Na alles. Die medizinische Versorgung, das Rechtssystem, die Hygiene, die Straßen! Gott, die Liste ist endlos.“ Auch ohne dass ich von den technischen Fortschritten anfing und dem Wissen, das in den folgenden Jahren erlangt werden würde.

„Erzählt mir davon.“ Finlay kniete noch immer vor dem umgestoßenen Hocker und verfolgte jeden meiner Schritte.

„Ach, wo soll ich da anfangen?“ Wahrscheinlich konnte ich Nächte durchreden, wenn ich erst einmal startete.

„Bei dem, was Euch am wichtigsten ist.“

Etwas in seiner Stimme ließ mich innehalten. Es war auch in seinen Augen. Eine Art Unverständnis, vielleicht auch Rebellion?

„Das Recht auf körperliche und seelische Unversehrtheit, das hier permanent mit Füßen getreten wird.“ War es das Wichtigste? Ich konnte es nicht sagen, aber es war ein Punkt, der hier am eklatantesten fehlte, neben der persönlichen Freiheit.

„Ich versprach Euch meinen Schutz.“ Er streckte die Schultern und auch seine Wange zuckte vor Anspannung.

„Ja. Aber was ist das wert, wenn du mir nur den Rücken zuwenden musst und ich lande im Kerker?“ Ungerecht, ja, aber deutlich. Trotzdem taten mir meine Worte leid, als ich sah, wie sie ihn trafen. Er nahm den Blick von mir, richtete ihn in das langsam niederbrennende Feuer. Schatten tanzten in seinem Gesicht, machten es traurig, fast beschämt. Schnell lief ich zu ihm, setzte mich vor ihn und legte die Hände an seine harten Wangen.

„Finlay, ich gebe dir nicht die Schuld an meiner Misere. Ich bin dir unendlich dankbar für deinen Schutz und deine Hilfe, aber du musst verstehen, dass ich nicht hierbleiben kann. Ich muss nach Hause."

Obwohl die unmittelbare Nähe den falschen Eindruck tilgen sollte, den das Feuer erweckt hatte, erschien er nun noch deprimierter.

„Du machst dir falsche Vorstellungen von mir." Bisher waren mir solche Gespräche erspart geblieben, sowohl auf der Empfänger- als auch auf der Absenderseite. „Ich wäre dir keine gute Ehefrau." Sein Kiefer verkantete in meinen Handflächen. „Es hat dich schockiert, dass ich keine Jungfrau bin, und denk doch über das nach, was du bereits von mir weißt. Wie ich bin."

Der Widerspruch leuchtete in seinen Augen, was mich unglaublich rührte, aber auch sicher machte, dass ich ihm diese Flausen ausreden musste.

„Finlay, ich bin unabhängig, lasse mir nicht sagen, was ich zu tun oder zu lassen habe, und muss zu allem meinen Senf dazugeben – ungefragt. Ich bringe mich ständig in Schwierigkeiten, hey, du kannst mich keine zwei Tage alleinlassen, ohne dass ich im Kerker lande." Ich lachte auf, um zu verschleiern, dass ich dasselbe Argument für zwei unterschiedliche Standpunkte verwendete. „Denk doch einen Moment darüber nach, wie du dir eine passende Gemahlin wünschen würdest. Sittsam? Fügsam?" Was konnte ich ihm noch vorhalten, was absolut gegen meinen Charakter sprach?

Meine Hände ließ ich fallen und schloss sie um seine, die auf seinen Oberschenkeln lagen.

„Denk darüber nach.“

„Chan eil.“ Finlay drehte die Hände und damit auch wer wen hielt. „Katharina …“

Männer. Ich stoppte seinen Widerspruch, indem ich mich vorlehnte und meinen Mund wieder auf seinen presste. Aber mit leicht geöffneten Lippen zu einem nicht ganz so keuschen Kuss wie der von ihm, als wir noch im Bett lagen.

Finlay hielt still, ganz still, sogar zu atmen versagte er sich.

Offenbar war ich hier nicht die einzige Närrin. Ich ließ die Zunge vorschnellen, leckte über die Wölbung seiner Oberlippe, bevor ich sie einsog.

Sein Griff wurde fester, zerdrückte meine Finger, bis er sich offenbar eines besseren besann. Seine Hand legte sich an mein Gesicht und rutschte in mein Haar ab.

Zeit etwas klarzustellen. Ich schob ihn sanft von mir, gerade weit genug, um ihm in die Augen schauen zu können. „Das vergeht.“ Zumindest wenn es sich um Lust handelte, und die Anziehung vom Unbekannten oder Neuem. „Und dann wirst du feststellen, wie schlecht wir zueinanderpassen.“ So war es bisher immer gewesen, bei mir und meinen Partnern und da war Felix nur die Sahne auf dem Eisberg gewesen. Meine erste große Liebe betrog mich mit meiner damaligen besten Freundin, meine zweite Beziehung scheiterte an meiner Vorliebe zu unüberlegten Entscheidungen, wie er es nannte. Vor Felix kam dann noch Dennis, bei ihm hatte ich tatsächlich wieder Hoffnung geschöpft, doch noch Mr Right erwischt zu haben. Allerdings war ich nicht Mrs Right. Ich war zu selten bereit, Kompromisse einzugehen, stritt mich zu gern und sei unfähig ernsthaften Themen die nötige Beachtung zu schenken. Felix stritt sich auch gern, hatte keinerlei Hang zur Ernsthaftigkeit und ihm war generell alles gleich, solange man ihm nicht auf den Zwirn ging. Das ging mir nach einiger Zeit auf den Geist. In unserer Beziehung gab es keinen Fortschritt, keine Vertiefung und auch keine Gemeinsamkeiten. Ich hatte eingesehen, dass das Problem bei mir lag und die Konsequenz gezogen, lustigerweise mit eben jenen Worten, die von meinen bisherigen Ex-Partnern an mich gerichtet worden waren. Ich brauchte dringend eine Generalüberholung in der Beziehungskiste und stritt nicht einmal ab, dass es an mir lag. Zumindest manchmal. Ein wenig. In bestimmten Situationen. „Versprich mir, dass sich nichts ändert, dass du mich immer noch heimbringen wirst."

Ich lockte ihn mit meinem Kuss. „Versprich es mir."

„Aye", murmelte er, als ich meinen Kuss stoppte, und holte mich zurück an seine Brust, um mich seinerseits zu küssen. „Ich gebe Euch mein Ehrenwort."

Das sollte mir genügen. Was machte ich hier nur?

„Katharina", flüsterte er an meinem Mund.

„Nicht jetzt", wisperte ich. Meine Hände schob ich über seine breiten Schultern und legte sie dann in seinem Nacken zusammen. „Später."

Ich sollte nicht, es machte alles nur unnötig komplizierter. Aber da war etwas in mir, das nicht daran denken wollte, sich diese kleine Freude zu versagen. Ihm nicht – und mir auch nicht. Es lag so viel Mist hinter mir, dass ich mir sehnlichst einen Moment süßen Vergessens wünschte, und Finlay war die perfekte Wahl dafür, auch ohne meine kleine Verliebtheit. Herrje, mein Magen flatterte bereits nach einem kleinen Kuss!

Finlay stöhnte leise. „Daingead, bhéan, erlaubt mir bei Euch zu liegen. Es verlangt mir so nach Euch." Er packte meine Mitte und schob mich zurück. „Katharina."

„Ja, Finlay?" Meine eigene Stimme bereitete mir eine Gänsehaut, wie musste sie dann auf ihn wirken? Die Antwort ließ nicht lang auf sich warten. Er grollte und holte mich zurück, um mich voller Leidenschaft zu küssen.

Ohne Frage, etwas sexuelle Entspannung täte ihm gut. Grinsend machte ich den nächsten Schritt. Meine Hand rutschte hinab, und zwar geradewegs in seinen Schoß, wo mich eine beachtliche Latte begrüßte.

Finlay zuckte zurück, stieß mich dabei beinahe von sich, wenn ich mich nicht bereits an ihm festgehalten hätte. Ich schloss meine Finger fester um seinen eisenharten Penis und hob die Brauen.

„Wie ich es sagte: Ich bin nicht, wie du dir deine ideale Partnerin vorstellst."

„Daingead, mo bhéan, du bist eine Hexe."

Ich zwinkerte, nicht besonders begeistert, aber auch nicht böse um die Bezeichnung, schließlich hätte er auch das andere H-Wort sagen können.

„Nur eine Frau meiner Zeit", korrigierte ich der Form halber. „Soll ich aufhören?"

Er kämpfte mit sich, es zeigte sich in seiner zerrissenen Miene. „Nay."

Also schloss ich meine Finger wieder fester um ihn und schob sie hinab zur Wurzel seines Schafts. Meine Handfläche bedeckte ihn nicht völlig, was es besonders anregend machte, an ihm auf und ab zu gleiten. Er pulsierte sacht und behielt immer mal wieder den Atem ein, ansonsten starrte er mich an. Es war amüsant seinen Blick zu halten, schließlich konnte ich ihm von den Augen ablesen, was meine kundige Berührung mit ihm machte. Wer war hier wohl die Unschuld vom Lande?

„Katharina." Mehr brauchte er gar nicht zu sagen. Ich nahm die Finger von seiner Erregung und wob sie ihm in das lange Haar, das ihm bis über die Schulter fiel. Gleichzeitig rutschte ich zu ihm auf seinen Schoß. Ich musste mich festklammern, weil er kniete und sich auf die Fersen bei aufgesetzten Zehenspitzen lehnte. Bevor ihm klar wurde, was ich beabsichtigte, ließ ich mich auf seinen harten Schwanz nieder. Ein schönes Workout für meine Schenkel stand mir bevor, aber allein die Lust, die mich bei dieser ersten intimen Berührung durchfuhr, war die Anstrengung wert. Mein Stöhnen steckte in meiner Kehle fest. Ich drückte meinen Mund auf seinen zu einem festen Schmatzer, während ich es genoss, ihn in mir zu spüren.

Finlay konnte seinen Laut der Lust nicht unterdrücken und auch nicht seine Überraschung. Seine Arme schlossen sich um mich, er keuchte und grollte erneut meinen Namen.

„Daingead, was mache ich nur mit dir?"

Mir fiel da einiges ein, aber ich behielt es für mich. Sicher war der Kulturschock schlimm genug, auch ohne dass ich ihn noch zusätzlich neckte.

Langsam ließ ich mich auf- und abgleiten, sobald er mir ein wenig Spielraum gab. Er erfasste, wie es ablaufen sollte, und bot mir Unterstützung an, indem er seine großen Hände um meine Pobacken schloss und mich auf und ab hob – in meinem Rhythmus.

Es machte es nicht nur einfacher für mich. Er massierte sacht meinen Hintern, wodurch er immer mal wieder meinen Anus streifte. Jedes Mal durchrieselte mich ein süßes Prickeln, und ich sehnte mich nach der nächsten Berührung, nach dem nächsten kleinen Kick.

„Bhéan.“

Sein Murmeln störte meine Küsse, aber wenn er nicht gerade irgendetwas sagte, versuchte er den Kuss zu dominieren. Dabei küsste er aber recht starr, es war eher eine Art festsaugen an meinen Lippen. Ich mochte es, geneckt zu werden, in den Kampf zu gehen und die Zungen miteinander wetteifern zu lassen. Allerdings fehlte ihm dazu offenbar der Atem.

Finlay keuchte, stieß sein Becken nach oben und drückte mich zugleich nach unten.

Männer. Belustigt grinste ich breit und wartete geduldig. Er bebte am ganzen Leib und tief in mir konnte ich spüren, wie er sich in mir ergoss.

„Mo bhéan, Ihr seid gewiss eine Hexe.“

„Vielleicht bist du auch nur ein Dummkopf?“

„Aye.“ Er schlang den Arm um meine Mitte und fuhr mir mit der freien Hand durch das Haar, um auf Höhe meines Nackens hineinzugreifen und meinen Kopf zurückzuziehen. Er musterte mich irgendwo gefangen zwischen Ver- und Bewunderung.

Kurz überlegte ich, ihn weiter zu necken, ließ es aber. Zu viele Eröffnungen auf einmal waren zu schwer zu verdauen.

„Wenn du noch etwas durchhalten könntest, wäre es nett, wenn wir weitermachen könnten.“

Sein Mund klappte auf.

„Streichle mich noch etwas wie gerade", schnurrte ich und zog an seinem Halt. Er gab nicht sofort nach, musste seine Verwunderung erst herunterschlucken, bevor seine Hand von meinem Nacken zu meinem Gesäß wechselte.

„So?"

Eine kleine Korrektur und er hatte genau die Stelle gefunden, die bei jeder Bewegung auf seinem noch genügend steifen Glied für eine kleine Explosion sorgte. Ich küsste ihn versonnen, drängte mich in meinem Unterhemd an ihn, um zumindest seine Körperwärme zu spüren, wenn schon nicht seine Haut an meiner. Es war eine Sache von Minuten und ich japste ähnlich verzweifelt nach Atem wie er zuvor. Zittrig und mehr als zufrieden mit mir und der Situation. Trotz einer Ehe, die besser nicht geschlossen worden wäre, und der Tatsache, dass ich mich immer noch in einer völlig falschen Zeit wiederfand. Aber nun war mir das fast gleich. Ich kuschelte mich an seine Brust, lauschte dem Schlag seines Herzens und hielt mir vor, dass es doch ganz nett war, wenn schon nicht bombastisch. Obwohl ... etwas in mir bebte, schlingerte nahezu.

„Gut, a ghràidh?"

Eigentlich wollte ich meinen Kopf nicht wieder einschalten müssen. „Hm."

Leider hatte ich keine Wahl. Er bewegte sich, wodurch ich ins Rutschen geriet und mich automatisch enger an ihn presste. Unnötigerweise, denn Finlay hatte mich sicher in seinen Armen.

Ich wurde sanft abgelegt und sorgsam zugedeckt. Mein Kopf lag auf seinem Arm, die Nase an seine Brust gepresst und der Rest von mir war an ihn geschmiegt. Herrlich in seiner Einfachheit, und solange ich mich darauf konzentrierte, machte es mich zufrieden.

„Erzählt mir von Eurer Welt."

Ich versuchte, es zu ignorieren. Ich wollte nicht denken, reden oder auch nur aus dem ungewohnt friedfertigen Gefühl zerren lassen, das mich hier an seiner Seite ereilt hatte.

„Es ist nicht die Feenwelt", grummelte ich, weil er nicht locker ließ und sich umdrehte. Er hob mein Kinn, um mir direkt in die Augen sehen zu können und suchte in ihnen. Nach der Wahrheit? So ein Dummkopf. Es war ein Klischee, eines, an dessen Wahrheitsgehalt ich immer schon gezweifelt hatte.

„Erzählt mir von Eurem Leben."

Reden! Ich erinnerte mich noch gut daran, wie sehr ich mir mal gewünscht hatte, wir würden reden können, aber nun war ich zu müde.

„Ich bitte Euch."

„Da gibt es kaum etwas Erwähnenswertes." Mein Murmeln trug eine schläfrige Note, und dass ich die Lider senkte, sollte eine ebenso deutliche Sprache sprechen.

„Ich bitte Euch."

Ich gab nach mit einer schnellen, knappen Zusammenfassung. „Selbstfahrende Kutschen, wir fliegen wie die Vögel, wir können mit den Menschen auf der ganzen Welt mit einem kleinen Gerät sprechen." Sehnsucht drückte sich auf mein Herz, was völlig albern war. Herrje, ich vermisste mein Handy?

Meine Augen brannten und ich musste blinzeln. Mein Hals wurde enger und enger.

„Klingt nach Hexenwerk."

Es löste die Trauer, die mich zu verschlingen drohte. Ich boxte ihm in die Brust. „Zukunft."

„Aye." Ein Lachen vibrierte in seiner Brust, als er mich an sich zog. „Zukunft."

„Aye", nutzte ich seine Worte. „Zukunft! Und jetzt lass mich schlafen."

„Mo bhéan, ich kann nicht glauben, dass sich ein Mann egal in welcher Zeit so von seinem Weib ansprechen lassen möchte."

Oh, mit Sicherheit nicht, das knabberte sicherlich auch den Y-Chromosomenträgern meiner Zeit ordentlich am Stolz, aber sie wussten auch, dass sie den manchmal herunterschlucken mussten.

„Schlaf gut."

„Ihr auch."

11. Rourke lässt nicht locker

„Selbstfahrende Kutschen." Finlay beugte sich über mich, spielte mit einer Strähne meines braunen Haares und betrachtete mich. Im Gegensatz zu mir war er wach und offensichtlich zu neuen Taten aufgelegt.

„Automobil, kurz Auto. Wie spät ist es?" Ich drehte mich von ihm weg.

„Dem Sonnenstand zufolge ist der Morgen noch nicht weit fortgeschritten, was bedeutet, dass wir noch etwas Zeit haben."

Klang super, also kuschelte ich mich in die Decken. Finlay zog an dem Plaid, um mein Gesicht freizulegen und beugte sich wieder über mich. Seine Lippen drückten sich auf meine Schläfe.

„A ghràidh, wir müssen noch eine Kleinigkeit bedenken, bevor wir Besuch bekommen."

Er wusste, wie man mich aufschreckte, definitiv! Ich fuhr herum, schubste ihn von mir, und rutschte weg.

„Was?"

Finlay rappelte sich auf, und fuhr mit allen Fingern durch sein Haar. „Der Beweis, dass die Ehe vollzogen worden ist."

Er wusste, wie man mich sprachlos machte. Allerdings hielt sich das nicht lange. „Was?"

„Aye, wir brauchen Blut." Er zog die Knie an und schwang sie dann unter sich. Dabei zog er die Decken weg. Mein Blick richtete sich automatisch auf das Laken.

„Nee!" Ich musste ihn falsch verstanden haben.

„So ist es Brauch." Er rollte sich aus dem Bett.

Mein Hirn brauchte einen Moment, um aufzuholen, dann sprang ich ebenfalls aus den Laken, aber von meiner Seite, wo der Vorhang noch zugezogen war. So landete ich zunächst im Stoff, musste mich freikämpfen und fand ihn dann bereits auf dem Rückweg. Sein Dolch balancierte in seiner linken Handfläche, als wäre er bereit, den Schnitt jede Sekunde ausführen.

„Warte!" Ich hastete um das Bett herum und warf mich an seinen Arm, um ihn daran zu hindern, sich zu verletzen, nur um eine Jungfräulichkeit zu demonstrieren, die nun mal nicht vorhanden war. „Das ist doch Unsinn." Meine Auffassung, nicht seine. In seinen Augen lag ein Ernst, den er selten zeigte, na ja, außer er meinte es todernst. Seufzend ließ ich ihn los, versuchte aber trotzdem meinen Standpunkt zu diskutieren.

„Es geht niemanden etwas an, wie ich mein Leben lebe, oder bisher gelebt habe. Es geht niemanden etwas an, ob ich sexuelle Kontakte pflege oder nicht. Ich finde …"

„Nay, bhéan. Man wird nach Dingen suchen, die man dir zur Last legen kann, das hier wird nicht dazuzählen."

Aber er hatte doch gesagt, ich sei sicher, wenn ich ihn heiratete.

„Meinem Onkel steht der Sinn derzeit nach Versöhnung, aber er wird nicht vergessen, was er von dir zu wissen glaubt. Er wird warten und dir mehr Spielraum geben, aber täusche dich nicht: Er ist dein Feind."

Finlay senkte die Waffe und streckte die freie Hand nach mir aus, um meine Wange zu streicheln. „Lose Anschuldigungen seinerseits werden nicht mehr genügen, um dir ein Leid zuzufügen, aber leichtsinnig solltest du dennoch nicht werden."

„Wozu dann ..." Mein Krächzen brach ab.

Da ich ihn schockiert anstarrte, bekam ich seine Nervosität sehr wohl mit. Er leckte sich über die Lippen und wich meinem Blick aus. „Es schenkt Euch Zeit."

„Willst du mich verarschen?"

Zumindest hatte ich seine Aufmerksamkeit schlagartig zurück, und ich war nicht mehr die Einzige, die mit ihrer Empörung kämpfen musste.

„Als Lady McInnes solltest du etwas auf deine Wortwahl achten, wenn ich den Ausdruck nicht völlig missverstand", grummelte Finlay.

Ich kochte vor Wut und schnaubte. „Ach? Und warum sollte ich? Ich habe nicht darum gebeten, Lady McIrgendwas zu sein!"

„Doch habt Ihr."

Das stopfte mir meine vorlaute Klappe.

„Verzeiht, wenn es sich anders darstellte, aber der Schutz meines Namens wirkt nur, wenn Ihr bereit seid, Euer Benehmen anzupassen." Er räusperte sich. „Zumindest in Gesellschaft sollte Vernunft vor Gefühl stehen."

Oh, das hatte mir gerade noch gefehlt, dass mir ein Typ vorschrieb, wie ich mich benehmen sollte!

Ich schlug seine Hand weg. „Du Arschloch."

„Hier liegen zu viele Augen auf Euch, deswegen werden wir bald abreisen." Er fing mich ein. „Seid mir nicht gram, Prinzessin", murmelte er mir ins Ohr. „Sobald wir Skye verlassen haben, ist weniger Acht notwendig, und mir gefällt Eure Sturheit sehr wohl." Seine Lippen streiften meinen Hals. „Euer Feuer."

Dann sollte er besser aufpassen, dass er sich an mir nicht die Finger verbrannte!

Ich kam allerdings nicht mehr dazu, es ihm ins Gesicht zu speien, denn die Tür wurde eingetreten und Rourke samt Gefolgschaft stürmte die Kammer.

Finlay reagierte blitzschnell. In einem Moment presste er mich noch sacht an seine Brust, im nächsten torkelte ich Richtung Bett, während er sein Schwert zog, das am Fußende des Bettes gelehnt hatte. Die Scheide flog mir zwischen die Beine, wodurch ich fast gefallen wäre.

„Daingead!", brüllte Finlay, auf seinen Cousin zustürmend. „Was hat das zu bedeuten?"

Die beiden Begleiter zogen die Waffen und fingen Finlay ab. Rourke verschränke gelassen die Arme vor der Brust und grinste gehässig. Er kümmerte sich nicht um den ungleichen Kampf, sondern hatte nur Augen für mich. Was ein Fehler war, denn Finlay hatte ihn nicht vergessen und schätzte überdies seine Absichten richtig ein. Ein Schubs verschaffte mir mehr Zeit, die ich gar nicht zu nutzen wusste. Ich hatte nur mein Unterhemd an und konnte mich nur ins Bett flüchten. Was ich nicht gerade sicher fand.

Rourke berappelte sich schnell und war hinter mir, bevor ich tief genug ins Bett krabbeln konnte. Er riss mich zurück, an meinem Haar. Ich schrie auf, weil tausend Nadeln in meine Kopfhaut stachen, und krallte meine Nägel in die Hand meines Angreifers.

„Rourke, du Schwein!“ Wieder zerrte es an meinem Schopf. „Nehmt Eure Hände von meinem Weib, oder fürwahr …“

„Euer Weib?“ Rourke lachte gehässig, wobei er mir einen harten Schubs gab, so dass ich mit dem Gesicht in der Matratze landete und meine Nase schmerzte, mit der ich abgebremst hatte.

„Das Laken ist blütenrein, demnach ist sie …“

Ich wollte nicht wissen, wie er mich nun bezeichnen wollte und Finlay offensichtlich auch nicht, denn er schlug seinen Cousin, dass der gegen den Pfosten am Kopfende torkelte. Es fielen harte, gälische Worte auf beiden Seiten. Da ich mich gedreht hatte und in die Mitte des Bettes gerutscht war, um Abstand zu allen Männern im Raum zu haben, aber auch weil dort die Decke lag und ich mich unter ihr versteckt halten wollte. Nur meine Nase lugte hervor, und natürlich musste ich sehen, was vor sich ging, um schnell genug reagieren zu können, so es nötig werden sollte. Allerdings hielten sich die beiden Kumpane zurück und Rourke konzentrierte seine nun verbalen Angriffe auf Finlay.

Der nahm Farbe an, verkniff sich aber sichtlich ein Widerwort. Rourke warf mir einen Blick zu, der zu zufrieden wirkte. Welches Ungemach kam da nun wieder auf mich zu?

Das Lachen, das Rourkes Abgang begleitete und in das die beiden Kumpane lauthals einstimmten, dröhnte mir noch eine Weile in den Ohren, was aber daran liegen konnte, dass es nach dem Zuschlagen der schweren Tür ungemütlich leise wurde. Finlay stand vor dem Bett, die Finger fest um das Heft seines Schwertes geschlungen und mit mahlendem Unterkiefer.

„Er hat mich beleidigt“, stellte ich schließlich fest. „Und dich auch?“

Seine Lippen waren farblos. Finlay hob den Blick, der mich für eine Sekunde mit voller Intensität traf, bevor er sich dessen bewusst wurde. Dann verdrängte er seinen Ärger, und räusperte sich gedehnt.

„Aye.“ Auch sein Körper lockerte sich, er bewegte das Handgelenk, stellte das Schwert wieder ab und rollte die Schultern, bevor er die Hände in die Hüften stemmte. Sein Lächeln war nett gemeint, aber unaufrichtig. „Ich habe zugegeben, dass wir die Ehe nicht vollzogen haben.“ Seine Lippen zuckten, blieben aber in seinem falschen Grinsen. „Binnen des Tages wird das ganze Schloss darüber tratschen.“

„Wegen ein bisschen Blut?“ Manche Dinge waren einfach nicht zu verstehen.

Er hob die Schultern. „Aye. Bleibt im Bett, ich werde Euch das Frühmahl bringen lassen.“

„Und was machst du?“ Na toll, ein anderer Kerker, aber immer noch eingesperrt.

„Ich werde meinem Oheim von Rourkes Unverschämtheit berichten. So es nicht angewiesen war, wird der Duke ihm einen Rüffel erteilen. Um das Gesicht zu wahren, wird es zu spät sein, aber durchgehen lassen werde ich es ihm trotzdem nicht. Zudem kann ich meine Reisepläne vorbringen.“ Sein Seufzen lockerte ihn weiter auf und ein Hauch Freude schlich sich auch in seine Miene. „Ich kann es kaum erwarten, Euch mein Heim zu zeigen."

***

Zumindest Finlay lernte dazu. Ich musste nicht lang alleine ausharren, auch wenn mir die Gesellschaft nicht gefiel: Padraigs Braut kam mit einem Pulk weiterer Frauen und einem Zuber Wasser.

Ich wurde dazu gedrängt, ein Bad zu nehmen. Während zwei der sieben Frauen begannen mich mit einem groben Schwamm abzureiben, rissen vier weitere die Wäsche vom Bett. Ein großes Trara entstand, wildes Durcheinandergeschreie und Fuchteleien, bis die Lady ein Machtwort sprach und sich endlich an mich wandte.

„Mistress Katharina, es heißt, dass Ihr Euch Eurem Gemahl verweigert habt."

Es setzte mich etwas unter Druck, denn von Verweigerung konnte nicht die Rede sein, aber Finlay hatte es selbst so hingestellt. Sollte ich da widersprechen?

Mein Zögern wunderte mich selbst, schließlich fand ich die Vorstellung, eine Frau habe jungfräulich in die Ehe zu gehen, antiquiert und diskriminierend. Aber Finlays Reaktion ging mir nicht aus dem Kopf, und Rourkes gehässige Freude ebenso wenig.

„Finlay war so mitfühlend, mir einen Aufschub zu gewähren", murmelte ich gehetzt, wobei ich mich zusammenzog, die Knie an die Brust, um die Arme darum zu schließen. „Ich war nicht in der Verfassung ..." Die strenge Miene der Lady weichte auf und sie seufzte.

„Aye, Finlay ist ein ungewöhnlich mitfühlender Mann."
Sie richtete dann das Wort an die anderen Frauen.

„Sie sprechen englisch, aber sonst niemand?" Es war etwas, was mich schon die ganze Zeit über juckte, schließlich konnte ich mir einfach nicht vorstellen, tatsächlich nicht verstanden zu werden.

Die Lady grinste. Ihr Haar wurde von einem Tuch bedeckt, aber winzige Locken lugten an den Schläfen hervor. „Oh, das hängt ganz davon ab, wo Ihr Euch aufhaltet. In Gegenden wie dieser ..." Sie zuckte die Achseln. „... kann es vorkommen, dass Ihr tatsächlich nicht verstanden werdet."

Die Frauen nahmen murrend ihre Aufgaben wieder auf, wobei ich mich der Schwämme entziehen wollte. „Nay." Sie kratzten, und ich brauchte nun wirklich keine bessere Durchblutung meiner Epidermis. „Stop!"

In meiner Zeit war das ein recht internationales Wort, offenbar musste es dazu aber erst werden, denn niemand scherte sich um mich und meinen Widerstand.

„Mistress, lasst Euch waschen. Hat Finlay Euch bereits seine Morgengabe überreicht?"

Die Fragezeichen, die in meinem Hirn einen Ringelreigen tanzten, zeigten sich offenbar auch in meinem Gesicht, denn die Lady schnalzte.

„Nun, wie dem auch sei. Von Euch wird erwartet, dass Ihr zum Mittagsmahl erscheint und dem Laird Eure Gefolgschaft versichert."

Wasser ergoss sich in einem kalten Schwall über mich. Wortwörtlich ein eimervoll, als ich gerade antworten wollte. Ich spuckte und hustete, wobei ich nach vorn hastete – eigentlich kippte, um der Wasserwand zu entgehen.

„Aufhören!", spie ich, als ich endlich wieder Luft bekam, und schickte der Frau mit dem Eimer einen tödlichen Blick, der seine Wirkung verfehlte. „Was sollte das?"

Die Botschaft kam aber an, auch wenn ich instinktiv in meine Muttersprache gewechselt war.

„Mistress, hütet Euer Temperament", riet mir die Lady, nachdem sie die anderen Frauen aus dem Raum gescheucht hatte und mir ein Tuch reichte. „Nur wenige Männer sind so nachsichtig wie Lord Finlay, und der Duke ist es gewiss nicht."

Erneut rang ich mit mir. Sie meinte es gut, zumindest, wenn man ihre besorgte Miene für bare Münze nahm.

„Ich bin nicht gut darin, mich zu verstellen", knirschte ich schließlich. „Und ich mag es auch nicht."

„Müsst Ihr Euch verstellen?" Ihre Verwunderung war belustigend. „Ist es einem Weib in Eurer Heimat gestattet zu sagen, was sie denkt?"

„Oh, ja!", erwiderte ich gedehnt. „Es wird sicher nicht überall geschätzt, aber niemand würde es wagen, eine Frau einzusperren, weil sie ihre Meinung sagt!"

Die Lady blieb still vor Unglauben, wodurch ich Zeit hatte, sie mir näher anzusehen. Allerdings stieg ich zunächst aus dem nun abgekühlten Wasser, und wickelte mich in das Tuch. Vor dem Kamin hockend, streckte ich die Hände nach dem prasselnden Feuer aus und sah über die Schulter zu ihr zurück. Neben der strengen Kopfbedeckung, die mich an ein Kopftuch erinnerte, auch wenn es ihr Haar nicht komplett versteckte, war auch der Rest an ihr bieder. Die Frauen, die sich gewöhnlich bei Tisch einfanden, trugen zwar keine tief dekolletierten Kleider, aber ihres hatte gar keines. Selbst ihr Hals war züchtig unter dickem, gemustertem Stoff versteckt. Zusätzlich lag ein breiter Schal um ihre Schultern, aber kein Plaid, wie ich ihn benutzte. Er war bedeutend weicher, auch wenn ich nicht sagen konnte, woran das lag.

„Wie bemerkenswert", wisperte sie. Ihr Blick lenkte sich ins Feuer. „Es muss angenehm sein, Gehör zu finden."

Ich konnte nicht anders, ich lachte auf, bitter, obwohl ich es eigentlich spöttisch betrachten wollte. „Aye!"

Ihre Aufmerksamkeit flog wieder mir zu. „Verzeiht, aber Eure Muttersprache wird nicht das Englische sein und auch nicht das Gälische. Es muss Euch ermüden, beständig unter Fremden zu sein. Ich möchte Euch nicht über Gebühr in Anspruch nehmen. Ich lasse Euch ruhen."

„Warten Sie!" Da mir die Füße einschliefen, stand ich auf und lockerte sie, indem ich das Bein ausschlackerte. „Bleiben Sie doch." Eigentlich dumm, aber ich hasste es, allein zu sein, und jede Gesellschaft war mir da lieb. Wirklich jede.

„Ich bin es nicht gewohnt, den ganzen Tag mit Nichtstun zu vergeuden."

„Oh!" Ihr Lächeln erhellte ihr ganzes Gesicht, und machte sie madonnengleich: in ihrer Zurückhaltung wunderschön. „Seid unbesorgt, es wird Euch an Beschäftigung nicht mangeln." Die Lady rieb die Hände aneinander, zögerte und setzte sich dann in Bewegung. Sie kam auf mich zu und zog mein Unterhemd von dem

Hocker neben dem Kamin, um es mir zu reichen. „Habt Ihr ein Morgengewand?“

„Ich habe nur zwei Kleider.“ Was immerhin schon doppelt so viel war, wie noch in der letzten Woche. „Dies ist das Schönere.“ Mein Hochzeitskleid, aber ich durfte wohl nicht wählerisch sein. Armut bekam einen ganz neuen Stellenwert und Gestank ebenfalls, wenn einem nicht genügend Kleidung zur Verfügung stand und man sich auch nicht regelmäßig waschen konnte, was blieb einem da schon übrig? Duftsäckchen? Vielleicht eine Marktlücke. Also sollte ich gezwungen sein, in dieser Zeit zu bleiben, konnte ich sicher ein Vermögen mit Parfum und dergleichen verdienen.

„Oh. Nun gut.“ Sie legte mir das Mieder um, kaum dass ich in mein Hemd geschlüpft war, und zog an den Bändern.

„Danke.“ Zwar mochte ich es nicht, wenn man an mir herumfummelte, aber etwas Hilfe beim Schließen der Unterwäsche war nicht schlecht. Gestern hatte ich mir fast die Schultern ausgekugelt, bei dem Versuch, es allein zu schaffen. „Gibt es dafür keinen Trick?“

„Trick?“ Nicht nur Finlay schaffte es, seine Verwunderung über seine Stimme zu transportieren, oder wurde ich einfach sensibler für die Stimmung anderer?

„Trick siebzehn“, führte ich aus, sehr sicher, dass mehr Worte nötig wären. „Einen Kniff, der es einfacher macht, sich in dieses Folterinstrument zu zwängen.“ Ich warf ihr einen leidenden Blick zu. „Wie hält es irgendjemand darin aus?“

Sie lachte auf, der melodische Klang füllte den Raum und machte mich zugegebenerweise eifersüchtig.

„In einem Kleid? Mistress Katharina, wollt Ihr andeuten, Ihr tragt gewöhnlich keine Kleider?“

„Nicht alltäglich und nicht zugeschnürt, bis einem die Luft ausgeht.“ Oder mit etlichen Lagen, Polstern und Rüschen.

„Eure Heimat muss ein befremdlicher Ort sein.“

„Wohl eine Frage der Perspektive“, murmelte ich.

Die Lady zerrte an der Verschnürung, wodurch immer mal wieder ein Ruck durch mich ging und mich destabilisierte, also streckte ich die Hände nach dem Pfosten aus, und kam nicht umhin, an einen uralten Film zu denken. Scarlett und ihre dunkelhäutige Sklavin, die ihr das Korsett immer straffer ziehen sollte. Ja, ich hatte den Filmklassiker tatsächlich gesehen und mich ein wenig in Rhett Butler verliebt. Vermutlich landete ich deswegen immer wieder bei dunkelhaarigen Schwerenötern mit Hang zu Wein, Weib und Gesang.

„So, nun Euer Kleid.“

Ich holte vorsichtig Luft, legte mir die Hände in die Taille und streckte die Schultern. „Das ist zu eng.“

„Nay, Mistress, es sitzt nun so, wie es sollte.“

„Wenn es mich umbringen soll, vielleicht.“ Ich drehte mich zu ihr um. „Es ist zu eng, ich kann nicht richtig einatmen.“

„Eine Dame atmet auch nicht tief ein.“

Dann verzichtete ich gerne darauf, eine Dame zu sein. Die Augen verdrehend, zupfte ich in meinem Rücken an der Verschnürung.

„Mistress!“ Sie schlug meine Hände fort. „So haltet ein!“

„Es ist zu eng!“

„Nay!" Sie machte einen weiteren Knoten in meinen Rücken. „Ihr müsst lernen, Euch wie eine Lady zu betragen."

„Oh, bestimmt nicht." Obwohl ich es wisperte, bekam sie es mit und tadelte mich sogleich wortreich.

„Mistress! So bedenkt doch, dass Euer Betragen nun auf Euren Gatten zurückfällt. Ihr dürft Finlay nicht weiter beschämen. Ihr müsst Euch angemessen kleiden, zurückhaltend auftreten und nur sprechen, wenn das Wort an Euch gerichtet wird."

Bevor ich auch nur ein Schnauben hervor bekam, zog sie mir das Kleid über den Kopf und zerrte es runter.

„Ihr müsst Euch fügen, dürft seine Gnaden nicht weiter gegen Finlay aufbringen, ganz gleich wie Ihr zu Eurer Verbindung oder Schottland steht!" Auch die Kordeln am Oberkleid schloss die Lady mit Vehemenz.

„Verfluchte ..." Den zweiten Teil verkniff ich mir gerade noch. „Hören Sie ..."

„Nay, Mistress, Ihr müsst hören! Auf Finlay. Ihr spielt mit Euer beider Leben."

Na herrlich, ich brauchte nicht zwei Vanessas, die beständig auf mich einwirkten. Allerdings schloss ich die Augen wegen der Schwärze, die nach mir griff.

„Mir wird schwindelig. Sie haben das Mieder viel zu fest geschnürt."

Schwankend ließ ich mich aufs Bett fallen. Im Liegen war es viel einfacher Luft zu schnappen und das leise Rauschen in meinen Ohren beruhigte mich.

„Mistress? Womöglich sollte ich Euer Mieder doch lockern. Ein wenig, damit Ihr Euch wohler fühlt?"

„Danke." Ich musste mich erst aufrappeln, vom Bett rutschen und das Kleid ausziehen, bevor ich endlich befreiter Luft bekam.

„Nun wird die Taille nicht richtig sitzen." Die Lady zupfte an besagter Stelle herum, was ihre Unzufriedenheit bezeugte.

„Wird schon gehen." Meine Finger glitten schnell über meine Seiten, und ich fand am Sitz des Kleids eigentlich nichts auszusetzen. Ein Spiegel wäre nett, aber es gab keinen. Mein Magen knurrte eindrücklich, ich hatte seit einer Weile nichts mehr gegessen.

„Wir sollten nun hinunter gehen und das Frühmahl einnehmen."

„Frühstücken?" Prima Idee. Grinsend drehte ich mich ihr wieder zu. „Sie haben mir gar nicht gesagt, wie Sie heißen. Ich weiß nur, dass Sie die Frau von Finlays Cousin sind."

„Mairead, Lady of Nairn." Sie seufzte, wandte sich dabei halb ab und richtete den Blick aus dem Fenster hinaus. „Zumindest war ich das."

Ihre Melancholie war richtiggehend greifbar.

„Mairead." Ich wusste gar nicht, was ich sagen sollte und stockte daher. Ich kannte sie gar nicht, und wollte mich sicher nicht in Dinge mischen, die mich nichts angingen. Ganz bestimmt nicht.

Sie bemühte sich um Fassung, aber ihr Lächeln bebte. „Lasst uns hinuntergehen."

„Wer sind Sie jetzt?"

Ihr Blick verlor den letzten Rest von Freude, auch wenn ihre Lippen in ein Lächeln sprangen, in ein gepresstes Grinsen. „Oh, die zukünftige Duchess of Skye natürlich."

„Natürlich." Irgendwie erinnerte sie mich an meine Schwester, der tatsächlichen Duchess of Skye, auch wenn das zukünftig zu sehen war. Diese betonte Heiterkeit kaschierte doch etwas zutiefst Schmerzliches. Ach verflixt!

„Sie lieben Padraig nicht." Ich brachte es auf den Punkt, drastisch, wie immer. Mairead riss die Augen auf und wich keuchend zurück.

„Es ..." Mehr brachte sie nicht über die Lippen. Sie schüttelte den Kopf, drehte sich weg und machte einige wacklige Schritte Richtung Tür.

„Ist Padraig seinem Bruder ähnlich?" Dann hätte sie mein tiefstes Mitgefühl und auch Grund zur Traurigkeit. In dieser Zeit war eine Ehe so etwas wie ein Urteil. Lebenslänglich, sozusagen. Grauenhaft. Ich legte die Arme um mich, weil ich erschauerte. Vielleicht war mir auch nur kalt, denn meinem Kleid fehlte es an wärmendem Beiwerk. „Nun kommt, wir sollten nicht weiter säumen."

***

Finlay kam mir in der großen Halle entgegen. Noch immer stand sie voll mit Bänken und Tischen und ein Haufen Schotten fläzte sich dort herum.

Finlay griff nach meinen Händen, zog mich näher zu sich und drückte mir sehr plakativ die Lippen auf die Stirn. „A ghràidh, fühlt Ihr Euch wohl?"

Er lächelte zwar, aber ebenso gezwungen, wie Mairead vor wenigen Minuten oben in meiner Kammer.

„Es tut mir leid."

Es überraschte ihn und klärte seine Mimik, der strenge Zug verschwand.

„Ich war so müde letzte Nacht."

Verwirrung übernahm nun die Dominanz.

„Vielen Dank für deine Rücksichtnahme." Ich überrumpelte ihn, indem ich ihm einen Kuss auf die Wange drückte. „Auch für deine Beharrlichkeit."

„Auch ich war erschöpft." Finlay räusperte sich. „Seid gewiss, Mylady, dass ich Euch als mein Weib anerkenne."

Ich musste mir auf die Zunge beißen, um ihn nicht zu korrigieren. Ehefrau, bitteschön! Weib klang so abwertend. Um es zu kaschieren, senkte ich den Blick.

Sein Griff wurde fester, zerquetschte fast meine Finger.

„Katharina?" Nur ein leises Wispern, aber der heisere Unterton sagte alles. Schnell versicherte ich mich, dass er tatsächlich besorgt war. Er suchte in meinem Gesicht nach der Antwort, ohne die Frage stellen zu müssen. Was war los?

„Mistress", murmelte Mairead an meiner Seite und lenkte zumindest Finlay ab, wenn auch nur kurz. Er sah zu ihr, straffte sich und setzte das Lächeln auf, das mir immer weiche Knie bescherte.

„Mylady, verzeiht. Meine Sorge um mein Weib ließ mich vergessen, dass wir nicht allein sind." Er hielt ihr die Hand hin, um ihre aufzunehmen und an seine Lippen zu führen.

„Mylord." Sie neigte den Kopf. Es sah albern aus, und dieses Geziere war einfach anstrengend, aber Finlays Miene entspannte sich, und aus dem gezwungenen Lächeln wurde ein aufrichtiges Grinsen. „Zu gern nähme ich die Ehre in Anspruch, Euch zu Eurem Platz zu führen, aber ..."

„Mistress Katharina sollte speisen", beendete Mairead seinen Satz. Sie lächelte mich herzlich an. „Und ruhen."

Finlay zog mich näher zu sich, sein Arm legte sich um meine Mitte, während er meine Finger ebenfalls an die Lippen führte, wie jene der Lady zuvor, nur sein Blick war anders.

„Aye." Er wandte sich nach einem letzten besorgten Blick über mich ab. Ich folgte seiner Richtung und bemerkte, wie die Kerle Mairead musterten. Wir beide waren hier offenkundig gleichermaßen unbeliebt.

Einen Moment drehte sich der Raum um mich, und ich war dankbar für Finlays Unterstützung.

„Euer Gnaden", brummelte Finlay. „Die Damen sollten ihr Morgenmahl in einem der Salons einnehmen, solange die Halle noch nicht geräumt ist." Er fing den Blick seines Onkels auf, der ihn spannungsgeladene Momente lang hielt.

„Aye", stimmte er zu. „Den Damen ist die Gesellschaft betrunkener Schotten am frühen Morgen nicht zuzumuten."

Finlay entließ langsam seinen eingehaltenen Atem. „Erlaubt, dass ich meine Gattin und Lady Mairead in den vorderen Salon geleite."

Die Antwort ließ noch länger auf sich warten als die vorherige und die Spannung im Raum nahm noch zu. Ganz gleich, was hier vor sich ging, es war mir tausendmal lieber, mich weiter mit der Lady auseinanderzusetzen, als hier inmitten der starrenden Männer zu essen.

„Ihr habt meine Erlaubnis."

Finlay senkte den Kopf. „Habt Dank."

Irgendwie war heute Morgen alles noch viel gestelzter als sonst, oder hatte nur ich den Eindruck? Lag es an mir, dass alles so hölzern wirkte, so aufgesetzt?

„Bevor ich es vergesse", rief der Duke uns nach, als wir uns gerade abgewendet hatten. „Mistress Katharina, ich erwarte Eure Gefolgschaftsbekundung."

Na herrlich. Schön, ich war vorgewarnt, aber eigentlich wusste ich nicht einmal, was genau von mir erwartet wurde.

„Aye." Hauptsache ich bekam etwas Aufschub, bis ich mich sortiert hatte! „Darf ich zuerst frühstücken?"

„Aber ja, Mistress. Ich denke, zum Abend wird es einen passenden Moment geben. Zum Tanz, Finlay, verstanden."

„Aye, bràthair-màthair."

Erst als wir ein gutes Stück den Gang hinunter waren, lockerte sich Finlays Anspannung wieder.

„Lady Mairead darf ich eine Bitte an Euch richten?"

Die Lady, die dieses Mal vor uns herging, sah zu uns zurück und verlangsamte ihren Schritt, damit wir aufschließen konnten.

„Aye, Mylord." Ihre Augen glänzten hoffnungsfroh. „Ihr wisst, ich bin Euch zu Dank verpflichtet."

Etwas zwickte mich, wohl die Art, wie sie ihn ansah. Es lag eine Spur zu viel Verehrung darin. Wieder schwankte ich und lenkte mich von meiner Beobachtung ab. Finlay schlang den Arm um mich und drückte mich an sich.

„Katharina?"

„Wohl noch zu eng", murmelte ich atemlos, bevor ich zusammensackte.

„Oh!“ Kühle Finger strichen über meine Stirn. „Wie bedauerlich. Mylord, ich schlage vor, dass Ihr Euer Weib in Eure Kammer bringt, und ich sorge derweil für ein passendes Morgenmahl.“

„Habt Dank, Lady Mairead, ich muss gestehen, dass mir Katharinas Unpässlichkeit recht ist. Ich hoffe, sie lang genug außer Sicht halten zu können, bis uns erlaubt wird abzureisen.“

„Aye“, seufzte die Lady tief. „Seid Euch meiner Unterstützung gewiss. Ich werde seine Gnaden von Mistress Katharinas Unwohlsein informieren und bei ihr sitzen.“

12. Auf schlimm folgt schlimmer

„Daingead!"

Seine Silhouette hob sich von der Nacht hinter ihm ab. Er stemmte sich auf das Fensterbrett und beugte sich vor. Er trug nichts am Leib, wodurch sich das Mondlicht auf seiner blanken Haut spiegelte.

„Engländer."

Mitten in der Nacht?

Finlay fluchte und kam zurück zum Bett. Ungeniert krabbelte er über mich. „Prinzessin."

Im Gegensatz zu ihm war ich mit einem Wollnachthemd ins Bett gegangen.

„Haltet Euch bereit." Im nächsten Augenblick war er auch schon wieder fort, und wickelte sich auf dem Weg zur Tür in seinen Kilt.

„Was?"

„Als wir zuletzt die Gesellschaft von englischen Soldaten genossen, haben wir einige niederschlagen müssen." Er stieg in seine Stiefel. „Darauf stehen zwanzig Peitschenhiebe, wenn der Leutnant gnädig ist, und ich habe nicht vor, Hogsmanay in Fort William zu verbringen."

Weder Hogsmanay noch Fort William sagten mir etwas, aber es war nicht der Zeitpunkt, sich fortzubilden. Ich rutschte zur Bettkante.

„Und was …“

„Gehorcht mir, dieses eine Mal, ich bitte Euch.“ Schon war er raus, und zog die Tür sacht zu. Die Option, ihm nachzulaufen, verwarf ich augenblicklich. Es brachte nichts, ich käme nicht an Informationen, und behinderte ihn nur bei dem, was auch immer er vorhatte. Stattdessen tat ich tatsächlich das, was er gefordert hatte: Ich kleidete mich an und wartete angespannt auf seine Rückkehr.

Was ging wohl vor? Welches Unheil mochte nun auf mich warten? Meine Fantasie malte mir die schrecklichsten Möglichkeiten aus. Kerker, ausgepeitscht werden, was gab es noch?

Die Zeit rannte, schließlich drehten sich meine düsteren Gedanken im Kreis, und ich schreckte auf, als etwas meine Schulter berührte.

„Mistress, man verlangt nach Euch.“ Mairead knetete die Hände vor dem Bauch. „Kommt.“

„Nay. Ich soll warten.“

„Aber!“ Mairead quietschte in hohem Ton. „Ihr müsst!“

„Sterben muss ich.“ Und das war nur eine Frage der Zeit. Hach, ich konnte meine eigene Schwester sein, mit all den negativen Gedanken, die in mir brodelten. Eine imaginäre Schwester, damit ich mich ganz wie zu Hause fühlen konnte.

Katharina, was zum Teufel machst du? Lerne! Schon wieder ein Semester, das du wiederholen musst? Was treibst du nur?

Und nun? Was würde sie mir nun sagen?

Katharina, sitz doch nicht rum, tu was!

Nur was?

„Mistress, seine Gnaden schickte mich, Euch zu holen."

Ich sah zu ihr auf. Ihr bleiches Gesicht bekam hektische Flecken.

„Ich bitte Euch inständig, kommt mit mir."

„Ist Finlay beim Duke?"

„Aye. Kommt, es ist dringend."

Ich haderte. Ich sollte bleiben und gehen gleichzeitig und ich wusste nicht, was nun der richtige Weg war. Dabei hasste ich Unentschlossenheit.

„Was hat Finlay zu der Aufforderung des Dukes gesagt?"

Die Röte verschwand wieder, und ihre Augen begannen zu glänzen. „Er ist in Schwierigkeiten. Ich bitte Euch, kommt mit mir."

Blitzschnell kam ich auf die Füße. „Mein Gott!" Meinetwegen?

Es zermalmte mir den Magen und drückte mir ebenfalls die Luft ab. Das durfte nicht sein. Ich ließ Mairead stehen, rannte die Stufen mit einer Hast hinunter, die schon halsbrecherisch war, und stoppte überrascht an dessen Fuß.

Die Halle war bevölkert, aber nicht nur von Kiltträgern. Rotröcke flankierten jeden Ausgang und tummelten sich nahe des Kamins an der Seite des Dukes. Seine Augen glitten erzürnt über mich, wobei seine Lippen bebten und sein Kiefer sich anspannte.

„Da ist sie“, murrte er. „Wohlbehalten, genau, wie ich es sagte.“ Er hob seinen Kelch und drehte mir den Rücken zu. Der Mann an seiner Seite, ein englischer Soldat, ließ mich nicht aus den Augen. Er lächelte leicht, stellte seinen Pokal auf das Sims des Kamins, um mir entgegen zu gehen. Sein Degen schlug bei jedem Schritt gegen sein Bein, obwohl er den Griff festhielt.

„Mistress Katharina? Es ist mir eine besondere Freude, Euch kennenzulernen.“ Er hielt mir die Hand hin und fischte nach meiner, als ich keine Anstalten machte, sie ihm zu reichen. Er hob meine Finger an den Mund und küsste sie.

„Leutnant Archibald Stephen Horatius Carstairs, zu Ihren Diensten.“ Er zwinkerte mir zu, legte meine Hand auf seinem Arm ab und führte mich zum Kamin. „Versteht Ihr meine Worte?“

„Ja“, flüsterte ich, während meine Augen über die Männer vor mir flogen. Finlay war nicht unter ihnen. Hatte Mairead mich belogen?

„Seid versichert, meine Holde, dass Ihr Euch nun nicht mehr um Eure Sicherheit sorgen müsst.“ Er tätschelte meine Finger, während ich an den Reihen der Männer entlangsah.

„Mistress Katharina war unser Gast, Leutnant Carstairs, wir haben sie selbstredend mit dem gebührenden Respekt behandelt“, knurrte der Duke. „Und sie sogar in unserer Familie willkommen geheißen.“

„Wo ist Finlay?“ Es machte mich nervös, ihn nicht ausmachen zu können. Hatte ich erneut die falsche Entscheidung getroffen? Hätte ich besser in meiner Kammer gewartet, bis er auftauchte? Wenn er nun alles für die Flucht bereitstellte und in diesem Moment oben war und feststellen musste, dass ich wieder nicht auf ihn gehört hatte?

Der Hals zog sich mir zu. Zittrig versuchte ich meine Hand zurückzuziehen, aber der Leutnant merkte es auf der Stelle und hielt sie fest.

„Ein Gast? So?" Er lächelte auf mich nieder. Er war nur wenige Zentimeter größer als ich, schaffte es aber zu wirken, als wären es wesentlich mehr. Sagt, Mistress, wurdet Ihr angemessen behandelt?"

Ich bekam keinen Ton hervor, starrte ihn lediglich vor Horror bebend an. Warum hatte ich nicht auf Finlay gehört?

„Ihr seid Euch sicher, dass Ihr mich versteht?" Sein Lächeln wankte und die Brauen zogen sich über seiner Nasenwurzel zusammen. „Oder ..." Seine Miene verzog sich. „Fürchtet Ihr Euch?"

Ich hatte Grund dazu, wusste aber, dass ich einen klaren Kopf bewahren musste. Ich schluckte schwer und räusperte mich.

„Ein wenig", gab ich zu. „Wo ist Finlay?" Meine Stimme schwankte, aber jedes Wort gab mir auch Sicherheit zurück. Ich konnte auch für mich selbst einstehen und für Finlay auch, wenn es sein musste. „Wo ist mein Mann?"

Ich hob das Kinn und schaffte es, endlich meine Stimme zu festigen.

Der Leutnant wandte sich mir zu. Das Lächeln war nun völlig aus seinen Zügen gewichen und seine hellen Augen verengten sich zu schmalen Schlitzen.

„Finlay."

„Der Schotte? McInnes?"

Schnell nickte ich, angespannt und zittrig zugleich.

„Ja nun." Endlich ließ er meine Finger frei, und ich konnte von ihm forttreten. Er musterte mich immer noch. „Der musste hinausgebracht werden."

„Warum?", wisperte ich, wobei mein Hirn bereits abspielte, was ihm alles zugestoßen sein konnte.

„Er wurde handgreiflich." Der Leutnant überwand die letzten Schritte zum Kamin und holte sich seinen Pokal, um aus ihm zu trinken. „Nun, Mistress, erzählt mir von Euch."

Oh, herrlich, ich mochte diese Stelle, in der ich ausgefragt wurde und mir Geschichten ausdenken musste. Was hatte ich noch gleich dem Duke und Rourke erzählt?

„Meines Neffen Weib, Leutnant, ist an unsere Gestaden gespült worden", mischte sich der Duke ein. Sein Blick warnte mich, den Mund aufzumachen. „Wir versorgten sie und boten ihr Heim und Familie."

„So?" Er nahm wieder einen Schluck aus dem Pokal. „Mistress?"

„Ja. Ich will mit ..." Die Braue des Soldaten hob sich unnatürlich weit und ließ mich meine Wortwahl überdenken. „Dürfte ich bitte mit Finlay sprechen?"

„Dem Schotten? Wozu?"

„Ich ..." Tja, welchen Grund konnte ich anführen? Was sollte ich tun?

Ein leichter Schwindel brachte mich dazu, die Lider zu schließen. Ich hob die Hand an die Stirn.

„Mistress? Seid Ihr wohlauf?" Finger schlossen sich um meinen Ellenbogen, was mich auf eine Idee brachte. Eine Befragung funktionierte nur bei geistig Anwesenden. Also sackte ich plötzlich zusammen. Zugegeben, ich hätte die Aktion überdenken sollen, anstatt übereifrig zu agieren. Als ich die Knie zusammensacken ließ, fiel ich ohne Kontrolle. Der Leutnant hatte zwar meinen Arm gepackt, aber das brachte mir lediglich noch mehr Schmerzen. Ich knallte der Länge nach hin, nachdem ein harter Ruck durch meine Schulter ging. Ich brauchte mir keine weiteren Gedanken zu machen, schlug ich doch mit dem Hinterkopf auf. Ein Feuerwerk explodierte vor meinem inneren Auge, bevor alles um mich herum schwarz wurde.

***

Ein feuchtes Tuch tupfte auf meine Stirn, und ansonsten tosten diverse Geräusche an mir vorbei. Das Knistern des Feuers, das Rascheln von Stoff, Schritte auf dem Holzboden, dann verschluckt von einem Bodenbelag. Es gab noch mehr, was ich allerdings nicht zuordnen konnte. Pinkelte da jemand? Und ein Schlagzeug musste es auch geben, denn es trommelte direkt hinter meiner Stirn.

„Sie ist ungebremst zu Boden gegangen!", regte Finlay sich auf. Die Schritte stoppten. „Daingead, der Mistkerl hat nicht einmal versucht sie aufzufangen!"

„Seine Gnaden wird nicht mit einer Ohnmacht gerechnet haben", murmelte Mairead begütigend und auch das Tupfen stoppte. „Und der Lord Leutnant ..." Sie seufzte. „Wir hätten uns denken können, dass er uns folgen wird."

„Aye!", knurrte Finlay und nahm seine Wanderung wieder auf.

„Ihr seid nun sicher, aber Katharina wird darunter zu leiden haben!“ Er fluchte langanhaltend, wie ich es nicht von ihm gewohnt war. Mein Blinzeln verursachte nur eine Lawine des Schmerzes und kein klares Bild von der Situation.

„Gwen, der Sud ist aufgebraucht.“ Mairead stand auf und durchquerte die Kammer, ich hörte es an ihren leichten Schritten über den knarzenden Boden.

„Aye, Mylady.“

Wasser plätscherte, aber zumindest das Trommeln hörte auf.

„Es dauert mich so, Lord Finlay!“

Finlay seufzte, aber es klang bereits wesentlich ruhiger. „Bitte macht Euch keinen Vorwurf, Lady Mairead, es war der einzige Weg.“

Sie schniefte. „Oh, welch Unheil!“

„Ich versprach, alles in meiner Macht stehende zu tun, um Euch zu beschützen, Mylady, und ich stehe zu meinem Wort.“

Mein Stöhnen entwich mir ungewollt und hatte zur Folge, dass ich binnen Wimpernschlägen nicht mehr allein war. Eine große Hand legte sich auf meine Wange, ein Daumen wischte zart über meine spröden Lippen, welche dann von warmen, weichen bedeckt wurden.

„Mo bhéan, Ihr seid endlich erwacht!“

„Still!“, krächzte ich, was mir noch schlimmere Schmerzen bereitete, als Maireads schrille Stimme, also endete ich mit einem gedehnten Stöhnen und wollte mich wegdrehen, aber bereits die kleinste Bewegung ließ eine Bombe in meinem Kopf platzen und mich zusammenzucken.

„Prinzessin, Ihr habt Euch Euren Kopf angeschlagen, als Ihr stürztet. Bewegt Euch nicht. Wir haben kein Laudanum, da der englische Bastard alles für seine Männer beansprucht hat ...“ Das Grollen in seiner Stimme wurde noch durch die Härte seiner Worte betont. Er klang dadurch anders, als ich es bisher gewohnt war. Eher so, wie der Rest seiner Familie. Rau, roh, fast schon gewalttätig.

Seine Berührung widersprach dieser Einschätzung. Er strich zärtlich über mein Gesicht und ergriff meine Hand, um sie an seine Brust zu pressen. Es verwirrte mich.

„Aber Lady Mairead kennt einen Sud, der Eure Schmerzen lindern wird.“ Den forderte er auch sogleich an. Mairead schwebte auf uns zu und sank graziös auf den Hocker, der neben dem Bett stand.

„Hier. Nehmt kleine Schlucke.“ Sie reichte den Pokal Finlay, und nicht mir, und er setzte ihn vorsichtig an meine Lippen.

„Langsam, a ghràidh.“

Die heiße Flüssigkeit lief teilweise an meinen Mundwinkeln wieder hinaus und nässte mein Kissen.

„Ruht“, murmelte Finlay. „Hier seid Ihr sicher vor des Leutnants Fragen.“

Dann war all der Schmerz zumindest nicht umsonst erlitten. Seufzend schloss ich die Augen, befeuchtete meine Lippen und versuchte meine Gedanken zu ordnen, bevor ich sprach.

„Was will Leutnant Carstairs?“

„Macht Euch keine Gedanken darum, a ghaoil. Ruht, ich werde ergründen, wie wir diese Situation am besten meistern.“ Er drückte meine Hand. „Seid unbesorgt.“

„Ich bleibe bei Mistress Katharina, wenn Ihr es wünscht." Mairead lächelte Finlay an. „Und leiste ihr Gesellschaft."

„Tabadh leibh." Finlay stand auf, ließ aber meine Hand erst los, als er es einfach musste. „Ruht, Katharina."

„Warte." Ich fing seine Finger schnell ein. „Ist er wegen ..." Ich stockte. Sollte ich unseren Zwist mit einer Gruppe Soldaten vor Mairead besser nicht ansprechen. „Dem Ärger, den wir hatten?"

„Nein." Seine Stimme versprach Sicherheit. „Leutnant Carstairs hat andere Gründe für seine Anwesenheit." Er fuhr sich mit der freien Hand durch das Haar, wobei er Mairead einen Blick zuwarf, der mich stutzen ließ.

War sie der Grund?

„Ruht."

Da mein Kopf eine vom Ballermann begleitete Achterbahn beherbergte, gab ich es auf. Ich konnte später auch noch auf eine Erklärung pochen.

***

Es klopfte. Mairead las leise aus der Bibel vor und sah nun erschrocken auf. Es war der dritte Tag, den ich mich nun in meiner Kammer verschanzte, um niemandem über den Weg zu laufen. Mairead leistete mir tagsüber Gesellschaft, wodurch die Einkerkerung nicht ganz so schlimm war – es sei denn, sie las aus der Bibel vor, wie gerade eben.

Ich setzte mich schnell auf, die Unterbrechung feiernd und grinste breit.

„Besuch." Natürlich erwartete ich Finlay zu sehen, oder eines der Mädchen, die uns mit Nahrungsmitteln versorgten.

Mairead legte das Buch zur Seite und erhob sich fahrig. „Oh, je", wisperte sie, die Hände ringend. „Ich fürchte ..."

Wieder klopfte es. „Öffnet augenblicklich", befahl eine dunkle Stimme.

Mairead quiekte erschrocken und plumpste wieder auf den Hocker, der dabei umkippte. Ihre Röcke flogen in die Luft.

Ich rollte herum, wofür mir mein Kopf nicht dankte. Meine Hand streckte ich zwar noch aus, aber zugleich sackte ich auch zusammen und schloss die Lider, hinter denen grelle Blitze zuckten.

„Öffnet, oder ich werde die Tür aufbrechen lassen!"

Mairead rappelte sich auf. Ihr Haarputz war verrutscht, hing an der Seite herunter und ließ sich nicht einfach richten. Trotzdem versuchte sie es auf ihrem Weg quer durch das Zimmer, und zog dort erst ihre Röcke grade, bevor sie den Balken von der Halterung nahm und die Tür öffnete.

„Verzeiht, Lord Leutnant, Mistress Katharina ist noch nicht in der Verfassung, Besuch zu empfangen." Ihre Stimme war unglaublich hoch.

„Ihr erlaubt, Mylady, dass ich mich dessen Selbst versichere?" Dass die Frage nur rhetorisch gestellt worden war, wurde sogleich offensichtlich, denn Mairead wich zurück.

„Leutnant, ich bitte Euch ..."

Ich rutschte schnell tiefer in die Laken und versteckte mein Gesicht in meinem Kissen, wobei ich mich bemühte, so gleichmäßig wie möglich zu atmen.

Mit jedem Schritt stampfte es und rüttelte mich durch, was ziemlich merkwürdig war. Finlay war ein großer, schwerer Mann, aber seine Bewegung im Raum konnte ich nicht spüren, während der eher drahtige, hochgewachsene Soldat bei jedem Schritt den Boden zum Beben brachte.

„Lady McInnes." Die Schritte stoppten und er räusperte sich laut. Ich behielt meinen Plan bei, die schlafende Schöne zu spielen, und ignorierte ihn.

„Mich dünkt, die Lady wird absichtlich einer Befragung entzogen."

„Mistress Katharina schlug sich den Kopf auf, Lord Leutnant, in diesen Fällen ist längere Unpässlichkeit üblich." Mairead war dem Soldaten gefolgt und stand nicht weit von mir entfernt.

„Mylady, ich bestehe auf eine baldige Vorstellung." Seine Stiefel knirschten auf dem baren Steinboden, und ich betete inständig, er möge aufgeben.

„Ich versicherte Euch bereits, Euch umgehend zu informieren, so Lady McInnes die Augen aufschlägt." Obwohl ihre Stimme immer noch ungewöhnlich hoch war, blieb sie gefasst und verriet unsere Scharade nicht.

„Ihr spielt ein gefährliches Blatt, Mylady, vergesst nicht, was für Euch auf dem Spiel steht!", drohte der Leutnant grimmig.

„Seid versichert, Lord Leutnant, es vergeht kein Augenblick, in dem ich nicht daran denken muss." Sie

schaffte es, zu klingen, als nahe der Weltuntergang.
Was war es wohl, was für sie auf dem Spiel stand?

13. Eine beschauliche Weihnacht

Nervös ließ ich mir in das Kleid helfen. Es war ein Geschenk Maireads und passte mir daher nur leidlich, was mir nichts ausmachte, stolperte ich doch ohnehin ständig über den Saum meiner Röcke.

„Versucht ruhig zu bleiben", wies sie mich an, während sie an meinem Korsett zog und es einmal mehr viel zu fest schließen wollte.

„Ich werde in Ohnmacht fallen", warnte ich also. Meine Hände lagen auf meinem Bauch, pressten das von Stäben durchzogene Gebilde an mich, und ich bemühte mich redlich, nicht bei jedem Ruck den Stand zu verlieren. Mairead mochte zart wirken, war es aber nicht.

„Damit wären unsere Worte belegt, Mistress, allerdings solltet ihr Euch nicht erneut den Kopf anschlagen."

Ihr Unterton bezeugte ihre Belustigung.

„Daran werde ich mich nie gewöhnen." Wie an viele andere Dinge, die hier gang und gäbe waren.

„Sprecht nur, wenn Euch eine Frage gestellt wird, und haltet Eure Antwort nichtssagend." War der nächste Tipp, der von Finlay gegeben wurde, der neben dem Feuer auf dem Hocker saß und sein Schwert schärfte.

„Oh, darin bin ich eine wahre Meisterin." Ich hoffte ernsthaft, er hörte meinen Verdruss. „Was soll ich denn sagen?"

„Bleib bei deiner Geschichte", riet Finlay. Er sah von seiner Scheide auf, und legte seinen nachdenklichen Blick auf mich. „Der Duke ist überzeugt, Ihr wäret eine Gesandte seines Bruders und hier, um seine Familie zu meucheln." Er grinste schief. „Ihr wäret wahrlich der merkwürdigste Meuchelmörder, von dem ich je hörte."

Ich wäre wohl beleidigt gewesen, wenn es nicht so absurd wäre.

„Ein schwaches Weib, das durch jedes Lüftchen so schwer erkrankt, dass sie die göttlichen Heerscharen vernimmt und ständig in Ohnmacht sinkt."

Okay, das war jetzt zu viel.

„Das war Absicht", korrigierte ich ihn scharf. „Nur den Kopf wollte ich mir nicht dabei stoßen, aber wo gehobelt wird fallen halt Späne."

Ich streckte ihm die Zunge raus, was er zum Anlass nahm, zu lachen.

„Aye, meine Füchsin, versucht Euch nicht weiter selbst zu verletzen." Er zwinkerte. Er legte sein Schwert zur Seite, und erhob sich, um sich zu strecken. „Wir sollten uns eilen, meint ihr nicht, Ladys?"

„Aye!", quiekte Mairead und stülpte mir das Kleid über. „Wir sollten nicht säumen." Sie zupfte an der Verschnürung.

„Moment, ich weiß immer noch nicht genau, was ich sagen soll!"

Gut, ich konnte mich an den Fakten entlanghangeln, das hatte ich auch beim Duke getan, aber es machte mich ungewöhnlich nervös, lügen zu müssen.

„Bleibt ruhig“, riet Mairead, als sie mich an der Hüfte herumdrehte. „Nur das ist wichtig. Der Leutnant ist eine einschüchternde Persönlichkeit, aber er weiß nichts.“

„Aye, bhéan, bleibt ruhig, freundlich und weicht aus. Ihr seid ungewöhnlich findig und ich vertraue darauf, dass ihr die Nerven behaltet.“ Er kam auf uns zu, blieb vor uns stehen und hob mein Kinn. Seine Lippen bogen sich zu einem zarten Grinsen. „Ich werde keine Befragung zulassen.“

Das beruhigte mich nicht. Ich schnaubte, mein Kinn befreiend. „Das wird helfen, nicht wahr?“ Ich wollte nicht streiten, nicht so kurz vor einer wichtigen Konfrontation.

„Es ist das Julfest, mo bhéan, der Leutnant wird Euch nicht befragen können.“ Er glaubte es offenkundig. „Ich bleibe den ganzen Abend über in Eurer Nähe.“

Mairead steckte mein Haar fest und drehte mich wieder zu sich. „Euer Halsschmuck ist bezaubernd, aber Ihr solltet auf ihn verzichten und an dessen Stelle lieber ein Fichu tragen.“

Mein Blick richtete sich in meinen Ausschnitt. Er war nicht unbedingt tief, aber man sah durchaus genug von meiner Brust, und die Kette verdeckte es nicht. „Was ist ein Fichu?“

„Nay“, mischte Finlay sich ein. „Sie ist wunderschön, so wie sie ist.“ Er nahm meine Hand und drückte seine Lippen auf die Nägel. „Ich werde mich nicht sattsehen können.“

„Aber ...“, hob Mairead an, ließ es dann aber dabei. „Es ist Zeit.“

Ich atmete tief durch. Ich fühlte mich nicht gewappnet, nicht bereit, aber letztlich konnte ich es weder verhindern, noch länger hinauszögern. Finlay legte sich meine Hand in die Ellenbeuge und führte mich zur Tür, die er aufhielt und Mairead den Vortritt ließ. Das Fest fand, ebenso wie unsere Hochzeit, in der Halle statt, also am Fuße der Treppe. Bereits oben konnte man das Treiben bestaunen und ich hätte nichts dagegen gehabt, einfach hierzubleiben und zuzusehen. Finlay hatte andere Pläne, führte mich langsam die Stufen hinab und dirigierte mich zum Kamin. Der Duke stand, in Gesellschaft seiner Söhne, bereits dort und sah uns entgegen. Ich spürte Rourkes Augen auf mir, wich ihnen aber aus. An schlechten Tagen machte er mir Angst, an jenen Tagen, an denen ich mir einfach zu viele Gedanken machte, zu viele Was-wäre-wenn-Szenarien durchspielte. Dieser Abend – der 24. Dezember und damit Heilig Abend – war mit enormen Befürchtungen verknüpft.

„Wo ist die Dekoration?", flüsterte ich, wobei ich mich zu Finlay neigte. „Wo ist die Tanne? Die Mistelzweige?" Es war erschreckend nüchtern, lediglich die Tische standen bereit, füllten die Halle aus und waren mit Tellern und Kelchen bestückt.

„Wovon sprecht Ihr?"

„Es sieht nicht aus, als wäre es Weihnachten." Eher wie jeder beliebige Tag, nur in größerer Runde.

„Wir feiern offiziell keine Weihnachten."

Es lenkte mich von meinen unterschwelligen Ängsten rund um die Befragung durch den Leutnant ab.

„Aber du sagtest doch ..."

„Es ist verboten."

„Was?" Ein Lachen stieg in mir empor. „Unsinn!"

„Die Kirche betrachtet das Julfest als abtrünnig, deswegen wird es seit guten zweihundert Jahren hier nicht mehr gefeiert."

Verwirrt schüttelte ich den Kopf. „Aber …"

„Offiziell." Er zwinkerte. „Wir sind nur gute Gastgeber und bereiten unseren englischen Gästen eine angenehme Zeit zu einem ihrer wichtigen Feste."

„Quatsch", wisperte ich. Unvorstellbar, dass es keine Weihnachten geben sollte. Wir gelangten beim Duke an. Mairead gesellte sich zu ihrem Gatten, der sie mit einem blassen Lächeln begrüßte.

„Gerade noch rechtzeitig", bellte der Duke, wobei er seinen Ärger auf Finlay konzentrierte. „Der Leutnant wird jeden Moment eintreffen." Sein spitzer Blick legte sich auf mich. „Er wird erfreut sein, Euch wohlauf zu sehen." Eine Warnung schwang in seinen Worten mit, aber vielleicht bildete ich mir das auch nur ein. „Ihr werdet auf Eure Worte achten, nicht wahr?"

„Befürchten Sie, ich könnte meinen Aufenthalt im Kerker erwähnen?"

Die Herausforderung hätte ich mir sparen sollen, denn nicht nur Rourke knirschte mit den Zähnen, auch der Duke konnte seine Mordlust kaum verhehlen.

„Ihr tätet gut daran, Eure Zunge im Zaum zu halten, Lassie", knurrte er.

„Das wird sie", versicherte Finlay schnell. „Seid unbesorgt."

„Sie wird ihren Hals schon zu retten wissen", zischte Rourke gehässig. „Gleich der anderen Hexe, die wir so freundlich in unsere Mitte aufnahmen."

„Schweigt!", bellte der Duke und schlug nach seinem jüngeren Sohn. „Ich will kein Wort mehr von Euch hören!"

Zu weiteren Beleidigungen blieb auch keine Zeit, denn ein Raunen kündigte die Ankunft der Gäste an. Die Menge teilte sich und bildete eine Schneise für Leutnant Carstairs und fünfzehn seiner Männer.

Nervosität ließ meinen Magen schlingern und ich trat in den Hintergrund, was bei den großen Schotten um mich herum nicht schwer zu bewerkstelligen war. Allerdings trug ich wohl eine Signallampe auf dem Kopf, denn die Soldaten strebten direkt auf mich zu.

„Euer Gnaden, ich wünsche Euch eine Frohe Weihnacht und bedanke mich für Eure freundliche Einladung." Carstairs machte eine Verbeugung und grinste in die Runde, bevor er sich voll auf mich konzentrierte. „Lady McInnes, es beruhigt mich zutiefst, Euch wieder auf den Beinen zu sehen", sprach er mich an, nachdem er Mairead knapp begrüßt hatte. Er fischte nach meiner Hand und zog mich aus meiner Deckung.

„Ich hoffe auf Euch als meine Tischdame."

Lieber nicht, aber ich verkniff mir den Widerspruch und lächelte stattdessen zittrig. „Leutnant." Meine Finger ließen sich erst befreien, als Finlay einschritt.

„Sir, meine Gattin ist noch nicht zur Gänze genesen und wird meine Tischdame sein. Sicher werdet Ihr Lady Maireads Gesellschaft ebenfalls genießen."

„Oh, nein." Er richtete sich an den Duke. „Ich bestehe darauf, Lady McInnes an meiner Seite zu haben." Ein stummer Machtkampf entspann sich zwischen den beiden Männern, an dessen Ende der Duke mit einer vorranggebenden Geste nachgab.

„Mylady." Der Leutnant wiederholte den Wink für mich und deutete mir an, zum Tisch zu gehen. Da ich nicht wusste, welcher Platz für mich gedacht war, blieb ich, wo ich war.

„Seid unbesorgt, Mylady, Euch wird kein Unheil widerfahren, solange ich in Eurer Nähe bin."

Verdruss krallte sich in meinen Magen. Seine Attitüde war einfach ekelhaft in seiner gewollten Großzügigkeit.

Finlay schritt ein. Er zog mich mit zum Tisch und stellte mir den Stuhl zurecht.

Der Leutnant folgte uns. Er schlug die langen Enden seiner Uniformjacke – im Pinguinstil – zurück, bevor er sich setzte, und zog sie dann vorn gerade, bevor er sich mir zuwandte.

„Es erleichtert mich, Euch endlich sprechen zu können."

„Meine Gesundheit ist nicht die Beste", murmelte ich. Ein Mädchen füllte die Kelche vor uns mit Wein, und ich griff schnell nach meinem, um mich dahinter zu verstecken. Finlays Hand ruhte auf meinem Knie, als solle sie mir zusätzliche Sicherheit geben. Nun, zumindest war ich mir gewiss, nicht allein zu sein, und das war beruhigend.

„So hörte ich, allerdings fragte ich mich, ob Eure Unpässlichkeit nicht an dieser freudlosen Umgebung liegen mag. An der Gesellschaft unzivilisierter Barbaren."

Finlays Hand schloss sich. Der leichte Schmerz, den es verursachte, stachelte mich an.

„Sie sprechen von den Einheimischen?" Zu herausfordernd, das wurde mir umgehend bewusst, denn in seine Augen schlich sich eine ungemütliche Härte.

„So ist es. Ein Jammer, dass es Gegenden wie diese im Königreich gibt."

„Hm. Vermutlich haben Sie recht." Wobei in meiner Zeit der Charme Schottlands genau darin lag. Nicht in den unzivilisierten Barbaren, die sicherlich keine waren, sondern in seiner Rauheit, seiner Urtümlichkeit in unmittelbarer Nähe zur Moderne.

„Nun, Mylady, was verschlug Euch in dieses harsche Niemandsland?"

Tacheles. Langsam entwickelte ich Verständnis für all jene, die mit meiner Art Probleme hatten. Es konnte erschlagend wirken, immer direkt konfrontiert zu werden. Ich schluckte mein Unbehagen hinunter.

„Ein Unglück." Was genau sollte ich sagen? Ich wünschte, Finlay hätte mir mehr Einzelheiten gegeben, als bei meiner Geschichte zu bleiben. „Ich muss gestehen, dass mir Einzelheiten fehlen. Ich war auf Reisen, soweit entsinne ich mich, dann wurde ich von Finlay aus dem Wasser gefischt." Soweit war es die Wahrheit.

„McInnes? Wann fand dieses Ereignis statt?"

Da brauchte ich nicht lügen. „Ich weiß es nicht." Zwar hatte Finlay mir ein Datum genannt, aber ich fand es sinnvoll, es nicht zu genau zu fassen, wenn ich gleichzeitig behauptete, mich an nichts erinnern zu können.

Der Leutnant verkniff die Miene. „Dessen seid Ihr Euch sicher?"

„Nun, wie ich bereits anmerkte, ist meine Gesundheit nicht die Beste."

„Hm." Die anhaltende Stille beunruhigte mich, da er nicht aufhörte mich anzustarren. Als er endlich weitersprach, machte er es aber nicht besser. „Erzählt mir von Euch."

Natürlich konnte ich die Nacht durchquasseln und es gab auch genügend, was über mich berichtet werden konnte, aber alles in mir weigerte sich, zu gehorchen.

„Ich bin Katharina Hagedorn und komme aus dem Vest. Das liegt in Deutschland nahe den Niederlanden und die größeren Städte in der Nähe wären Dortmund, Münster und Köln." Ich zuckte die Achseln. „Ich weiß nicht, was ich sonst über mich berichten könnte."

„Ich hoffte, Euch Hannover zuschreiben zu können", platzte er heraus, wobei es nicht unfreiwillig wirkte.

Ich schüttelte den Kopf. „Tut mir leid."

„Euer Vater, hat er Verbindungen zum Königshaus?"

Wieder schüttelte ich den Kopf. „Er ist Handwerker. Unser Dorf ist klein und unbedeutend." Mir kam eine Idee, die auf eine uralte Heimatkundelektion aus meiner Grundschule herrührte. „Wir gehören zum Rittergut Schierling."

„Ist dem so?", grummelte er und nahm endlich den scharfen Blick von mir, um sich in der Halle umzusehen. Die anderen hatten sich ebenfalls gesetzt und die Dienerschaft begann, das Essen in die Halle zu bringen.

„Und nun befindet Ihr Euch in einem Schloss mitten in der Wildnis."

„Ja." Mein Kelch hatte sich wie von Geisterhand gelehrt und ich war gezwungen ihn abzustellen, um nicht wie eine Närrin dazustehen.

„Man sagt, Gottes Wege seien unergründlich."

Wollte er mir jetzt religiös kommen?

„Dennoch frage ich mich, warum Er Euch in die Wildnis schickt. Zu welchem Zweck? Was mag Er sich dabei gedacht haben?"

Ich hatte nicht vor, mich in theologische Gespräche zu verstricken, zumal sie mir hier vermutlich das Genick brechen würden. Anzumerken, dass ich Gott für ein Konstrukt der Menschen hielt, das große Ganze besser verstehen zu können, und nicht als unseren Vater, Schöpfer oder Beschützer, war hundertprozentig Ketzerei.

Carstairs drehte seinen Pokal in den langen, sehnigen Fingern und lächelte abwesend. Keine Frage, er war von seinen Gedanken höchst angetan. Finlays Griff lockerte sich, und er rieb sacht über mein Bein.

Der Leutnant bediente sich von den angebotenen Speisen und wollte auch mir auftischen, aber Finlay war schneller gewesen. Nach einigen Bissen, die von Dudelsackklängen begleitet wurden, richtete der Soldat seine Aufmerksamkeit wieder auf mich.

„Mit welchem Schiff wart Ihr unterwegs und zu welchem Zweck?"

„Bitte?" Ich hatte fälschlicherweise angenommen aus dem Schneider zu sein. Ein Schaudern überkam mich, weshalb ich die Schultern hochzog.

„Eure Reise, welchen Zweck hatte sie?"

Meine Zähne schlugen aufeinander. „Auswandern." Es war das Erste, was mir einfiel. „Wir wollten ..." Ich haderte, aber es gab doch unendlich viele Orte, zu denen man in dieser Zeit auswandern konnte. Nur wie wurden sie bezeichnet? Gab es die USA schon? Gegründet irgendetwas mit 1700, aber sicher war ich mir nicht. „... nach Übersee."

„Soso."

„Die Kolonien." Davon musste es doch noch welche geben. Australien? Nein warte, da war doch etwas mit

Australien, nur was? „Amerika. In den Westen.“ Das „wilde“ sparte ich mir, weil ich mir nicht sicher war, für welche Epoche die Bezeichnung galt. Hätte ich mal im Geschichtsunterricht aufgepasst!

„Mit Eurer Familie?“

„Ja.“ Zu schnell, ich wusste es. Mit einem Lächeln kaschierte ich meine Unsicherheit und Zweifel. „Ich muss gestehen, dass ich nicht aufgepasst habe, wenn meine Eltern von der Reise sprachen. Es war nicht von Bedeutung.“

„Eure Eltern? Ihr reistet mit Euren Eltern, nicht mit Eurem Gemahl?“

Natürlich. Ich sparte mir meinen Verdruss.

„So ist es. Ich habe keinen der Anträge annehmen wollen, und war daher noch ungebunden, als meine Familie beschloss, ihr Land zu verlassen.“ Nicht, dass ich je gebeten worden wäre, jemanden zu heiraten, bevor ich hier landete, aber vermutlich war es in dieser Zeit kein Aushängeschild.

„Euer Vater muss ein sehr verständiger Mann gewesen sein.“

„Oh, ja.“ Mein Lächeln wurde anstrengend. „Er schätzte meine Gesellschaft.“

„Hagedorn.“

„Genau.“

„Hm.“

Die längere Pause ließ mich hoffen. Vorsichtig nahm ich meine Gabel auf, und stopfte mir Kartoffeln in den Mund.

„Ihr wart mit Euren Eltern auf dem Weg in die Kolonien, stammt aus einer Gegend, die dem Gut Schierling zugeschrieben ist, und habt keinerlei Verbindungen zum Königshaus oder irgendjemanden hier?", fasste Carstairs zusammen. Ich verschluckte mich und hustete in meine Serviette.

„Verzeiht", krächzte ich, sobald ich mich gefangen hatte. Er wiederholte sich.

„Katharina ist mein Weib", mischte Finlay sich ein. „Es besteht demnach eine Verbindung zu den Familien McInnes und McDermitts."

„So ist es wohl", murmelte Carstairs angespannt. „Ich frage mich jedoch, wie diese Ehe zustande kam."

„Auf die althergebrachte Weise, Leutnant Carstairs. Ich bat Lady Katharina um ihre Hand und sie schenkte mir ihr Herz."

Ich verschluckte mich erneut und bellte los. Finlay klopfte leicht auf meinen Rücken.

„A ghràidh? Ihr scheint Euch erneut unwohl zu fühlen. Ich sollte Euch nach oben geleiten."

Da ich rot angelaufen war und es mir einfach nicht gelang, das Husten einzustellen, nickte ich und kam schnell auf die Füße. Finlays Griff an meinem Ellenbogen stabilisierte mich. Der Soldat verstellte uns den Weg.

„Ich habe noch Fragen an die Lady."

„Die warten müssen, bis sich meine Gattin hinreichend erholt hat." Finlay wollte an ihm vorbei, aber er war nicht bereit, sich abhängen zu lassen.

„Mylady, wenn es etwas gibt, was Euch beunruhigt, sprecht es aus."

Was für ein Witzbold, schließlich hustete ich noch immer. Finlay schob mich die Stufen hinauf.

„Nichts“, keuchte ich, um ihn abzuwimmeln, wurde aber nicht verstanden. Erst an der Tür zu unserer Kammer gab er endlich auf.

Finlay platzierte mich auf dem Bett, wo ich kraftlos zusammensank. Es kratzte noch immer in meinem Hals, wodurch ich dem Reiz nachgeben musste. Finlay half mir hoch und hielt mir einen Kelch mit kühlem Wasser an die Lippen. Es machte es besser, trotzdem brauchte ich weitere Minuten, um zu Atem zu kommen.

Währenddessen kuschelte ich mich an ihn und schloss die Augen.

„Oh, Mann“, stöhnte ich schließlich. „Zu Weihnachten erstickt an einer Kartoffel, ein nettes Ende!“

Zumindest amüsierte es Finlay, denn er lachte leise.

„Aye. Allerdings zöge ich es vor, Ihr sähet davon ab, zu ersticken. Woran auch immer.“

„Kann ich nicht versprechen.“ Ich behielt für mich, dass Korsetts nicht hilfreich dabei waren, wieder zu Atem zu kommen.

Er drehte mich und legte mich auf der Matratze ab, um sich über mich zu beugen. Er legte die Hand an meine Wange und streichelte sie sacht. „Wie viele Anträge waren es?“ Seine braunen Augen funkelten belustigt. „Ich fühle mich überaus geschmeichelt, dass ich Euch für mich gewinnen konnte.“

Idiot! „Gar keiner! Und damit wir uns richtig verstehen, wenn ich nicht in einer so schrecklichen Lage gewesen wäre ...“ Sein Grinsen wackelte nicht einmal.

„Finlay ...“ Meine Stimme brach. Ich sollte darauf hinweisen, dass ich immer noch in meine Zeit zurück

wollte und dass sich zwischen uns nichts geändert
hatte, aber ich brachte es einfach nicht hervor.

14. Feste soll man feiern, wie sie fallen

Es war ein Katz-und-Maus-Spiel, das sich in den Tagen zwischen Weihnachten und Neujahr entwickelte, und ich schaffte es nicht immer, dem Leutnant auszuweichen, so sehr ich mich auch bemühte. Ich lernte Dunvegan kennen, fand dutzende Schleichwege und doch ließ es sich nicht vermeiden, in die Gesellschaft des Leutnants zu geraten.

„Mylady!"

Leider war weglaufen keine Option, schon gar nicht, wenn es keine wirkliche Deckung für mich gab. Ich sollte Mairead im Salon treffen und war einen langen Umweg gelaufen, um die Halle zu meiden, und damit einen der möglichen Orte, an denen sich die Soldaten aufhielten, neben dem hinteren Turm, dem Lager vor den Toren und dem Innenhof. Leider war meine Vorsicht umsonst gewesen.

Ich stoppte, drehte mich langsam herum und zwang ein Lächeln auf meine Lippen.

„Leutnant Carstairs, Guten Tag."

Er schloss zu mir auf, nahm meine Hand und zog sie an den Mund. Diese Geste ging mir gehörig auf den Keks, aber selbst demonstrativ die Hand zu verstecken, hinderte ihn nicht daran, sie auszuführen.

„Es ist ungemein schwierig, Euch allein anzutreffen.“

Er hatte es also bemerkt. „So sollte es auch sein, nicht wahr? Lady Mairead wird nicht müde mir einzubläuen, dass es sich für eine Lady nicht schickt, die Gesellschaft von Herren zu suchen.“

Tatsächlich wurde sie nicht müde, mir Vorhaltungen zu machen und erinnerte mich damit immer mehr an meine Schwester.

„So ist es wohl. Es ist nicht ungefährlich, besonders in dieser Gegend.“

„In Burgen allgemein oder sprechen Sie von Dunvegan im Besonderen?“ Natürlich wusste ich, dass er Schottland meinte, aber es ärgerte mich, dass ich mich hatte einfangen lassen, und mich nun seinen Diskriminierungen und Fragen aussetzen musste.

„Dunvegan.“ Er legte meine Hand auf seinen Arm. „Wohin führt Euch Euer Weg?“

„In den Salon. Leider verlief ich mich.“

„Ihr seid tatsächlich fernab des Weges.“ Er grinste und drehte mich in die Richtung, aus der ich gekommen war. „Ich geleite Euch.“

Na herrlich.

„McInnes verweigerte mir ein weiteres Gespräch mit Euch.“

„Ich bin tatsächlich häufig nicht in der Lage, Fragen zu beantworten. Meine Gesundheit ist sehr angegriffen und ...“

„So hörte ich“, unterbrach er mich knapp. „Umso erfreuter bin ich, Euch nun anzutreffen, auf eigenen Füßen und ansprechbar.“

„Lediglich für einige Stunden am Tag.“

„Ist dem so? Ich frage mich ...“

Ich seufzte innerlich.

„Ob Ihr tatsächlich unpässlich seid oder vor mir versteckt gehalten werdet."

„Wie kommen Sie auf die Idee?"

Es war ein langer Weg, und ich fürchtete, dass er Fragen stellen könnte, auf die ich keine Antwort hatte, also spielte ich auf Ablenkung.

„Ich habe selten eine so kränkliche Person erlebt, wie Ihr es zu sein scheint."

„Ich bin kürzlich nur knapp mit dem Leben davongekommen."

„Ihr sprecht von Eurem Schiffsunglück. Das Thema ist auch für mich von höchstem Interesse." Er tätschelte meine Hand, die auf seinem Arm lag. „Wie lang befindet Ihr Euch nun hier?"

Ich starrte auf den Boden vor meinen Füßen. „Ich bin mir nicht sicher."

„Mylady, ich bitte Euch, Ihr könnt nicht so krank gewesen sein, dass Euch die Zeit nicht aufgefallen wäre, die verstrich", tadelte er. Sein Arm presste sich an seinen Körper, wodurch er meine Hand gefangen hielt.

„Monate", murmelte ich, gezwungen etwas zu sagen. „Ich denke, es waren mindestens zwei Monate, aber es könnten auch drei oder sechs gewesen sein." Zu genau wollte ich mich nicht festlegen.

„Das Schiff, mit dem Ihr unterwegs wart, welchen Namen trug es?"

„Hm." Nachdenklich verzog ich die Miene, natürlich nur zur Schau, während ich auf Zeit spielte. Der Leutnant wurde mit jedem Schritt ungeduldiger.

„Gab es vielleicht einen Zielhafen? Einen Zwischen-
stopp in Southampton?", hakte er nach. „Von wo seid
Ihr gestartet."

„Von Zuhause natürlich." Ah, endlich eine Spur
Wahrheit, die ich der Geschichte hinzufügen konnte!
„Recklinghausen."

Ich warf ihm einen Blick zu, sicher, dass er die Antwort nicht hilfreich fand und tatsächlich verkniff sich
sein Mund.

„Wo gingt Ihr an Bord?"

Wäre Düsseldorf eine mögliche Antwort? Dieses Spiel
war mir bei Weitem zu anstrengend, also zuckte ich die
Achseln. „Es war eine lange Reise." Hauptsächlich, weil
man aus Recklinghausen kaum wegkam.

„Mylady", murrte er. „Ihr müsst doch wissen, welche
Stationen Eure Reise hatte."

Wenn wir davon ausgingen, den Rhein entlangzufah-
ren, welche Stationen gab es da? Oder wäre Hamburg
ein sinnvollerer Ausgangspunkt, zumindest in dieser
Zeit.

„Oh, natürlich. Wir waren ..." Eine Entscheidung
stand an. „Hamburg. Dort gingen wir an Bord des Segel-
schiffs." Das klang zumindest vernünftig. Ich atmete
tief ein, und verlor einen guten Teil meiner Anspannung.

„Wie lange wart Ihr an Bord?"

Eine gute Frage, wie lange segelte man wohl von
Hamburg nach ... tja, wohin? Da ich keine Ahnung
hatte, welche Häfen hier infrage kämen, versuchte ich
erneut, auszuweichen.

„Oh, es ging mir nicht gut. Ich verbrachte die meiste
Zeit unter Deck in Gesellschaft eines Kübels. Es kam

mir endlos vor. Eine Woche? Ich weiß es wirklich nicht."

Sein Blick sprach von seiner Irritation. Hatte ich es mit der Reisezeit zu hoch gegriffen?

„Ich habe geschlafen."

„So?"

„Es schaukelte schrecklich, und mir war stets unwohl."

„Gab es einen Sturm?"

„Ja", griff ich schnell auf. „Ich glaube, es regnete." Ich schüttelte den Kopf. „Es tut mir leid, ich entsinne mich nicht."

Daran knabberte er einen Moment. Wir erreichten den rechten Wehrturm und nahmen die Stufen, dazu ließ er mir den Vortritt.

Es war nicht mehr weit zum Salon, und ich tänzelte bereits in die Richtung. Ein paar Meter noch und er musste seine Befragung abbrechen. Mairead wusste sicherlich, wie man ihn ablenken konnte und zur Not musste meine Gesundheit wieder daran glauben.

„Also gut", murmelte Carstairs abwesend. „Die andere Sache, für die ich mich interessiere ..." Er blieb stehen und zwang mich ebenfalls innezuhalten. „Warum nahmt Ihr Euch einen Schotten zum Mann?"

Mir klappte der Mund auf, einen Moment lang um die passenden Worte verlegen. Was konnte ich dazu sagen? Weil ich ihn liebte? Klang irgendwie niederschmetternd. Ich schwankte, legte mir die Hand auf den Bauch, weil sich eine gewisse Übelkeit in mir regte. Es wäre schrecklich, wenn es auch noch wahr wäre, wenn ich mich in ihn verliebt hatte. Ich schluckte die

Galle wieder hinunter und versuchte es weit von mir zu weisen.

„Ich musste", krächzte ich, mich von dem Leutnant befreiend und gegen die Wand torkelnd. „Hören Sie auf damit. Hören Sie auf, mich zu verfolgen." Ich stolperte von ihm fort. „Lassen Sie mich einfach in Ruhe." Der Salon war nur noch wenige Meter entfernt, aber er fühlte sich nicht mehr nach einem sicheren Hort an. Mairead war dort, sie würde mich mit Lektionen überhäufen und ich war nicht in der Verfassung, mich auf irgendetwas zu konzentrieren.

„Mylady?" Carstairs umfasste fest meinen Ellenbogen.

„Nicht. Sie bringen mich ..."

„Besser in Ihre Kammer", beendete er meinen Satz. Er wollte mich hochnehmen, legte bereits den Arm um meine Mitte, aber das war wirklich das Letzte, was ich wollte. Aufschreiend schubste ich ihn weg.

„Lassen Sie mich!" Die Tür zum Salon ging auf und Finlay stürmte hervor. Mairead folgte ihm auf dem Fuße, blieb aber im Rahmen stehen und schlug sich die Hand vor den Mund.

„Daingead, was geht hier vor?", brüllte Finlay und stürmte auf uns zu. Er schubste den Leutnant, riss mich an sich und erdrückte mich fast an seiner Brust. „Haltet Euch fern von meinem Weib!"

„Mir ist schwindlig." Ich schlug meine Nägel in seine Seite, um mir Gehör zu verschaffen. „Finlay."

Er hob mich auf, warnte Carstairs noch einmal, mir nicht mehr zu nahe zu kommen, bevor er losstampfte. Ich lag eng an seiner Brust, was mir nicht den Abstand erlaubte, den ich brauchte. Tränen brannten in meinen

Augen. Der Weg zur Kammer war erschreckend kurz. Ich wurde abgelegt, noch bevor ich mich gefasst hatte, wodurch Finlay meine Tränen zu sehen bekam.

„Daingead, Prinzessin, was hat er Euch angetan?"

„Ich will nach Hause", krächzte ich und rollte mich zur Seite. Er zog die Hand wieder zurück, mit der er meine Schulter berührt hatte. Mein Herzschlag setzte aus.

Sollte er mir nicht versichern, dass er alles dafür tat, mir diesen Wunsch zu erfüllen? Erwartete ich zu viel?

„Wie lange muss ich noch warten?", fragte ich und erhielt keine Antwort. Also drehte ich mich, um ihn ansehen zu können. Ewig. Es stand in seiner Miene.

„Du versprachst, mich nach Hause zu bringen." Hatte er gelogen oder geglaubt, ich würde meine Meinung ändern? Ich hätte ihm früher sagen müssen, dass sich nie etwas ändern würde.

„Ich kann hier nicht leben, Finlay."

„Im neuen Jahr können wir Dunvegan verlassen, es wird euch auf Mull gefallen, ich verspreche es Euch."

Ich schüttelte den Kopf, mehr war nicht möglich, da mein Hals sich zuzog. Ich konnte nicht, warum verstand er es nicht?

„Meine Familie wird Euch freundlich aufnehmen, mein Bruder und ..."

„Hast du mich angelogen? Hattest du jemals vor, mir zu helfen nach Hause zu kommen?" Es war fast unmöglich, es verständlich hervorzubringen.

„Ich habe es versucht."

Ihn anzusehen genügte.

„Katharina, ich habe alles mir Mögliche unternommen, um einen Weg zu finden, dich zurückzuschicken."

Tränen brannten sich in meine Pupillen.

„Ich habe mir jede Geschichte angehört, die es zu den Fairy Pools gibt, alte Sagen, Mythen, alles, was es über Feen zu hören gibt. Selbst über den Fairy Glen und andere Orte, die als magisch oder heilig bei den Alten angesehen werden. Nichts! Nie wurde von jemand berichtet, der durch die Zeit fiel, egal in welche Richtung."

Zögerlich streckte er die Hand nach mir aus, und ergriff meine.

„Es ist, wie es ist, Katharina. Ihr seid hier, Ihr seid mein Weib. Nehmt Euer Schicksal an." Es klang fast wie eine Bitte und trieb mir damit bittere Tränen in die Augen.

„Ich glaube nicht an Schicksal", krächzte ich. „Und ich akzeptiere nicht, dass ich ..."

Meine Familie nie wiedersah? Meine Mutter poppte vor meinem geistigen Auge auf. Ich sah sie vielleicht zwei Mal im Jahr und telefonierte nur mit ihr, wenn es sich absolut nicht vermeiden ließ. Unsere Bindung war nicht sonderlich eng. Und Vanessa? Manchmal hatte ich sie gehasst und gewünscht, sie würde einfach verschwinden, weil sie sich immer in mein Leben einmischte. Jetzt war sie weg.

Eine Gänsehaut zog sich schmerzhaft über meinen Körper.

Ich hatte ein paar Freundinnen, die aber austauschbar waren. Ich richtete meinen Freundeskreis immer nach den Gegebenheiten aus. Neuer Partner, neue Freunde. Neuer Wohnsitz, neue Bekannte. Neuer Lebensabschnitt ...

Vermisste ich einen von ihnen?

Mein Schluchzen hallte in meinen Ohren wider.

Oh, je. Hatte ich irgendeine Bindung, an irgendjemanden? Die harsche Wahrheit war wohl, dass ich ein egozentrischer Egoist war. Mich interessierte nichts und niemand, außer mir selbst.

Finlay rutschte zu mir ins Bett und schlang die Arme fest um mich.

„Es tut mir leid", wisperte er in mein Haar, während ich mich der bitteren Wahrheit stellte: Da ich keine Bindung zu irgendwem hatte, galt es auch anders herum und niemand würde mich vermissen.

„Katharina, ich wünschte ..." Was er sich wünschte, blieb sein Geheimnis. Er wiegte mich, tröstete mich mit einem Schwall unverständlicher Worte, bis ich erschöpft vom Weinen einnickte.

***

„Seht!", lachte Mairead am Morgen des letzten Tages im Jahr und deutete quer über den Hof. Wir waren auf dem Weg zur Kapelle, um Kerzen zu entzünden, und mussten den Soldaten ausweichen, die sich dort tummelten. Es hatte zu schneien angefangen, wodurch noch mehr Soldaten in der Burg einquartiert werden mussten. Zwar nächtigten die meisten nun im Stall, aber das bedeutete auch, dass sich im Hof ebenso viele Engländer wie Schotten aufhielten. Die Spannung war zu spüren, auch wenn zumindest der heimische Teil mit Vorbereitungen für das Neujahrsfest beschäftigt war.

Maireads ausgestreckter Finger deutete nicht auf Rotröcke, sondern auf Schottenröcke. Sie kicherte, hängte sich bei mir ein und änderte unsere Laufrichtung.

Es fiel mir nicht schwer, die Farben zu erkennen, und ich konnte mit Sicherheit sagen, dass Finlay einer der Raufbolde war, der zweite erwies sich wider Erwarten als Padraig. Sie schlugen aufeinander ein, was mich zunächst erschreckte. Beim Näherkommen wurde es aber offensichtlich, dass es sich um ein Sparring handelte und nicht um einen echten Kampf. Beide feuerten sich an und lachten. Männer!

Es war Padraig, der uns zuerst bemerkte und sich ablenken ließ, wodurch ihn Finlays Rechte mit voller Wucht traf und ihn umhaute. Mairead schrie auf, und ließ mich stehen. Mit fliegenden Röcken warf sie sich neben ihren Gatten zu Boden und beugte sich über ihn.

„Padraig, a ghràidh, habt Ihr Euch verletzt?"

Finlay wischte sich Blut von der Lippe, grinste dabei breit und kam mir entgegen. „A ghràidh." Er begnügte sich damit, nach meiner Hand zu fischen und sie zu drücken. „Seid Ihr für Hogsmanay gewappnet?"

„Muss man sich da wappnen?" Neujahr war schließlich kein richtiges Fest, also erwartete ich nichts weiter als das übliche Trinkgelage.

„Aye!" Er zwinkerte mir zu. „Habt Vertrauen, ich werde Euch unbeschadet durch die Nacht geleiten."

Vertrauen. Ich verdrehte die Augen, ließ es aber unkommentiert.

„Ich bedaure nur ..." Er beugte sich vor, um mir den Rest ins Ohr zu flüstern. „Dass wir nicht zeitig ins Bett kommen werden."

„Das liegt ja an dir." Obwohl ich noch nie eine Neujahresparty hatte sausen lassen, hätte ich nichts dagegen, die kommende Nacht allein mit Finlay zu verbringen.

„Mo bhéan, führt mich nicht in Versuchung."

„Könnte ich das denn?", lockte ich grinsend.

„Aye", grollte er, schnappte nach mir und drückte mich an sich, um mir einen langen Kuss zu stehlen. Mitten auf dem überfüllten Hof unter den Augen dutzender Engländer. Sicher kam ich nicht unbehelligt zurück in meine Kammer.

„Schämt Euch!", murrte Mairead und zerrte an meinem Ärmel. „Lord Finlay, so lasst ab! Am helllichten Tag! Schämt Euch."

„Verzeiht", murrte Finlay, als er mich unwillig losließ. „Ihr werdet Eure Aufgaben haben. Ich erwarte Euch dann ..."

„Aye." Ein Bad stand an, und obwohl ich es lächerlich fand, hatte er mich gebeten, ihm dabei zu helfen. Der Vorteil war für mich offensichtlich. Schließlich hätten wir noch etwas Zeit für uns, bevor die Feierlichkeit stattfinden sollte.

Finlay nickte mir zu, entschuldigte sich für sein Verhalten bei Mairead und platzierte dem feixenden Cousin eine angedeutete Faust in den Magen.

Mairead zog mich weiter. „Dieser schamlose Kerl!"

„Finlay? Es war nur ein Kuss."

„Katharina, wie oft muss ich Euch erklären, dass eine Lady absolute Schicklichkeit an den Tag legen muss?"

Jedenfalls nicht noch einmal. „Ein Kuss, Mairead, und bitte, gönnt mir etwas Ruhe!"

Ich hielt ihr die Tür auf und schloss sie hinter uns wieder. Die Kapelle war nicht mehr als eine Nische mit einem Altar und einem Kreuz geschmückt mit unzähligen Kerzen.

Mairead entzündete weitere und quetschte sie zu den bereits brennenden. Mich hielten eher die Fenster gefangen, denn anders als in meiner Kammer waren sie hier verglast und zeigten bunte Abbilder der biblischen Geschichte. Kunstvoll.

„Hat eure Kammer Glasfenster?"

Mairead sah irritiert zu mir zurück. „Aye, selbstverständlich."

Ich hatte auch andere Räume gesehen, die verglast waren. Der Speiseraum, die Bibliothek, sogar die Küche hatte keine offenen Löcher als Guckloch. „Warum ist meine Kammer ..."

Ich bemerkte, wie Mairead errötete und stockte. Es gab demnach einen Grund.

„Also?"

„Oh, es ist sicher nur ein Zufall."

„Mairead, du bist eine schreckliche Lügnerin. Warum ist das Fenster zu meiner Kammer nicht verglast?"

„Es ist Finlays Kammer." Sie zuckte mit den Achseln.

„Und?"

„Der Duke ist der Meinung, er bräuchte kein Zimmer mit Glasfenster." Sie konnte mir nicht in die Augen sehen, hantierte mit abgebrannten Kerzenstummeln und eierte dabei verdächtig herum. Es war zwecklos. Zwar konnte man an Informationen gelangen, wenn man Mairead keinen Ausweg ließ, aber es war ein endloses Spiel und den Aufwand meist nicht wert.

„Schön. Sind wir hier fertig?"

„Wollt Ihr keine Kerzen entzünden?"

„Wozu?"

Ihre Augen weiteten sich. „Habt ihr denn keine Wünsche?" Sie griff nach meiner Hand. „Kommt, wünscht Euch ein gesundes, fruchtbares Jahr siebzehnhundertsiebenundvierzig." Sie drückte mir eine Kerze in die Hand. „Wir in Nairn lassen die Kerzen auf die See hinaustreiben, aber Padraig hält es für keine gute Idee." Sie seufzte gedehnt. „Ich hoffe so, dass es meinen Leuten gut geht."

Die Kerze entzündete ich nur, um ihr nicht noch mehr Kummer zu machen, nicht, weil ich mir tatsächlich etwas wünschen wollte. Wer hörte schon, was sich all die Leute hier gewünscht hatten? Wer setzte es schon um? Gott? Das Universum? Sicher nicht.

„Es wird ihnen gut gehen", versicherte ich dennoch. Ihr und mir. Sie hatten es nun sicher hinter sich. Fast drei Monate nach meinem Verschwinden hatte sich das Leben all jener, die mich gekannt hatten, sicher normalisiert und niemand vermisste mich sonderlich. Meine Mutter hatte ein weiteres Thema, worüber sie lamentieren konnte, Vanessa konnte immer wieder darauf hinweisen, dass sie mich stets gewarnt hatte, dass es mal so kommen würde. Tränen brannten in meinen Augen. Es ging ihnen besser ohne mich.

„So hoffe ich!" Sie seufzte erneut. „Kommt, es gibt noch viel zu tun."

Allerdings erfüllte sich meine Prophezeiung. Kaum hatten wir die Kapelle verlassen, stießen wir auf Leutnant Carstairs. Er zog seinen Hut, deutete eine Verbeugung an und grüßte. „Myladys, ihr Anblick erhellt mir den Tag."

„Leutnant Carstairs, guten Tag." Ich sparte mir die Worte.

„Die Damen, darf ich mein Geleit anbieten?" Er wartete nicht auf eine Antwort, setzte sie viel mehr voraus und fischte bereits nach der Hand meiner Begleitung. Mairead lächelte huldvoll.

„Wie charmant", klang aber distanziert. Beeindruckend.

Mir fiel es bedeutend schwerer, gute Miene zu machen, als er sich mir zuwandte und den Ellenbogen ausstreckte. Eine Geste, die ich mittlerweile gut kannte, aber nicht liebgewinnen konnte. Widerwillig legte ich meine Hand in die Beuge und ließ zu, dass er mich mit sich zog. Bei Mairead sah es wesentlich graziöser aus, wie sie auf der anderen Seite neben dem Leutnant her flanierte. Aber sie wirkte immer wesentlich nobler, als ich mich fühlte. Als ich war. Ich nahm die Schultern zurück, um aufrecht zu laufen und hob das Kinn. Der Boden war matschig, schließlich schneite es seit Tagen immer mal wieder, und auf dem Hof war stets reger Verkehr.

„Diese andauernde Kälte ist wahrlich nervenaufreibend."

„Oh, aber Leutnant, es herrschen noch recht milde Temperaturen!"

Tatsächlich stimmte ich mit ihr überein. Es war kalt, aber es war schließlich Winter und bisher war es nicht kälter oder unangenehmer, als ich es gewohnt war – abgesehen natürlich davon, dass mir moderne Heizsysteme fehlten. Und Funktionskleidung. Hosen. Mein Seufzen wurde fehlinterpretiert.

„Lady McInnes stimmt mit mir überein."

Wieder behielt ich meine Gedanken für mich, auch wenn es in mir bohrte, ihm zu widersprechen. Ich wollte mich nicht mit ihm unterhalten, denn wann immer wir auch nur kurz aufeinandertrafen, bombierte er mich mit Fragen.

„Wie sind die Winter in Recklinghausen?"

„Kalt."

„Viel Schnee?"

„Hin und wieder."

„Dann fühlt Ihr Euch hier wohl?"

„Aye." Der Ausdruck rutschte mir über die Lippen, ohne dass es mir bewusst war. Erst die Reaktion des Leutnants: Er stockte und wandte sich mir mit einem Ausdruck in der Miene zu, der mich warnte.

„Sie passen sich an."

Zögerlich sah ich zu ihm auf, nicht sicher, wie ich mich am besten rausredete. Ich wollte keine Konfrontation, sollte sie auch vermeiden, ganz gleich wer mein Opponent war, und davon gab es hier genug. Ich fühlte mich ununterbrochen beobachtet, und von allen Seiten kritisch beäugt.

Selbst in diesem Moment war ich mir sicher, dass Rourke irgendwo lauerte und sich irgendeine Geschichte zusammenreimte, die mich in möglichst schlechtem Licht präsentierte.

„Ich fürchte, es ist wie mit schlechten Gewohnheiten, man übernimmt sie, wenn man ihnen ständig ausgesetzt wird." Ich beglückwünschte mich für meine Dummheit, dies war sicher die falsche Antwort. Mairead bestätigte meinen Verdacht durch ihr unterdrücktes Keuchen.

„Die Sprache ...“ Ich räusperte mich. „... des Landes, in dem man sich aufhält, sollte man zumindest rudimentär verstehen können.“

Der Leutnant lachte scharf auf. „Das Gegrunze wollt Ihr erlernen? Wozu?“

„Wie gesagt, ich möchte mich verständigen können.“ Ablenken, nur wie? „Sprachen interessieren mich. Neben Englisch und Deutsch spreche ich noch Französisch und Latein.“ Das war der falsche Weg, denn anstatt sein Interesse zu zerstreuen, bündelte ich es noch.

„Mylady, Ihr seid wahrlich außergewöhnlich. Liegt es an der preußischen Erziehung?“

„Eher an der Erziehung im Hause Hagedorn.“ Schließlich hatte mich Vanessa ständig unter Druck gesetzt, zu lernen und jedes Angebot weiterzukommen anzunehmen, etwas aus mir zu machen.

„Euer Vater muss ein sehr ... aufgeschlossener Mann sein.“

„Er ist dieser Zeit definitiv voraus“, murrte ich, schließlich war mir bewusst, wie die Bildung von Frauen in diesem Jahrhundert gesehen wurde – zumal Mairead nicht müde wurde, mir von der passenden Erziehung einer Lady vorzubeten. Einzig Französisch fand sich auf meinem Lehrplan wieder. Schauderhaft.

„Offenbar. Ein Jammer, dass er verloren ging.“

Mein Seufzen war abgrundtief, blieb aber innerlich.

„Habt Ihr Euch den Namen Eures Schiffes entsonnen? Ich habe Boten ausgesandt, müsst Ihr wissen, die sich nach Schiffbrüchigen erkundigen.“ Sein Blick durchdrang mich.

„Oh." Mehr bekam ich nicht über die Lippen. Zum Glück übernahm Mairead die Freundlichkeit des Leutnants.

„Und das bei diesen Witterungsverhältnissen! Sir, Mistress Katharina ist Euch zu unendlichem Dank verpflichtet!"

„Ja", krächzte ich. „Danke." Hoffentlich kam er nicht auf die Idee, eine Gegenleistung zu verlangen.

„Wir können nur hoffen, dass die Suche Erfolg hat und Katharina ihre Liebsten bald wieder in die Arme schließen kann!", flötete Mairead. „Es wird sie erleichtern, das Schicksal ihrer Angehörigen zu erfahren, nichts geht mehr zu Herzen als die Ungewissheit." Ihre Stimme schwankte und sie verstummte, was für sie schon ungewöhnlich war.

„So wird es sein." Mir gefiel das Grinsen des Leutnants nicht. „Auch wenn die Nachricht letztendlich jene vom Tode ist."

Mairead sah angestrengt zur Seite. War es eine Anspielung? Erneut wurde mir meine Zentriertheit auf mich bewusst. Ich hatte nie gefragt, konnte kaum etwas Persönliches von der Frau berichten, mit der ich den Großteil meiner Zeit verbrachte – oder von dem Mann, der meine Nächte teilte.

„Nun, sie waren Verräter, da wird es leichter zu verkraften sein, sie nicht mehr bei sich zu haben", stellte Carstairs fest. Seine Aufmerksamkeit lag ganz bei Mairead, was mir die Gelegenheit gab, ihn zu beobachten. Er weidete sich an ihrem Schmerz und ihrer Verzweiflung.

„Ein Jammer." Mairead hielt sich tapfer, aber es schmerzte fast, sie so unter Druck zu sehen.

„Nun, wir sind nicht für die Taten anderer verantwortlich, und seien es die unserer Verwandten“, lenkte ich schnell ab, um ihr etwas Freiraum zu geben.

„So? Ich muss sagen, dass ich Ihre Auffassung nicht teile, noch tut es seine Königliche Hoheit.“

Dann war er wohl ein Arsch. Ein Arsch mit Krone. Mein Schmunzeln versteckte ich schnell, sicher gab es auch für negative Gedanken über den König Strafen.

„Leider weiß ich nicht viel über Euren Hintergrund oder den seiner Königlichen Hoheit, aber ich weiß, dass es schwarze Schafe in jeder Familie gibt. Demnach sind wir alle schuldig, wenn wir Sippen-Haft einführen möchten.“

Der Leutnant verlor für einen Augenblick die Fassung, er hatte mit so etwas nicht gerechnet, vermutlich weil er sich in Gesellschaft von Frauen befand. Vorsintflutliche Männer!

„Mylady, Ihr überrascht mich immer wieder. Sagt, Eure Familie musste nicht zufällig das Land verlassen? Sagen wir, wegen aufrührerischen Gedankenguts?“

„Nein.“ Mehr war dazu nicht zu sagen.

„Nun, wie dem auch sei, ich kann es kaum erwarten, Euren Vater kennenzulernen.“

„So wie wir alle“, mischte sich Mairead wieder ein. Wir hatten den Hof überquert und waren endlich am Wohnturm angelangt, in dem die engere Familie McDermitt – und damit Mairead als Padraigs Frau – untergebracht war. Der Leutnant ließ Mairead ihre Hand zurückziehen und öffnete dann die Tür. „Mylady, ich freue mich darauf, Euch am Abend wiederzusehen.“ Meine Hand klemmte er fest.

„Mistress Katharina, Ihr wolltet mir mit den Vorbereitungen behilflich sein." Ein sanfter Hinweis, mich loszulassen, den der Leutnant überging.

„Lady McInnes' Zeit muss ich zu meinem Bedauern einen Moment länger in Anspruch nehmen."

Meine Verzweiflung darüber blieb lautlos.

„Das wird warten müssen, Sir. Hogsmanay ist ein sehr bedeutender Tag und bedarf der Vorbereitung", versuchte Mairead es noch einmal, aber der Leutnant blieb beharrend.

„Nun", gab sie zögerlich nach. „Dann …"

„Mein Mann erwartet mich ohnehin in unserem Zimmer." Zwar versuchte ich erneut, meine Hand zu befreien, aber auch den Versuch vereitelte er umgehend.

„McInnes wird ebenfalls warten müssen, Mylady." Er nickte Mairead zu, und führte mich weiter. „Mylady, ich frage mich, ob Ihr Euch Eurer Lage bewusst seid."

Tacheles, wieder einmal. Langsam holte ich tief Luft, und wappnete mich. Mir gefiel nie, was er von sich gab, das würde sich nun mit Sicherheit nicht ändern.

„Ihr befindet Euch im Hornissennest und verweigert Euch jeder Rettung." Er beugte sich leicht zu mir, behielt die Umgebung im Auge und raunte mir leise seine Warnung zu. „Ich muss meine Neigung eingestehen. Lady Katharina, Ihr fasziniert mich."

„Oh." Wie reagierte man wohl angemessen darauf? In meiner Zeit hätte ich ihm klar gesagt, dass ich kein Interesse hatte, aber hier? Konnte ich es mir leisten, so offen zu sein?

„Ihr seid das Weib eines Verräters, Katharina. Es gibt nur einen einzigen Grund, warum er noch auf freiem Fuße ist: Seine Metze schützt ihn." Er zog mich in die

Nische zwischen Turm und Burgmauer. Es roch muffig, nach abgestandenem, gebrauchtem Brackwasser. Ich rümpfte die Nase.

„Verzeiht, Mylady, mein drastisches Handeln. Ich möchte Eure Tugend nicht beflecken, aber ich muss Euch eindringlich zureden. Eure Loyalität in Ehren ist sie an diesen Schotten verschwendet! Er wird hängen, es ist nur eine Frage der Zeit. Rettet Euch, bevor es zu spät ist."

Ich war sprachlos. Obwohl ich Direktheit vorzog, hatte er mich damit doch völlig überrumpelt. Carstairs griff nach meinen Händen, hob sie auf Brusthöhe und drückte sie fest. Es fehlte nicht viel, und ich hätte ihm seine Besorgnis abgekauft. Allerdings warnte mich eine kleine Stimme, die ganz nach der meiner Schwester klang, mich nicht beirren zu lassen.

Sein Beweggrund war zu offensichtlich: Er wollte Finlay eigenhändig an den Galgen bringen. Es beunruhigte mich, mit welchem Feuer er bei der Jagd, bei der Verfolgung, war und irritierte mich gleichermaßen. Warum? Was hatte Finlay ihm getan? Oder war es das große Ganze? War es nicht Finlay persönlich, war er glücklich, solange er irgendjemanden drankriegen konnte? Ein Schauer ließ mich beben. Damit war nicht nur Finlay in Gefahr. Ich auch. Jeder hier? Mein Magen zog sich zusammen. Konnte ich uns alle mit nur einem falschen Wort ins Verderben reißen? Das war zu viel Verantwortung. Viel zu viel. Sie zog mir den Hals zu, machte es unmöglich, auch nur ein Wort hervor zu pressen, geschweige denn, einen vernünftigen Aktionsweg zu finden.

Klar, ich sollte unsere traute Zweisamkeit möglichst sofort beenden, nur wie?

Er drückte meine Finger an seine Lippen. „Hört mich an, Lady Katharina, Ihr befindet Euch in einer wahrlich schlimmen Lage. Aber ich kann Euch helfen. Ich finde Eure Eltern für Euch. Ich schütze Euch vor einer Anklage.“

Aus purer Freundlichkeit natürlich. Wieder schauderte ich, und wollte nur noch dringender von ihm fort.

„Ich ...“ krächzte ich und konnte nicht weitersprechen.

„Meine süße Katharina.“ Carstairs legte seine Rechte an meine Wange und hob mein Kinn an. Ich wusste, was er plante und wich rechtzeitig aus, als er sich vorbeugte. Sein Mund drückte sich für einen Augenblick feucht auf meine Wange, dann entwischte ich zur Seite. Er folgte mir, hielt mich in der Ecke gefangen, auch wenn er nicht erneut versuchte, mich zu küssen. „Glaubt mir, Lady Katharina, ich bin Euch zugetan und wünsche Euch an meiner Seite. Ihr müsst Euch von Eurem schottischen Gatten lossagen.“

Er hielt sich wieder an meinen Händen fest, drückte sie, als wolle er mir noch einmal deutlich zeigen, dass ich gefangen war und es keinen anderen Ausweg gab als den, den er mir anbot.

„Ich warte auf Euch. Ich gebe Euch noch zwei Wochen, um Eure Lage zu bedenken und Eure Entscheidung zu fällen.“ Erneut hob er meine Finger an seine Lippen. „Länger kann ich die Entscheidung nicht mehr hinauszögern. Seine Gnaden verlangt Ergebnisse.“

„Ich verstehe kein Wort.“ Das Wispern war lediglich ein Resultat meiner versagenden Stimmbänder.

„Verständlich, eine holde Dame versteht das Kriegs-
handwerk nicht." Seine Worte begleiteten weitere
Schmatzer, die er auf meinen Fingern verteilte. „Aber
wisset, dass ich bewandert bin, und folgt meinem Rat:
Seid der Krone dienlich und werdet belohnt, oder hin-
tergeht sie und endet am Strick."

Das fasste ich als Drohung auf. Ich schluckte und bekam kein Wort heraus. Wo war nur mein loses Mund-
werk geblieben? Meine Schlagfertigkeit?

Ihn anzustarren war nicht hilfreich und drückte
nicht ansatzweise aus, was ich empfand.

„Zwei Wochen, Katharina."

Gezwungen irgendeine Reaktion zu zeigen, nickte ich
eifrig. Die richtige Entscheidung, denn er atmete auf
und grinste mich strahlend an.

„Ihr ahnt nicht, wie glücklich Ihr mich macht." Weitere Liebkosungen meiner Knöchel folgten. Jede
machte mir deutlich, wie dringend ich fortmusste. Wie
wichtig es war, ihn zu meiden.

„Leutnant Carstairs, ich sollte nun ..."

„Selbstredend, meine Holde." Er trat zurück, machte
den Weg aber nicht frei. „Ich werde heute Nacht nach
Euch Ausschau halten."

Toll.

Er legte meine Hand auf seinem Arm ab, und grinste
mich noch einen unangenehmen Moment lang an. Ich
mochte es nicht, wenn jemand so begeistert war, und
bei ihm war es sogar beängstigend. Glaubte er, einen dicken Fisch an der Angel zu haben? Mit mir? Erst hatte
es Rourke auf mich abgesehen und nun Carstairs.

„Ich bin angeschlagen. Womöglich werde ich an dem Fest nicht teilnehmen können." Das hoffte ich zumindest.

„Dann solltet Ihr ruhen." Er wandte sich um, und führte mich endlich aus der Nische hinaus. Der Drang, ihn anzugreifen und mich freizukämpfen, schwand aber erst, als er mir die Tür zur Halle aufzog.

„Danke. Guten Tag, Leutnant Carstairs."

„Mylady." Meine Finger waren ganz taub, weshalb ich seinen Kuss kaum spürte. „Gehabt Euch wohl."

Nach einem knappen Nicken hastete ich davon. Ich zitterte, spürte das Beben bei jedem Schritt in den Knien und in den Fingern, die über den Handlauf glitten. Zum Glück befand sich unsere Kammer gleich bei der Haupttreppe, das ersparte mir, mich durch die kalten Gänge zu schleppen. Das Brennholz im Kamin war erst aufgestockt worden, es rauchte, vernebelte die Kammer. Zum ersten Mal war ich froh über die fehlende Verglasung, so zog der beißende Qualm ab. Zittrig ging ich zum Bett, setzte mich und schloss die Augen.

Ich hatte nicht gelogen, es ging mir tatsächlich nicht gut. Die Anspannung der letzten Tage machte mich nervös, dann Carstairs, der was im Schilde führte und mich dafür einspannen wollte. Als wäre es tatsächlich eine Option! Finlay hatte mir das Leben gerettet, mehr als einmal, selbst wenn er mir nichts bedeuten würde, könnte ich ihn nicht verraten.

Ich bebte am ganzen Leib und schreckte auf, als die Tür geöffnet wurde. Mit einem kleinen Schrei kam ich auf die Füße. Finlay blieb im Rahmen stehen, sein Blick fiel auf mich. Ich konnte ihm ansehen, dass etwas nicht stimmte, und ballte die Hände.

„Finlay." Ich fühlte mich wie das berühmte Duracell-Häschen, nur dass ich mich nicht bewegen konnte und die Energie sich in mir staute.

Er schloss die Tür, nachdem er eingetreten war, und seufzte meinen Namen. „Was macht Ihr nur für Sachen?"

„Auf Mairead hören." Wie er mich gebeten hatte. „Das sollte ich lassen."

Finlay grunzte. „Nay, bhéan, Gehorsam bringt Euch nicht in missliche Lagen."

„Da wäre ich mir nicht so sicher."

„Ach, Prinzessin." Finlay nahm mich in den Arm. Küsste meine Stirn und wiegte mich sacht. „Was wollte er?"

„Bitte?" In dem Moment, in dem er mich berührte, war ich nicht mehr bei der Sache. Hatte fast vergessen, was mich zuvor bedrückt hatte.

„Leutnant Carstairs. Ich durfte mir soeben anhören, Ihr habet Euch mit dem Leutnant getroffen."

„Du spinnst doch."

„Nay." Er rieb sacht über meinen Rücken. Es hatte eine ungemein beruhigende Wirkung auf mich, und so seufzte ich schließlich.

„Was hast du angestellt, dass Carstairs dich tot sehen will?"

Finlay lachte leise. Sein ganzer Körper bebte angenehm. „A ghràidh, was ist das für eine Frage?"

Ich konnte seine Belustigung nicht nachvollziehen, musste es aber auch nicht. Es machte den Tag erträglicher, zerstreute meine Ängste und gab mir Kraft, von dem Zusammenstoß zu berichten.

„Was hast du getan?", schloss ich, an seine Brust gekuschelt.

Leider klopfte es, was ihm die perfekte Ausrede bot, mir die Antwort schuldig zu bleiben. Stattdessen bekam ich noch einen Kuss auf die Stirn gedrückt, bevor er mich losließ und die Tür aufzog. Zwei Burschen trugen die hölzerne Wanne herein, und wurden von zwei Dienstmädchen begleitet, die Wassereimer auf den schwenkbaren Arm des Kamins hängten.

„Tabadh leibh." Finlay warf mir einen schnellen Blick zu. Er hatte nicht vergessen, dass ich auf eine Antwort wartete. Ein halbes Schulterzucken nahm ich als Entschuldigung für die Unterbrechung, für die er natürlich nichts konnte. Aber es half mir, Ruhe zu bewahren und meine Neugierde zu zähmen. Bis die Wanne gefüllt war, kämen wir nicht mehr zum Reden, zumindest nicht, ohne dabei entweder ständig unterbrochen oder belauscht zu werden. Es dauerte, bis das Bad gerichtet war. Ich hatte mich derweilen aus meinem Mantel und den nassen Schuhen geschält und mich nahe des Feuers auf den Hocker gekauert. Es rauchte noch immer, wenn schon nicht mehr so schlimm, dass einem die Augen tränten, oder der Qualm im Hals kratzte. Trotzdem schmeckte ich ihn.

„A ghràidh, bitte."

Als ich aufsah, deutete Finlay auf den Zuber.

„Es ist dein Bad. Ich habe ja schon Anfang der Woche."

Sein Grinsen war atemberaubend, weshalb ich abbrach. „Aye, ich erinnere mich."

Sollte er auch, schließlich hatte er kaum die Augen von mir lassen können.

„Ich erinnere mich auch an Eure Klagen, dass man Euch die tägliche Reinigung verwehrt." Wieder deutete er auf die Wanne. „Bitte."

Was sollte ich weiter Zeit verschwenden, wenn das Wasser dadurch nur ungenutzt abkühlte. Schwaden stiegen aus dem Bad hinauf, füllten die Kammer mit einem warmen, feuchten Film.

„Hilf mir!" Allein konnte ich das Kleid nicht öffnen. Es war ein Geschenk Maireads und stammte aus ihrem Fundus. Anders als meine bestanden sie aus hochwertigem Musselin, hatten bestickte Borten und Spitzenbesatz. Ich kam mir vor, wie eine schlechte Kopie Madame Pompadours. Oder Marie-Antoinettes? Ich kannte mich nicht gut genug aus, um die beiden auseinanderzuhalten, oder das Bild in meinem Kopf einwandfrei zuordnen zu können.

Finlay ließ sich Zeit, schlenderte zu mir und öffnete die Verschnürung in meinem Rücken. „Bitteschön, Mylady." Er zupfte an meinem Hemd, nachdem auch mein Rock und Unterrock gelöst und zu Boden gefallen war. „Ab mit Euch. Bevor das Wasser eiskalt ist."

„Aye." Ich warf ihm über die Schulter einen schmachtenden Blick zu, hob sie dabei, so dass die Borte meines Hemdes hinunterrutschte. „Wie mein Gemahl befiehlt."

Er lachte auf, umfing mich mit beiden Armen, um mich aufzuheben, und trug mich trotz meines Protests zum Zuber, um mich dort reinfallen zu lassen. Wasser platschte auf den Holzboden und ich schluckte davon, als ich vor Schreck Luft holte. Kalt war das Badewasser noch lange nicht, eher heiß genug, um meine Haut knallrot werden zu lassen. „Ah!" Das Hemd legte sich wie eine zweite Haut um mich.

„Habt acht, Mylady." Finlay zog mich hoch, beugte sich über mich und küsste mich. „So gefallt Ihr mir", raunte er lachend.

„Feucht?" Ich kicherte. Vermutlich war ihm nicht einmal bewusst, wie frivol ich es meinte.

„Ihr seid nass, bhéan, nicht feucht, und zwar von oben bis unten." Um es mir zu demonstrieren, hielt er mir eine Strähne ins Gesicht. „Darf ich Euch behilflich sein? Euer Haar waschen?"

Ich schnaubte, ihm meine Strähne entreißend. „Bin ich senil?"

„Wie meinen?" Er streichelte meine Wange und rutschte näher. „Senil?"

„Alt", fasste ich die Erklärung zusammen. „Ich kann mir mein Haar selbst waschen und den Rest von mir auch." Womit ich auch gleich begann. Das Stück Seife war hart und ließ sich nicht aufschäumen. Sie roch auch nicht gerade ansprechend, aber sie gab mir das Gefühl, zumindest etwas gegen Dreck und Gestank zu tun.

Finlay nahm mir die Seife ab.

„Hey!"

„Ich bitte Euch, lasst mich nicht wieder tatenlos zusehen."

„Wie ich bade? Spanner", zog ich ihn auf, beugte mich vor und gab ihm einen schnellen Kuss. Dann lehnte ich mich an die raue Wand und hob ein Bein aus dem Wasser.

„Schau nicht hin", schlug ich keck vor, scheinbar in meiner Tätigkeit vertieft.

„Bhéan, Ihr treibt mich in den Wahnsinn." Finlay fasste nach meinem Knöchel und hob ihn höher, so dass er seine Lippen auf mein Fußgelenk pressen konnte.

„Na, wer wird da übergriffig?" Ich spritzte Wasser nach ihm, um ihn spielerisch abzuwehren. Er wanderte unbeeindruckt hoch zu meinem Knie.

„Ich werde kalt baden müssen", murmelte er dabei. Seine Hand rutschte über meinen Oberschenkel in meinen Schoß. „Und Ihr auch."

Ich presste fest die Schenkel zusammen, schließlich genoss ich es zu sehr, ihn in der Hand zu haben. „Mit Sicherheit nicht."

„Bhéan, Ihr ahnt nicht, wie sehr es mich nach Euch verlangt."

Glaubte er vielleicht! Grinsend zog ich seine Hand zwischen meinen Beinen hervor. „Zieh dich aus."

„Aye!" Es war ein Fehler, damit musste ich leben. Ich hätte explizit sagen müssen, dass er sich langsam entkleiden sollte, so stand er innerhalb wenigen Sekunden nackt vor mir, und wollte mich aus der Wanne ziehen.

„Sguir dheth!"

Er stoppte sofort, irritiert, was seine braunen Augen deutlich bezeugten. „Bitte?"

Ich wiederholte meine Aufforderung, stolz auf meine Fortschritte in Gälisch, bis er in haltloses Lachen ausbrach. Er ging zu Boden und hielt sich sitzend den Bauch.

„Was ist so lustig?", murrte ich eingeschnappt. Ich versuchte es, verdammt, etwas Würdigung wäre angebracht!

„Ich hielt es für einen Scherz, verzeiht, a ghràidh. Ich lache, da ich Padraig verdrosch, weil er Eure Bemühung, unsere Sprache zu erlernen, ansprach." Er zuckte die Achseln. „Er verknüpfte es mit der Ansicht, Ihr wollet uns ausspionieren."

Natürlich. Es war mittlerweile kein Grund mehr, sich aufzuregen, schließlich hörte ich selbige Anschuldigung alle zwei Tage, meist von Finlay, aber auch Mairead berichtete mir – jedoch vorsichtiger – von diversen Vermutungen einiger McDermitts. Rourke und dem Duke eingeschlossen, aber die Spionagegeschichte war weit verbreitet.

„Ich glaube, Leutnant Carstairs baut ebenfalls auf dieses Gerücht."

Finlay verstummte augenblicklich. In seiner Miene blieb nicht einmal der kleinste Rest Belustigung zurück. „Aye."

„Er wird Informationen wollen."

Wir sahen einander eine Weile einfach nur an. Ich wusste, was er vorschlagen würde und hasste es, was er sicher wusste. Er zögerte, was es mir nicht leichter machte. Im Gegenteil. Wenn er so besorgt tat, war ich geneigt, ihm jeden Gefallen zu tun. Wusste er das auch?

„Was hast du getan?", fragte ich erneut. Meine Stimme kratzte. Er senkte den Blick.

„Wir sind Schotten."

Es klingelte in meinen Ohren. Das war nicht der Grund.

„Das ist alles, was ein Engländer braucht, um uns zu verfolgen.“

Lügner.

„Lasst mich Euren Rücken waschen.“ Eine Ablenkung. Er war schon auf dem Weg um die Wanne herum. Ich drehte mich im Wasser.

„Ich werde ihn fragen.“

„Katharina ...“

„Ich mag es nicht, belogen zu werden.“

Finlay rang mit sich. „Es ist verworren“, murrte er. „Schwer verständlich zu machen.“

„Ich bin nicht dumm.“

„Ihr versteht unsere Lebensweise nicht, Katharina, Euch ist es fremd.“

„Aye.“ Das war offensichtlich, schließlich war ich Deutsche. „Was hast du getan, Finlay?“

Er seufzte gedehnt. „Fragt nicht. Carstairs wird nicht aufhören, in Euch zu dringen, und Ihr werdet mich verraten.“

Herrlich, welches Vertrauen er in mich hatte. Schön, ich konnte es nicht ausschließen, dass ich mich unbewusst verriet, aber es käme sicher kein Ton über meine Lippen.

„Ihr werdet uns alle verraten.“

„Du wirst es mir nicht erzählen.“ Ich sollte weiter im Dunkeln tappen. Ich drehte mich herum. „Gib mir die Seife.“ Es gab mehr als einen Weg, an die Information zu kommen.

15. Hogsmanay

Finlay führte mich am Ellenbogen durch die Menge. Feuer waren im Hof und auch vor der Burgmauer entzündet worden, es roch nach Gegrilltem und Whiskey. Gelächter hallte aus allen Richtungen zu uns hinüber. Am Kopf des Hofes, der schmalere Teil mit den zwei Türmen, war ein Podest errichtet worden, auf dem thronte der Duke mit seinen Söhnen. Mairead, eingezwängt zwischen den Männern, sah starr geradeaus. Von der freudigen Erregung des Morgens war nichts mehr übrig. Es irritierte mich.

„Gehen wir nicht zu Mairead?" Gewöhnlich war es sein erster Weg.

„Nay."

„Warum nicht?" Stattdessen drängten wir uns durch die Menge zur Mitte des Hofes, wo das größte Lagerfeuer loderte. Ein Schwein hing darüber, und wurde von einer der Küchenhilfen gedreht. Drumherum scharrten sich bereits Hungrige mit ihren Tellern und Humpen voll Bier. Wir reihten uns ein. Finlay sah sich um. Mir verstellte er die Sicht, hielt mich nah bei sich, so dass ich sowohl vom Feuer, als auch von ihm gewärmt wurde. Aber eben nichts sehen konnte, abgesehen von seinem Körper.

„Wir gehören dort nicht hin", murmelte er mir zu. „Wir halten uns besser bedeckt und auf Abstand."

„Warum?“

„A ghràidh, Ihr habt zu viele Fragen.“ Wir rückten in der Schlange vor.

„Wir haben keine Teller.“

„Nay, wir halten uns hier nur warm, bis mein Onkel seine Rede gehalten hat und die Feierlichkeit beginnt.“

„Ohne zu essen?“ Ich war nicht hungrig, aber der Geruch nach gebratenem Speck ließ mir das Wasser im Mund zusammenlaufen.

„Mo bhéan, Ihr seid eine Prüfung.“ Er seufzte, fuhr sich durchs Haar, wobei er sich erneut aufmerksam umsah, und trat dann zurück. „Wartet hier.“

Er war weg, bevor ich protestieren konnte, tauchte trotz seines hellen Tartans nahtlos in die Menge der Anderen unter, und ließ mich einfach stehen. Ich fiel hier nicht auf, denn ich trug einen Plaid in Grün-, Braun- und Rottönen, wie die meisten hier, das Haar versteckt unter einer Art Schleier.

„Lassie, komm her und gib mir einen Kuss!“ Ich wurde mit einem Ruck an eine breite Brust gezogen. Der Kerl roch nach Alkohol und Schweiß. Überrascht stieß ich gegen ihn und rammte ihm gleich meine Faust in den Magen.

„Uff!“

Zumindest war ich gleich wieder frei.

„Behalte deine Hände bei dir!“, zischte ich, wich weiter zurück und stieß gegen jemand anderen.

„O mo chreach! Mylady, verzeiht.“

Ich nickte und drehte mich, um mich meinerseits zu entschuldigen, und verschluckte mich direkt.

„Mylady", murmelte Leutnant Carstairs. Er fischte nach meiner Hand, um sie an seine Lippen zu ziehen. „Welch unerwarteter Anblick."

„Ja." Ich räusperte mich und zwang ein Lächeln auf die Lippen. „Guten Abend Leutnant, ich konnte mich bedauerlicherweise nicht entziehen." Und irgendwie hatte ich das Gefühl, als Köder zu dienen.

„Für mich ist es ein Glücksfall, komme ich doch in den Genuss Eurer Gesellschaft." Er legte meine Hand auf seinen Unterarm, und klemmte mein Gelenk zwischen seinem Körper und Arm ein.

„Mein Gemahl", führte ich an, „wird jeden Moment zurück sein."

„Dann sollten wir uns auf den Weg machen, nicht wahr?" Carstairs zog mich mit sich. „Er soll Euch den Nachmittag lang nicht von der Seite gewichen sein."

„So war es." Eigentlich wollte ich nicht mit Carstairs sprechen, aber ich wollte wissen, weshalb Finlays Freiheit auf Messers Schneide stand.

„Mein aufrichtiges Bedauern, meine Liebe."

„Das ist nicht nötig. Er ist ein sehr zurückhaltender Ehemann." Auch wenn man ihn reizt, was ich ausgiebig getan hatte. Aber er war nicht eingeknickt, hatte mir nichts erzählt, nur um mich zu begütigen. Er hatte es mit Küssen versucht, aber nicht mit Worten, und war in die Wanne gestiegen mit einem Ständer, der sicher schmerzte. Nachgegeben hatte er aber nicht. Ich auch nicht.

„Ja, fürwahr." Carstairs Lippen verzogen sich verächtlich. „Mylady, ich hörte von einem Disput zwischen der liebreizenden Lady of Nairn und ihrem Schwiegervater."

Das erklärte Maireads Anspannung. „So?" Eine Steilvorlage für einen überstürzten Abschied. Ich haderte, lieber auf Nummer sicher oder meiner Neugierde nachgeben? Ach verflixt, seit wann dachte ich über jeden meiner Schritte nach?

„Wie unschön am letzten Tag des Jahres."

„Nicht wahr?" Carstairs grinste mich an und tätschelte meine Hand. „Es soll auch Ärger zwischen seiner Gnaden und Eurem Gatten geben."

„Bin ich der Grund?" Nach dem Wind, den ich am Vormittag aufgewirbelt hatte – weil Carstairs mich einfach nicht meiden wollte – eine wahrscheinliche Annahme.

„Seine Mätresse soll der Grund sein." Er warf einen Blick zur Tribüne, grinste breit und machte einen engen Bogen, um mich wieder in die andere Richtung zu führen.

„Mätresse?"

„Lady Mairead, Lady Katharina. Ihr wisst es doch bereits." Er tätschelte meine Hand. „Seine Gnaden hat von der unzüchtigen Beziehung der beiden erfahren und sie zur Rede gestellt."

„Ah." Völliger Unsinn, zumal ich meine Tage entweder mit ihm oder ihr verbrachte und es kaum genug Zeit gab, für die beiden zusammen zu sein.

„Seine Gnaden macht gute Miene zum bösen Spiel, aber wie lange noch?" Diese Zufriedenheit war abartig.

„Ich frage mich ...", begann ich vorsichtig, noch nach den passenden Worten suchend, um den Verdacht zu zerstreuen, ihn aber nicht so sehr zu verärgern, dass er meine Frage nicht beantworten würde. Eine Gratwanderung und ich war nicht bekannt für Fingerspitzengefühl.

„Sie wussten beide, dass es ihnen nicht vergönnt wäre, einander zu gehören."

Meine Zähne schlugen aufeinander, als mein Kiefer zuklappte.

„Ihm fehlt es an Macht. Er konnte ihr nicht geben, was sie am dringendsten benötigte, also verschacherte er seinen Cousin an seine Metze." Carstairs lachte bellend. „Es bleibt in der Familie, nicht wahr?"

Fassungslos starrte ich ihn an.

„Verzeiht meine harschen Worte, Mylady, es bedrückt mich lediglich, dass Ihr dazwischen geraten musstet." Wir durchquerten das offene Tor. Zur Rechten befand sich immer noch das Lager der Soldaten, auch wenn viele von ihnen im Schloss untergebracht waren. Außerdem gab es weitere Lagerfeuer und Stände, an denen Getränke ausgeschenkt wurden. Es herrschte ebenso ein Gewusel wie innerhalb der Burgmauern, nur mit dem Unterschied, dass hier die Leute abgerissener erschienen. Gröbere Kleidung, strengere Gerüche und derbere Ausdrücke, die ich nicht kannte. Das hier war nicht gut. Ich sah über die Schulter zurück. Sicherer wäre es, innerhalb der Burgmauern zu bleiben. Finlay suchte mich sicherlich bereits, käme er auch hierher? Wollte ich das?

„Ja", murmelte ich. „Leutnant, ich sollte ..."

„Gönnt mir einige Augenblicke mit Euch, ohne befürchten zu müssen, beobachtet zu werden."

Besser nicht! Ich zog die Hand zurück. „Leutnant, das kann ich nicht."

Er wandte sich mir zu, sein durchdringender Blick fuhr der Länge nach über mich, wobei seine Augen sich verengten. „Ich habe noch andere Dinge gehört."

„Nicht alles, was man hört, entspricht der Wahrheit“, setzte ich dagegen. Nervös trat ich zurück, und sah mich erneut um. „Und ich möchte nicht hören, dass man über mich ähnliche Dinge sagt wie über Lady Mairead.“

Vielleicht glaubte Finlay mir, wenn ich ihm versicherte, dass ich keinerlei Interesse für Carstairs aufbrachte, aber alle anderen hatten ohnehin nicht die beste Meinung von mir, und das wollte ich nicht auch noch untermauern, indem ich mich irgendwo allein mit ihm aufhielt. Nicht schon wieder.

Carstairs Miene wurde weicher. „Ah, Mylady, dafür scheint es zu spät.“

Ich schluckte schwer, die Bedeutung abwägend.

„Ihr sollt eine Hexe sein.“

Na toll. Welchen Stellenwert hatte das bei Engländern in diesem Jahrhundert? Bestimmt keinen geringeren als bei den Schotten und damit hatte ich vermutlich mal wieder ein Problem. „Das bin ich nicht.“

„Wie kam es zu dieser Anschuldigung?“ Er behielt mich im Auge, beobachtete mich genau. „Erklärt es mir.“

„Rourke“, brach es aus mir heraus, bevor ich mich unter Kontrolle hatte. Trotzdem war es besser, kopflos zu erscheinen, um dem Bild einer hilflosen Frau gerecht zu werden, das schließlich jeder hier gerne sah. „Er griff mich an und irgendwie entkam ich ihm.“ Die gezielt platzierten Schläge ließ ich besser unerwähnt, schließlich stand noch nicht fest, dass ich den Überraschungsmoment bei ihm nicht brauchen würde. „Ich rannte fort. Er verfolgte mich und da lief ich in eine Gruppe, zu der auch seine Gnaden und Finlay gehörten. Er bezichtigte mich der Hexerei, weil ich von seinem Angriff berichtete."

Carstairs nickte langsam. „Die Anklage wurde nicht weiter verfolgt."

„Doch. Man steckte mich in den Kerker."

„Weiter."

„Nur weil ich einwilligte, Finlays Frau zu werden, kam ich wieder frei." Soweit war es die Wahrheit. Der offizielle Part und alles Weitere ging ihn nichts an.

„Das dachte ich mir." Carstairs hob die Hand, um meine Wange zu streicheln. „Gefangen im Hinterland ohne Aussicht auf Unterstützung, das ist ein furchtbares Los für eine junge, hübsche Dame."

Dem konnte ich nicht widersprechen, aber dieser Tage gab es nichts Besseres für irgendeine Frau.

„Kommt, es gibt Dinge, die wir besprechen sollten."

„Nein, Leutnant, ich möchte meine Situation nicht schlimmer machen, als sie ohnehin schon ist." Das machte doch Sinn, oder?

„Das verstehe ich, Mylady, aber wir müssen ..." Er griff nach meinem Arm und zog mich in Richtung des Soldatenlagers.

„Bitte!" Ich hob meine Stimme an. „Ich kann nicht."

Carstairs presste die schmalen Lippen aufeinander, bevor er nachgab. „Also gut. Mylady, wir werden uns morgen zu einem kleinen Spaziergang treffen, einverstanden?"

„Ich verstehe das alles nicht." Dumm tun half immer.

„Ich brauche Informationen."

„Worüber?"

„McInnes. Culnacnoc. Und Skye.“ Er bereute seine Worte, presste er doch die Lippen erneut aufeinander und sah sich um. Wir standen mitten unter Schotten, da war es auch für mich nicht gesund, wie eine Verräterin dazustehen.

„Aber ich weiß nichts!“

Carstairs zog mich mit sich. Nicht zum Lager, sondern zurück zum Tor. Ich konnte die tragende Stimme des Dukes vernehmen, auch wenn ich kein Wort verstand. Die Menschen drängten sich in den Hof und scharrten sich um den Eingang. Es war aussichtslos dort hindurchzukommen, das stellte auch Carstairs fest und dirigierte mich stattdessen von der Menge fort.

„Leutnant“, protestierte ich gespielt panisch, während ich meine Möglichkeiten sortierte. Er war ein ernstzunehmender Gegner, aber ich hatte den Überraschungsmoment noch immer auf meiner Seite, also Ruhe bewahren. Warum kam ich ständig in solche Situationen?

„Hier werden wir nicht belauscht werden, Mylady, und das offene Wort drängt!“, versuchte er mich zu beruhigen. Er sah über die Schulter zurück, dann sich angestrengt um. „Euer Gatte ist ein Verräter, seine gesamte Bagage besteht aus Verrätern. Ich bin beauftragt, sie festzusetzen und der Gerichtsbarkeit zu überstellen.“

Oh, toll.

„Was haben sie getan?“, wisperte ich mit aufgerissenen Augen und einem Beben in der Stimme. Verrat war relativ, wenn man mich fragte, und es galt die Unschuldsvermutung, bis das Gegenteil bewiesen wurde. Also, welche Beweise gab es für welches Vergehen?

„Sie sind Jakobiter."

Wundervoll, so weit war ich bereits, aber was genau bedeutete das?

„Rebellen, die unseren König stürzen wollen, Katharina!" Er griff nach meinen Schultern, um mich leicht zu schütteln. „Und sie verstecken ihren Rädelsführer. Charles Stuart."

Hier in der Burg? Dann war es ziemlich dumm, die Engländer reinzulassen, oder nicht? Aber es erklärte auch ihre paranoide Vorstellung, ich sei eine Spionin.

„Oh."

„Sie werden hängen", behauptete er sich absolut sicher. „Dafür werde ich sorgen."

Die Situation wurde immer besser. „Äh."

„Selbst die Lady steckt mit ihnen unter einer Decke."

„Mairead? Nie im Leben." Männer machten dumme Sachen, so war es eben, aber Mairead war eine vorsichtige und in Maßen vernünftige Person. Andererseits konnten sie gute Gründe haben, Freiheitskämpferin oder so etwas zu sein.

„Ich fürchte, mit Politik kenne ich mich nicht aus", behauptete ich. Hinter ihm jubelte die Menge und zerstreute sich langsam. Musik setzte ein – Dudelsäcke pfiffen eine heitere Melodie und wurden von Fiedeln begleitet. Es klang nett, wesentlich netter, als was ich hier zu hören bekam.

„Lady Katharina, selbstverständlich erwarte ich nicht, dass Ihr Euch mit Staatsgeschäften beschäftigt, es ging mir lediglich darum, Euch die Ernsthaftigkeit der Situation aufzuzeigen."

„Danke." Ich hatte meine Antwort, auch wenn ich nun nicht unbedingt klüger war als zuvor. „Leutnant, ich sollte nun zu meinem Gemahl gehen, bevor er mich vermisst."

„Einverstanden, lasst mich Euch sicher zurück in die Festung bringen. Gibt es einen anderen Weg hinein?"

Durch das Tor kämen wir nicht so leicht, aber seine Frage beunruhigte mich trotzdem. Es gab andere Eingänge, aber sie wären sicherlich nicht geöffnet, oder eigneten sich nicht dazu, ins Innere der Burg zu gelangen. Ganz sicher wollte ich nicht die Klippe herunterklettern, um durch die Höhle mit dem Ungetüm des Fahrstuhls wieder hochzufahren.

„Gibt es vielleicht ein Ausfalltor?", fragte er weiter, was mich zu der Vermutung brachte, dass es ihm um Informationen ging und nicht um meine sichere Rückkehr.

„Ich kenne mich hier nicht aus."

„Also gut", knirschte er. Wir wichen einer Gruppe aus, und schlüpften einzeln durch das Tor. Carstairs hielt mich am Ellenbogen zurück. „Lady Katharina, seht Euch um. Hört Euch um. Jede Kleinigkeit, die Euch unwichtig erscheint, könnte mir weiterhelfen."

Dachte er wirklich, ich würde für ihn spionieren? Nun, vielleicht war es ganz gut, wenn er es dachte. Vielleicht bekam ich Informationen aus ihm heraus, die Finlay helfen konnten. Auch wenn mir der Enthusiasmus für dieses Spiel fehlte, könnte es hilfreich sein. Irgendwie. Also nickte ich knapp und stob davon, sobald er den Griff um meinen Ellenbogen löste. Auf dem Hof herrschte immer noch Gedränge. Um mich herum wurde ausgedehnt getrunken und gesungen. Bei dem Überangebot an großen, haarigen Männern war es nicht einfach, einen bestimmten zu finden, schon gar nicht, wenn man selbst klein war. Ich suchte mir eine Erhöhung, kletterte gerade auf einen Vorsprung, als ich von hinten gepackt und im Kreis herumgeschleudert wurde. Ich schrie auf, was sogleich von einer breiten Brust verschluckt wurde.

„A ghràidh, ich hörte, Ihr hattet erneut ein Tete-a-tete mit Carstairs. Beruhigt mich bitte: Ihr habt nicht vor, Euch mit dem Leutnant von dannen zu machen?“ Er hob mein Kinn, grinste kurz auf mich herab, bevor er mich ungeniert küsste. „Nun kommt.“ So schnell, wie er mich eingefangen hatte, ließ er auch wieder von mir ab und zog mich im nächsten Augenblick mit sich. „Es gibt da noch eine Kleinigkeit, die wir erledigen müssen.“

Ich hatte keine Ahnung, wovon er sprach, aber es blieb auch nicht lange ein Geheimnis. Pärchen reihten sich auf, während wir noch zum Ende der Schlange gingen, nahmen die Ersten Anlauf und setzten über das Feuer. Erschrocken stockte ich mitten im Schritt, und verlor beinahe das Gleichgewicht, denn Finlay zog mich weiter.

„Was zum Teufel …“, keuchte ich und stolperte in ihn hinein.

„Habt acht, a ghràidh.“ Er schlang den Arm um meine Mitte und drückte mich an seine Seite. „Ihr dürft Euch nicht ausgerechnet in dieser Nacht verletzen.“

Sehr witzig. Wenn ich die Aktion richtig verstand, wollte Finlay, dass ich über das Feuer sprang, Verbrennungsgefahr inklusive.

„Du spinnst doch." Es ging überraschend schnell, und ich stand vor dem auflodernden Lagerfeuer. Finlay verschränkte unsere Finger miteinander und drückte meine Hand.

„Bereit, mo bhéan?"

„Du Idiot", keuchte ich, das Feuer anstarrend. „Du bist so ein Idiot."

„Anlauf nehmen und springen. Es ist ganz leicht, vertrau mir." Er nickte mir zu. „Wir sind dran." Er nahm Anlauf. Ich hatte keine Wahl, ich musste ihm folgen. Da ich nicht bäuchlings im Feuer landen wollte, raffte ich mit der freien Hand notdürftig meine Röcke und machte einen riesen Satz. Ich spürte die Hitze unter mir flirren. Ich landete holprig, wurde von Finlay abgefangen, der mich aufnahm und im Kreis schwang. Er lachte, setzte mich ab und küsste mich.

„Dann lass uns tanzen."

Ich kam nicht nach, sonst hätte ich protestiert, aber ich war noch völlig atemlos von seinem Kuss, mein Kopf noch mit dem Sprung über das Feuer beschäftigt und einfach überrumpelt. So befand ich mich im Pulk springender, tanzender Menschen, bevor es mir richtig bewusst wurde.

„Finlay", versuchte ich es verspätet. „Ich kann doch nicht ..."

Ich wurde mitgezogen, in die eine, dann in die andere Richtung, hochgehoben, gedreht und herumgeschleudert. Die Musik änderte sich, ohne unterbrochen worden zu sein, ging von einem Stück ins nächste über. Gelächter und freudige Rufe begleiteten sie. Langsam fiel die Last von mir, machte mich heiter und meine Füße leichter. Es hatte Zeiten gegeben, da hatte ich für mein

Leben gern getanzt, nur war dies Jahre her. Ich hatte wohl vergessen, wie es war, wie es sich anfühlte, einfach fröhlich zu sein. Glücklich.

„Kommt", flüsterte mir Finlay irgendwann zu. Sein Arm schlang sich um mich, und er führte mich eng an sich gehalten hinein. Mein Kichern begleitete uns bis hinauf in unsere Kammer, dort erst bekam ich mich wieder unter Kontrolle.

„Entschuldige, ich bin albern!"

„Nay, bhéan, es ist schön, Euch Lachen zu hören." Finlay zog mich an sich. Er küsste mich zärtlich, und mir fehlte der Wille, mich abzuwenden. Am Mittag war es mir leichter gefallen, meine Sehnsucht in Schach zu halten, schließlich hatte ich ein Ziel gehabt. Die Informationen aus ihm herauszukitzeln, aber jetzt war ich erfüllt von dem Wunsch nach Zweisamkeit. Das Glück noch ein wenig in die Länge zu ziehen.

Er fühlte sich so gut an, so warm und kuschelig. Er roch nach Feuer und Whiskey und schmeckte genauso.

„Finlay", wisperte ich, nur um dem Klang seines Namens zu lauschen. „Finlay."

„Scht, mo bhéan." Geschwind befreite er mich von meinem Plaid, das fest um mich gewickelt gewesen war. „Wir müssen Heim. Wir müssen Euch unbedingt die richtigen Farben besorgen. Ich will Euch in meinen Farben sehen, nur darin."

Es klang merkwürdigerweise verflucht erotisch, aber vielleicht lag das auch an meiner übersprudelnden Fantasie, hatte ich ihn doch nur in seinem Kilt vor Augen.

Unter dem Plaid trug ich das gröbere meiner beiden Kleider, jenes, was leichter zu öffnen war. Das Mieder wurde vorn geschnürt, was Finlay zugutekam. Er brauchte seinen hungrigen Kuss nicht unterbrechen, um es zu öffnen und den Stoff über meine Schultern zu schieben. Er streifte ihn ab, fummelte dann an der Verschnürung meines Rocks, um auch diesen zu Boden fallen zu lassen. Seine Finger glitten sacht über die Erhebungen meines Rückgrats. Es kitzelte leicht und fühlte sich gleichzeitig wahnsinnig gut an.

„Finlay", wisperte ich erneut. Sein Haar war offen, lockte sich leicht auf seinen Schultern. Er schüttelte seinen Plaid mit einem einzigen Zucken seiner breiten Schultern ab und umschlang mich fest.

„A ghràidh, alles wird gut."

Ich ignorierte es, schließlich war gut relativ und die ganze Aussage unsinnig.

„Im Frühjahr verlassen wir Skye, ich schwöre es Euch."

Was ich nie gefordert hatte, was also sollte das bedeuten?

Finlay zog die Nadel aus seinem Überwurf. Sein Kilt rutschte herab und gesellte sich zu meiner Kleidung am Boden. Sein heißer Körper erfüllte mich mit Sehnsucht. Seine Hände wanderten über meinen Rücken, schlossen sich fest um meine Pobacken und hoben mich an. Mir entwich ein Keuchen, und ich klammerte mich schnell an ihn. Er trug mich zum Bett, rutschte auf den Knien hinein, bevor er mich sanft ablegte. Einen Moment sah er auf mich herab, dann gab er mir einen dieser herzzerreißenden Küsse, die eine Ewigkeit zu dauern schienen und so süß waren, dass es einem Schauer über den Rücken jagte.

Einerseits wollte ich diesen Moment festhalten, dann wiederum wollte ich ihn endlich haben. Ich wollte ihn spüren, eins sein mit ihm.

Ich streichelte seine Schulter, fuhr hoch zu seinem Hals und ließ den Zeigefinger dann über seine Unterlippe gleiten, während er mich noch küsste.

Auch er berührte mich, legte seine große, schwere Hand auf meine Brust, um sie sacht zu drücken. Sein Daumen spielte mit meinem Nippel, bis er schon schmerzte vor Erregung. Ich schob die Finger in seinen Schopf.

„Finlay."

„Mo bhéan", wisperte er, als er sich auf mich absenkte. Sein Gewicht zu spüren, die Hitze seines Körpers auf meiner Haut, gepaart mit seinem Streicheln, wirkte wie Zunder. Also schlang ich die Beine um seine Mitte, und hob mein Becken an.

„Warte", flüsterte er mir zu. „Warte noch."

„Ich liebe dich."

Finlay stöhnte in meinen Mund. Er hob meinen Po an und trieb sich in mich.

„Tha agam ort."

Er hörte nicht auf mich zu küssen, während er sich in mir bewegte. Er massierte meine Backen, schob sich mit seiner gesamten Länge immer wieder tief in mich hinein, um zu rasten, bevor er sich wieder zurückzog. Ohne Eile, als hätten wir alle Zeit der Welt, um den Gipfel zum Orgasmus zu erklimmen.

Jeder Moment in seiner Zärtlichkeit unglaublich berauschend.

Ich klammerte mich an ihn, wisperte ihm zu, wie sehr ich ihn wollte. Wie sehr ich ihn brauchte – gerade jetzt.

„Es ist schön." Natürlich gab es einen Haken. „Aber ich bin wahnsinnig müde, weißt du?" Musste ich deutlicher werden?

„Noch einen Augenblick, a ghràidh", stöhnte Finlay. „Ich wünschte, wir könnten ..."

„Ja." Für immer in diesem Moment bleiben. Ein dummer Wunsch, aber er kam tief aus meinem Inneren. Hier waren wir sicher, hier war tatsächlich alles gut.

„Finlay."

„Mo ghaoil." Er stöhnte tief, als er innehielt. „Mo a ghaoil." Er sackte kurz auf mir zusammen, nur für ein oder zwei Herzschläge, dann stemmte er sich wieder auf und trieb sich mit kraftvollen Stößen in mich. Es überrumpelte mich und riss mich mit in einen Strudel süßer Ekstase.

„Aye, mo bhéan, ein guter Start ins Jahr."

„Dann halte ich besser den Mund", murmelte ich, noch eingelullt von dem Gefühl, das mein Leben einfach perfekt war.

Finlay rutschte an meine Seite, seine Hand blieb auf meinem Bauch liegen und streichelte ihn. „Nay. Wenn es Probleme gibt, sollte ich es gleich wissen." Er drückte seinen Mund an meine Schläfe. „Carstairs, was wollte er?"

Gleich auf den Punkt, so mochte ich das.

„Informationen. Er ist davon überzeugt, dass ihr alle Verräter seid, Charles Stuart versteckt und den König stürzen wollt." Zusammengefasst klang es lächerlich, also lachte ich spöttisch. „Er fragte mich nach einem Ausfalltor und anderen Zugängen zur Burg."

Mit jedem Wort wurde er starrer. „Was habt Ihr gesagt?"

„Ich kenne mich in der Burg nicht aus und habe auch sonst keine Ahnung. Er will, dass ich mich umsehe."

„Daingead", knurrte Finlay. Er zog mich eng an sich und drückte mir noch einen Kuss an die Schläfe. „A ghràidh, ich muss damit zum Duke. Bleib in der Kammer." Er sprang aus dem Bett und warf sich seinen Kilt über.

„Warte!", rief ich überrascht. So hatte ich mir den Rest der Nacht nicht vorgestellt.

„Verzeiht, a ghràidh. Bleibt hier. Rührt Euch nicht vom Fleck, ich bitte Euch inständig."

Die Tür schlug zu und ließ mich fröstelnd allein.

16. Murphys Law

Ich blieb, wie Finlay es verlangt hatte, in der Kammer und wurde immer nervöser, je weiter der Tag voranschritt. Mein Magen knurrte, es musste bereits Nachmittag sein und noch immer kein Zeichen, kein Wort von ihm.

Als die Tür aufgerissen wurde, verspürte ich keinerlei Erleichterung. Ich drehte mich und erstarrte. Rotröcke stürmten die Kammer, umstellten mich binnen Sekunden.

„Katharina McInnes, begleitet uns.“

Es war nicht so, als ließe man mir die Wahl, schließlich trugen alle sechs Engländer Musketen mit aufgesetzten Klingen. Man trieb mich in die große Halle, in der weitere Soldaten Spalier standen. Es waren deutlich mehr Engländer anwesend als Schotten, was für ernsthafte Probleme sprach.

„Ist sie das?“ Die Frage peitschte mir entgegen, obwohl sie von einer hohen Fistelstimme gestellt wurde. Einer unbekannten Stimme. Am Kopf des Tisches stand ein feister Mann mit weißer, wallender Perücke und einer überdekorierten Uniform und musterte mich. Dafür sah er an seiner langen Nase entlang. Es wirkte nicht nur überheblich, sondern ebenfalls verächtlich, als er auch noch die Lippen kräuselte. Leutnant Carstairs stand an seiner Seite, die Hände in seinem Rücken verschränkt, und mich ebenfalls nicht aus den Augen lassend. Der Duke stand etwas hinter dem Duo. Ein Pokal in der Hand, aus dem er abwesend trank. Erst als ich fast vor dem Fremden und Carstairs stand, entdeckte ich Finlay. Er wurde von Soldaten mit Bajonetten, die auf ihn gerichtet waren, in Schach gehalten.

„So ist es, Euer Gnaden. Mistress Katharina Hagedorn von Vest."

„Die Schottenmetze."

Carstairs räusperte sich. „Sie ist ihm anvermählt."

„Hm." Er wedelte mit der Hand. „Kommt näher."

Man gab mir nicht die Gelegenheit zu reagieren, sondern schubste mich vorwärts.

„Vom Festland. Ich war jüngst in Flandern."

Was mir nichts sagte.

„Ein wahrhaft fürchterlicher Ort, fürwahr."

Ich wartete, offensichtlich hörte sich der Kerl gerne selbst reden. Sollte er. So war es sicherer für mich.

„Erst Flandern und nun …" Er hob die Hände, und drehte sich in der Hüfte zu beiden Seiten. „Bringen wir es hinter uns, damit ich den Frühling unter zivilisierten Menschen im schönen London verbringen kann." Sein Lächeln erreichte seine Augen nicht. „Mädchen, Ihr wisst, wer ich bin?"

„Nein."

Das Grinsen fiel ihm aus dem Gesicht.

Carstairs sprang ein. „Mistress Katharina, Ihr steht seiner Erlauchtheit, William Augustus, Duke of Cumberland, gegenüber."

Noch ein Duke, ich kam rum. Mein Knicks war schlampig, dessen war ich mir bewusst, aber irgendwie war ich zu aufgeputscht, zu fahrig, um es vernünftig hinzukriegen. „Euer Gnaden, darf ich erfahren, warum diese Herrschaften mein Zimmer stürmten und mich durch das Haus trieben?"

Ich war beeindruckt von meiner zur Schau gestellten Gelassenheit, die so gar nichts mit meiner Gemütsverfassung gemein hatte. Der Duke nicht. Seine Mundwinkel zuckten und es war der Leutnant, der mir meine Frage beantwortete.

„Mistress Katharina, seine Gnaden wird Euch einige Fragen bezüglich Eures Gemahls stellen. Seid versichert, dass Ihr nichts zu befürchten habt." Sein Lächeln beruhigte mich nicht.

„Also schön." Ich musste mich zwingen, die Hände nicht in die Hüften zu stemmen. Alles in mir schrie nach Krieg, aber ich hätte keine Chance, und ich risse wohl auch Finlay mit ins Verderben. Im Augenwinkel bekam ich mit, wie man ihn in Schach hielt. Sein Onkel starrte mich hasserfüllt an, also brauchte ich von dort keine Hilfe zu erwarten. Rourke war hellauf begeistert, nahm man sein breites Grinsen als Indikator. Padraig stand abseits, er war ebenfalls von Soldaten umzingelt. Unauffällig suchte ich nach Mairead, aber sie war nicht anwesend. Was ging hier vor?

„Habt Ihr Kenntnis von regelwidrigem Verhalten Eures Gemahls?" Cumberland wollte streng klingen, allerdings schaffte er es mit dieser Tonlage eher, Kermit zu parodieren.

„Nein." Ich sah ihm direkt in die Augen. Er war bedeutend jünger, als er auf den ersten Blick gewirkt hatte, eher in meinem Alter und nicht fünfzig plus. Ansonsten war meine Einschätzung richtig, denn er war ein Arsch. Seine Miene verzog sich angewidert bei meinem Widerspruch.

„Soweit ich es beurteilen kann, ist Finlay McInnes ein gesetzestreuer Mann." Wenn man Angriffe auf Soldaten einfach mal außer Acht ließ.

„Habt Ihr Kenntnis über seinen Aufenthaltsort zwischen April und Oktober dieses Jahres?"

„Nein." Ich war unsicher, was man mir leider anhörte. „Ich denke nicht."

„Hat Euer Gemahl je seine Gefolgschaft den Stuart-Usurpatoren gegenüber geäußert?"

„Nein."

Cumberland warf Carstairs einen ungeduldigen Blick zu. „Dieses Weib ist nutzlos!"

„Euer Gnaden, gewährt mir ein kurzes Gespräch mit der Lady."

„Zu welchem Zweck? Sie wird uns keine Hilfe sein." Cumberland durchbohrte mich mit starrem Blick.

„Sie ist verängstigt, Euer Gnaden, eingeschüchtert. Sie wird unter weniger bedrohlichen Umständen kooperieren."

Cumberland sah zwischen seinem Leutnant und mir hin und her, bevor er auf mich zukam und mein Kinn packte. „Ihr solltet Euch besinnen, Mistress. Als Landsmännin meines Vaters, seiner Königlichen Hoheit George Augustus II, gebührt mir Eure Treue!" Geifer spritzte in mein Gesicht und ließ mich zurückzucken. Frei kam ich nicht. Seine Finger drückten sich schmerzhaft in meinen Kiefer.

„Sprecht!"

„Ich kann keine Informationen geben, die ich nicht besitze.“

„Euer Gnaden, gewährt mir ein Gespräch. Mistress Katharina vertraut mir und wird berichten, wovon sie weiß.“

„Die Hexe wird die richtigen Worte finden“, mischte sich Skye ein. „Um ihren Hals zu retten.“

Finlay stieß eine Schmähung aus, die den Onkel erröten ließ. Aber mehr als einen feurigen Blick bekam er nicht zur Antwort. „Katharina ist meine Gattin, Lady McInnes!“

„Still!“, spie Cumberland und Finlay keuchte. Ich fuhr herum. Finlay hielt sich den Bauch und sah mich an. Etwas in seinen Augen ließ meine Hoffnung schwinden. Hier wurde gar nichts mehr gut.

„Ihr werdet einem Weibsbild nicht mehr Glauben schenken wollen als einem Standesgenossen, Cumberland.“ In Skyes Stimme schwang eine Drohung mit. „Eines königstreuen, loyalen Standesgenossen, der bereit ist, jeden Verräter in den eigenen Reihen zu übergeben.“

„So seine Schuld bewiesen ist“, murrte Cumberland. „Das war Eure Bedingung. Dieses Weib wird uns Aufschluss geben.“

„Sie ist eine Hexe“, wiederholte Rourke feixend. „Sicher wird sie die Vergangenheit aus Teeblättern lesen können.“

Cumberland schürzte die Lippen. „Wahrlich?“

„Mein Weib ist nicht mit dem Teufel im Bunde!“, widersprach Finlay, was ihm einen neuerlichen Schlag mit dem Gewehrknauf einbrachte.

Erneut überschlug ich die Anwesenden, es waren gut dreimal so viele Engländer in der Halle wie Schotten, damit war auf eine Auseinandersetzung nicht zu hoffen. Vermutlich besser so, aber es bedeutete auch, dass diese Schlacht mit Worten entschieden werden musste. Von mir, und dazu sah ich mich nicht in der Lage.

„Ich bin nur eine einfache Frau. Eine Handwerkerstochter auf dem Weg in die Staaten. Ich weiß nichts, was von irgendeiner Bedeutung sein sollte und glaube auch nicht, dass sich hier jemand etwas zu Schulden kommen ließ, was diese Militärpräsenz rechtfertigt.“

„Was sind die Staaten?“

Einen Moment fehlten mir die Worte, mein Mund stand offen, und ich glotze Cumberland sprachlos an. „Ähm, Kolonien. In die Kolonien.“ Ich wünschte, ich könnte die Sirene in meinem Schädel abstellen, die Unheil ankündigte.

„Sie ist eine Lügnerin“, stellte Skye ruhig fest. „Sie behauptet, eine einfache Frau zu sein, und spricht neben ihrer auch noch weitere Sprachen. Sie ist eine Spionin der Stuarts. Vermutlich soll sie den jungen Anwärter finden und sicher heimbringen.“

Finlay brüllte etwas durch die Halle, was seinen Onkel zum Schweigen bringen sollte, aber seinen Zweck verfehlte.

„Sie hat meinen Neffen verhext, hat ihn liebeskrank gemacht, damit er sie schützt und ihr ungewollt hilft.“

„Das ist Unsinn“, murrte ich, wohlwissend, dass man mir ohnehin keinen Glauben schenkte, ganz gleich wie ich mich verteidigte.

„Eine Hexe also oder eine Spionin.“ Cumberland maß mich, kurz bevor er sich brüsk abwandte. „Wir werden dem auf den Grund gehen, aber zunächst ist es Zeit für das Abendmahl! Skye, wo bleibt Eure Gastfreundschaft?“

Mein Magen knurrte, aber meine Hoffnung, auch einen Bissen abzubekommen, verpuffte umgehend. Zwei Soldaten griffen nach meinen Oberarmen und schleiften mich fort. Ich kannte den Weg, wusste wo ich landen würde. Die ganze Geschichte war von vornherein eine Katastrophe gewesen, es musste bitter enden.

***

Es war dunkel. Immer. Wie bei meinem letzten Aufenthalt im Verlies bekam ich nur sporadisch etwas zu essen, meist bevor man mich befragte. Das Wasser reichte gerade, um den Durst zu stillen, wodurch ich in meinen eigenen Ausdünstungen fast erstickte.

Carstairs hatte mich bei der letzten Quizrunde gewarnt, dass Cumberland die Geduld verlor. Ich rechnete also mit dem Schlimmsten. Leider hatte ich genug Zeit, mir alle möglichen Folterarten durch den Kopf gehen zu lassen. Daumenzwingen, eiserne Jungfrau, Streckbank ... Abgesehen von all den Dingen, die man mir abschneiden oder rausziehen konnte. Zeitweise versank ich in purer Verzweiflung. Das Schlimmste war, dass ich nicht wusste, was noch geschah. Wo war Finlay? Ging es ihm gut?

Meine Gedanken drehten sich im Kreis und machten mich wahnsinnig in ihrer Ausweglosigkeit. Trotzdem war ich alles andere als froh, als das Gitter über mir geöffnet und eine Leiter herabgelassen wurde. Es wartete sicher keine angenehme Überraschung auf mich.

Jemand kletterte die Leiter hinab, was ungewöhnlich war. Gewöhnlich wurde mir befohlen hinaufzukommen, um in einem Folterstudio befragt zu werden.

Ich wich an die Wand zurück. An einem Seil wurde eine Lampe herabgelassen und beleuchtete meinen unerwünschten Gast. Der Atem stockte mir.

„Finlay?"

„Katharina."

Mein Herz machte einen Satz und ich flog auf ihn zu, um mich ihm in die Arme zu werfen. Heulend klammerte ich mich an ihn.

„Geht es dir gut?" Er hatte Blessuren, aber sie heilten bereits ab. Er roch auch nicht, als schliefe er in seinen eigenen Exkrementen. Mir meiner körperlichen Verfassung bewusst werdend, versuchte ich Abstand zu gewinnen. „Entschuldige, ich stinke. Diese Aufenthalte in Kerkern ..." Ein Niesen unterbrach mich.

Finlay zog mich zurück in seine Arme. „Ich habe nicht viel Zeit."

Meine Hoffnung zerbarst wie eine Seifenblase. Dieses Mal war er nicht hier, um mich zu retten.

„Ich bekam die Erlaubnis, mich von Euch zu verabschieden."

Zu dem Kloß in meinem Hals gesellte sich noch ein tonnenschweres Gewicht auf meine Schultern. „Was?"

„Man wird Euch den Prozess machen, solltet Ihr Euch weiterhin weigern, belastende Dinge über mich zu sagen."

Hielte er mich nicht, wäre ich zusammengeklappt.

„Der Duke will hören, dass ich bei Culloden gegen die königliche Armee auf Seiten der Jakobiter kämpfte und mich im Folgenden dem Verbergen Charles Stuarts schuldig machte." Es fiel ihm nicht leicht, das alles vorzubringen. Seine Stimme schwankte leicht, und er stockte immer. „Ihr müsst ihm geben, was er verlangt. Bezeugt, was immer er bezeugt haben will."

Hier unten war es kalt, aber das Eis, das sich nun um mich packte, kam aus dem Inneren. „Nein."

„Ich liebe Euch, Katharina. Seid einmal ein gehorsames, gutes Weib und tut, was ich Euch sage." Er drückte seinen Mund auf meine Stirn. „Ich liebe Euch." Einen Augenblick drückte er mich so fest an sich, dass ich zu zerbrechen drohte, dann schwankte ich frei gegen die Wand. Finlay kletterte geschwind die Stiegen hinauf und sah von oben noch einmal zurück. Schatten lagen auf seinem Gesicht, machten ihn hager und ausgezehrt.

„Tut, was ich Euch sage!"

Das Gitter ging zu. Sie hatten die Lampe nicht hochgezogen, weshalb ich mein Gefängnis mit erschreckender Klarheit in Augenschein nehmen konnte, während ich wie betäubt dastand. Ein Alptraum. Leider einer aus dem ich nicht erwachte.

Ein gefühltes Blinzeln später – die Lampe war bereits erloschen, also war Zeit vergangen – kratzte das Gitter wieder über den Boden. Ich machte mir keine Illusionen, als man mich aufforderte heraufzukommen. Eine weitere Befragung stand an. Mit dem Gefühl völliger Taubheit erklomm ich den Höhenunterschied und ließ mich den letzten Meter hinaufzerren. Das hier nahm kein gutes Ende.

Ich kannte die Kammer, in die man mich führte, nahm die Klemmen, Peitschen und Nägel gar nicht mehr richtig wahr. All die Wochen in dem engen, dunklen, ach so kalten Kerker hatten mich abgestumpft. Ich hatte zu viel Zeit, dachte zu viel nach. Über mich, meine Fehler und meine Unzulänglichkeiten. Und in diesem grauenvollen Moment, in dem ich wieder vor Leutnant Carstairs abgestellt wurde, konnte ich keinen Gedanken fassen. Finlay stand mir vor Augen, seine Worte gellten in meinen Ohren.

„Mylady McInnes", grüßte mich Carstairs gelassen. „Ich wünschte, Ihr nähmet endlich Vernunft an."

„Vernunft", wisperte Katharina. Der Lachreiz war übermächtig, aber sie rang ihn augenblicklich nieder. „Was bedeutet schon Vernunft in einer solchen Lage?" In einer ausweglosen Lage.

Das Grinsen auf seinen Lippen war widerlich, auch wenn er sicherlich mitleidig wirken wollte. „Meine Gute, ich versprach Euch meinen Schutz, so Ihr Eure Gegenwehr einstellt und meine Fragen aufrichtig beantwortet."

„Fragen, die ich nicht zu beantworten weiß", flüsterte ich geschlagen. Ich zitterte am ganzen Leib, jedes Wort, das über meine spröden Lippen drang, schmerzte und riss die geschundene Haut noch ein wenig mehr auf.

„So?" Ärger schlich sich in seine Miene. Er ließ den Blick über mich gleiten. Er war nicht gespickt mit Lust, wie es so oft bei ihm der Fall war. Nun, mein Anblick gab auch nichts mehr her. Finlays Kuss brannte auf meinen Lippen und ich schloss die Augen. Meine Knie wurden weich und ich schwankte erbärmlich. Ich war am Ende meiner Kräfte. Körperlich, aber auch seelisch. Ich ertrug nichts mehr. Keine Worte, keine Stöße, keinen weiteren Moment in meiner Misere.

Der Gedanke schreckte mich auf. Ich war eine Kämpferin. Ich gab nicht auf. Ich hob die Lider und blickte den Leutnant in die zusammengekniffenen Augen. „Das ist die Wahrheit."

„Sagt, war Euer Gemahl nicht bei Euch?" Der Umschwung schickte einen eisigen Schauer über meine ohnehin ausgekühlte Haut.

„Ja."

„Nun?", fragte er, nach einem unangenehmen Moment der lastenden Stille. „Was wollte er?"

„Finlay ..." Meine Stimme brach. Der Duke will hören ... Der Klang seiner Stimme hallte noch immer in ihr wieder. Dass ich in Culloden gegen die königliche Armee auf Seiten der Jakobiter kämpfte und mich im Folgenden dem Verbergen Charles Stuarts schuldig machte.

Ich verstand nun, was er gesagt hatte. Die Ausmaße seines Geständnisses. Er war ein Verräter an der derzeitigen Krone Englands, die von nun an ihren Anspruch bewahren würde. Die Stuarts waren Geschichte. Tränen wallten in mir auf, überwältigten mich und brachen meinen letzten Widerstand. Ich ging zu Boden, fiel auf die Knie und beugte mich vor. Ich heulte wie ein Schoßhund, mir gewiss, dass es keinen Ausweg gäbe. Dass mir nichts mehr helfen konnte, dass ich am Ende meines Weges angekommen war und all die Dinge, die ich mir gewünscht hatte, sich nicht mehr erfüllen konnten. Dumme Wünsche, die ich nicht einmal aktiv verfolgt hatte. Ich hatte lediglich vor mich hingelebt, nichts mit meiner Zeit anzufangen gewusst und nicht verstanden, wie wertvoll Kleinigkeiten sein konnten. Menschen. Nervige Familienangehörige zum Beispiel. Vanessa hatte mich nur schützen wollen, mich auf den richtigen Weg bringen und die Augen öffnen, damit ich erkannte, dass ich mir keine endlose Wiederholung meiner Fehler leisten konnte.

Meine kindische Sturheit, mein Unwille Verständnis für andere aufzubringen und meine mangelnde Sorge um andere waren alles andere als schätzenswerte Eigenschaften und doch hörte Vanessa nicht auf, sich um mich zu sorgen. Und meine Mutter, die stets ein wahres Kreuz mit mir gehabt hatte, unterstützte mich doch auch. Wann sagte sie je Nein, wenn ich um Geld bat, wann beschwerte sie sich denn, wenn ich sie am Telefon abwimmelte?

Und Finlay? Hatte er nicht etwas Besseres verdient als mich? Stimmten Maireads Worte denn nicht? War er denn nicht ein wirklich toller Kerl, besonders für diese barbarische Zeit? Er hatte mich bereits beschützt, als er nicht einmal meinen Namen gekannt hatte. Meine Hintergründe nicht einschätzen, das Maß der Gefahr, die von mir ausgehen konnte, nicht verstehen konnte. Und hatte er je etwas anderes verlangt als Gehorsam?

„Steht auf", befahl Carstairs ungeduldig. „Es ist zu spät für Tränen, Katharina."

Ich hob den schweren Kopf. Meine Gefühle waren mir sicherlich anzusehen. Meine Gram, mein Versagen und ebenso meine Hoffnungslosigkeit, denn nach einer kurzen Musterung, grinste Carstairs zufrieden. Er deutete auf den Hocker vor dem Kamin. „Setz Euch, Mylady", sagte er begütigt und reichte mir eine Hand.

Ich ergriff sie nicht, starrte lediglich zu ihm auf. „Was passiert nun?", wisperte ich kraftlos.

Er zog die Hand zurück und legte sie auf den Knauf seines Degens. Seine gönnerhafte Attitüde ärgerte mich, aber ich hatte dem nichts entgegenzusetzen. Ich war am Ende, ich wollte nur die Konsequenzen meiner Dummheit kennen.

„Euer Gemahl wird hängen, Lady McInnes. Ihr könnt Euch retten." Sein Grinsen wurde noch überheblicher und er wippte auf den Fußsohlen vor und zurück. „Ich kann Euch retten."

„Das sagte er auch", murmelte ich. „Ich habe ihm vertraut."

„Ihr werdet verzweifelt gewesen sein, dies ist zu verzeihen."

Ich schloss die Lider. „Ihr fragtet, wo Finlay in den letzten Monaten gewesen ist."

„So ist es", sagte er feierlich. „Und Ihr seid bereit, nun den Aufenthaltsort Eures Gemahls preiszugeben?"

Ich nickte. Das Eis in mir zermalmte mein Herz.

„Ich bin sehr erfreut, dass Ihr endlich zur Vernunft kommt. Wartet, ich lasse seine Gnaden rufen, damit er Eure Worte mit eigenen Ohren vernimmt!"

Carstairs trat an die Tür und befahl dem davorstehenden Soldaten, den Duke herbeizuholen. Ich wartete. Fühlte in mich hinein und wusste, dass es nur diesen einen Weg geben konnte. Ich spürte Finlays warme Lippen auf meinen, die Sanftheit seiner Berührung, die Sicherheit seiner Umarmung. Keine Tränen mehr befahl ich mir. Es gab nur diesen einen Weg, schließlich hatte sich nichts geändert. Ich konnte hier, so, unter den gegebenen Umständen nicht leben, meine Gefühle für Finlay waren dumm und dem Untergang geweiht gewesen, dies hatte ich gewusst. Ich hatte das Unausweichliche nur hinausgezögert.

Der Duke trat ein, blieb vor mir stehen und musterte mich abfällig. „Ist die Schottendirne bereit zu reden?"

Ich hob den Blick. Was für ein durch und durch hässlicher Mann. „Finlay McInnes ist kein Jakobiter. Er war nicht bei ... irgendetwas Unrechten beteiligt. Er war bei mir. Das ganze Jahr hindurch, seit ich im ... Januar ... Februar an Land gespült wurde. Wer etwas anderes behauptet, ist ein Lügner." Ich richtete meinen Blick auf Carstairs. „Folter ist das Mittel des furchtsamen Mannes und bringt keine Wahrheiten ans Licht, sondern erzwungene Geständnisse. Lügen, die vom Folterknecht aufgezwungen werden. Die wahren Barbaren sind demnach Sie!"

Wut baute sich in seinem Blick auf und entlud sich in einem gewaltigen Schlag. Ich ging ungebremst zu Boden und blieb liegen. Mein Schicksal war sicherlich besiegelt, ein Kampf lohnte nicht. Ich hatte nach meinem Sturz in die Fairy Pools lediglich noch etwas Zeit gewonnen, die ich ebenso verschwendet hatte, wie die Jahre davor. Ich hätte sie besser genutzt, um Finlay nah zu sein. Ich hätte sie besser genutzt, um Zufriedenheit zu finden in einem einfachen Leben an der Seite des Mannes, den ich doch liebte.

***

Der Karren ratterte über die schlecht befestigte Straße. Ich war nicht allein. In der gegenüberliegenden Ecke hockte eine andere Frau, die mich neugierig betrachtete, seit ich zu ihr in den Karren geschubst worden war. Er bestand aus einem festen Unter- und einigen Spalieren als Überbau. Um uns herum waren ein Dutzend Soldaten, zur Hälfte zu Fuß, der Rest beritten.

Wir machten als Prozession sicher einiges her, trotzdem war die Gegend menschenleer.

„Ihr seid die Lady, nicht wahr?", fragte meine Begleitung nach einer Weile. Eigentlich wollte ich mich an der Landschaft sattsehen, den Hügeln, den Wiesen, auch wenn sie eher Grau wirkten. Es war diesig, die Kälte biss sich in meine Haut trotz des Plaids, das Mairead mir weinend überreicht hatte.

„Die Lady of Mull." Sie stieß sich von den Planken in ihrem Rücken ab und krabbelte zu mir. „Seid Ihr eine Hexe?"

„Es gibt keine Hexen."

Aus der Nähe erkannte ich ein sommersprossiges, kleines Gesicht. „Du bist noch ein Kind."

Sie kicherte. „Nay."

Sie war mit Sicherheit jünger als ich. Ihre strahlenden, braunen Augen glimmten mit Schalk und unbändiger Lebenslust.

„Warum bist du hier?"

„Na, wegen der Hexenprobe. Ich habe der falschen Person einen Liebeszauber gemixt." Sie kicherte, zuckte die Achseln und griff nach meiner Hand. „Lass mich sehen, mit wem ich es zu tun habe."

Aus Reflex zog ich die Hand zurück. „Was hast du vor?"

„Ich lese Euch aus der Hand. Keine Sorge, ich mache es zum Spaß und nehme keinen Penny dafür." Sie drehte meine Hand, legte ihre hinein und streichelte sacht über die Innenfläche. „Ihr gehört nicht hierher."

Mein Schnauben glich eher einem Grunzen. „In einen Karren, der mich zu meiner Hinrichtung bringt? Wer gehört da schon hin?" Damit war mein Standpunkt wohl belegt: Dieses Mädchen war genauso wenig eine Hexe, wie ich eine war.

„Ihr müsst zurück. Das ist Euer Schicksal.“

Wieder zog ich meine Hand zurück. „Ich werde ertränkt werden.“ Irgendwie glaubte ich nicht, dass es ein Weg zurück war.

„Nay.“ Sie kicherte erneut und setzte sich zurück. Die Arme um die Beine geschlungen betrachtete sie mich mit zur Seite geneigtem Kopf. „Ihr müsst zurück.“

Sie war verrückt. Ich richtete meinen Blick wieder in die Ferne. Ich hatte mit meinem Leben abgeschlossen. Bei der Befragung vor ein paar Tagen, nach Finlays Besuch, war Carstairs stundenlang in mich gedrungen, ich müsse sagen, was ich wusste. Ich müsse Finlay bezichtigen, ich müsse mein Leben retten, denn es stände immer noch die Anklage wegen Hexerei im Raum und er könne mir nur helfen, wenn ich ihm half. Keine Folter, zumindest keine körperliche. Mein Inneres wurde durch den Fleischwolf gedreht. Was passierte, wenn ich nachgab? Verräter wurden gehängt. Damit stand Finlays Leben auf dem Spiel und irgendwie konnte ich mich auch nach Stunden nicht dazu durchringen, ihn ans Messer zu liefern. Wozu auch? Man würde ihn töten und was wurde aus mir, wenn man mich freiließ? Wo sollte ich hin, wie sollte ich leben? Wie könnte ich es ertragen, mit der Schuld zu leben?

Also hatte ich geschwiegen und mein Schicksal selbst in die Hand genommen. Ich fuhr in den Tod.

„Nehmt jenen Weg, über den Ihr gekommen seid. Habt keine Furcht vor Eurem Schicksal.“

Sie tätschelte meine Hand. „Ihr werdet sehen, alles wird gut.“

Es sprengte meine Zurückhaltung. Tränen schossen aus meinen Augen und die Schluchzer aus meiner Kehle. Ich umarmte mich fest, mir immer wieder sagend, dass es gut war, wie es war. Dass ich sterben musste – so oder so.

„Seid unbesorgt, Catriona. Unser Ende ist noch nicht nahe."

Mein Schluchzen übertönte ihre Worte mühelos, stieg sogar zu einem kreischenden Getöse an, bis ich nicht mehr glauben wollte, dass ich mich so schrecklich selbst bemitleiden konnte und den Kopf hob. Was ich sah, erstickte jeden weiteren Schluchzer in meiner Kehle. Eine Wand aus blauen Leibern stürmte auf uns zu. Fürchterliche Schreie flogen uns wie Pfeile entgegen und schreckten die Soldaten auf – und die Pferde ebenso. Eines ging durch, die anderen ließen sich nur mit Mühe zähmen. Durch den Karren ging ein Ruck, als er anzog. Das Tier wieherte schrill und bäumte sich auf. Einzelne Leiber lösten sich aus der Wand und je näher sie kam, desto deutlicher wurde, dass es sich um Männer handelte, die mit gezückten Breitschwertern und Äxten auf uns zustürmten. Die Engländer formierten sich unter harschen Befehlen. Sie bildeten eine Reihe und luden ihre Musketen. Kugeln gegen Schwerter, andererseits hatten sie zahlenmäßig keine Chance. Die ersten Schüsse trafen, das Nachladen dauerte zu lang, die Reihe wurde überrumpelt. Ich blinzelte. Die Männer waren nackt, und zwar allesamt. Lediglich blaue Farbe bedeckte sie von Kopf bis Fuß. Es sah schaurig aus.

„Habe ich es nicht gesagt?" Meine Leidensgenossin kicherte zufrieden und rutschte zu mir, um in meinem

Rücken an dem Verschluss des Karrens herumzufummeln.

„Fiona.“

„Wie bitte?“

„Mein Name ist Fiona McDonald. Habt Ihr zufällig eine Haarnadel bei Euch?“

Mein Haar sah keinen Deut besser aus als ihres, filzig und knotig. „Sehe ich so aus?“

„Nay.“ Sie seufzte. „Dann müssen wir warten.“

Um uns herum tobte das Chaos. Man bekam gar nicht richtig mit, wer mit wem kämpfte, lediglich die Schreie und Kommandos gaben Hinweise. Der Karren wurde umstellt und die enge Pforte geöffnet, während der Kampf noch tobte. Ein Blitzüberfall zu unserer Befreiung? Offensichtlich hatte Fiona Freunde. Erleichtert kletterte ich schnell hinter ihr her und ließ mich von einem Nackedei ins Gebüsch zerren. Ein Horn erscholl und die Kampfgeräusche hinter uns nahmen ab. Stattdessen rauschte mein Blut in meinen Ohren, knackten Äste unter meinen Füßen und raschelte meine Kleidung bei jedem Schritt.

Schüsse krachten. Ich schrie auf und sah mich um. Ich sah nur blaue Männer, die uns folgten, sich aber, je weiter wir uns vom Überfallort entfernten, verstreuten.

Ein steiler Abhang kostete mich das Gleichgewicht, und ich rutschte auf meinem Hintern hinunter. Keuchend blieb ich unten liegen, bis meine Begleiter zu mir aufholten.

„A ghràidh.“ Mein Haar wurde aus meinem Gesicht geschoben und ich sah in zwei herrlich bekannte Augen. „Habt Ihr Euch verletzt?“

„Dafür ist keine Zeit." Ein zweiter Nackter zerrte mich
auf die Füße. „Mylady, Ihr müsst laufen."

Ich sah mich um. Der Winter war keine gute Jahres-
zeit, um nackt durch den Wald zu rennen, schließlich
fror ich trotz meines Plaids. „Was geht hier vor?"

Eine überflüssige Frage. „Habt ihr nichts zum Anzie-
hen?"

„Verzeiht den Affront." Finlay übernahm meine
Hand. „Ich erkläre Euch alles, sobald wir in Sicherheit
sind, mo bhéan. Zunächst muss ich Malcolm recht geben, wir sollten uns eilen."

Die wilde Hetzjagd ging weiter. Ich hörte zwar nichts
von eventuellen Verfolgern, aber darüber war ich auch
verdammt froh. Als wir endlich eine Pause machten,
rutschte ich an einem Baumstamm zu Boden und rang
nach Atem. Der Ort war nicht zufällig gewählt, denn
aus dem Erdreich wurden geschwind Kleidungsstücke
gebuddelt. Finlay hüllte sich in seinen Kilt, wobei er die
Umgebung nicht einen Augenblick aus den Augen ließ.

„Mylord, Lady Katharina muss zurück." Fiona zupfte
an seinem Ärmel. „Ihr Schicksal liegt in einer anderen
Zeit."

Finlay starrte sie ebenso verblüfft an, wie ich es tat,
war aber schneller bei der Verknüpfung der Tatsachen.
„Was wisst Ihr über meines Weibes Schicksal?" Er umklammerte ihre Oberarme und beugte sich vor. Die
Wildheit in seiner Miene ließ mich schaudern, Fiona
zuckte lediglich die Achseln. „Sie ist entscheidend für
die Freiheit Schottlands."

Alle Blicke richteten sich auf mich, und eine ungewöhnliche Stille senkte sich auf uns herab. Schnell

schüttelte ich den Kopf. „Schottland wird immer Teil Großbritanniens sein."

Malcolm spuckte neben mir aus. „Hütet Eure Zunge, Weib!"

Finlay hielt ihn zurück. Er schwankte zwischen ihm und Fiona. „Wir müssen zu den Fairy Pools."

„Nay", grollte Malcolm. „Mull ist unser Ziel."

„Bràthair, mein Weib wird auf ewig Ziel von Anschuldigungen sein, die ihr Leben bedrohen und das unserer Kinder. Zudem schwor ich ihr, sie heim zu bringen."

Mein Magen flatterte. „Finlay, es gibt keinen Weg zurück." Das hatte er selbst gesagt.

Er sah mich an, mit einer Mischung aus Trauer und Entschlossenheit in den warmen, braunen Augen. „Wenn es einen gibt, müsst Ihr ihn nehmen. Hier seid Ihr nicht mehr sicher."

„Daingead", fluchte Malcolm tief. „Das wird noch unser Tod sein!" Er griff nach mir und schob mich vorwärts. „Fairy Pools."

Die Wanderung nahm kein Ende. Mein Magen knurrte, die Füße waren taub und jeder Knochen in mir schmerzte.

Finlay blieb hinter mir, ich spürte seinen Blick in meinem Rücken, aber immer wenn ich mich umdrehte, sah er weg. Er sprach auch nicht mit mir. Fiona tänzelte neben mir her, während Malcolm die Führung übernommen hatte.

„Wie seid Ihr hergekommen? Haben Euch die Feen hergeschickt?"

„Es gibt keine Feen." Und wenn doch, hatten sie mich verdammt, oder nicht?

„Was habt Ihr gemacht, bevor Ihr herkamt? Gesungen? Getanzt? Habt Ihr etwas zu Euch genommen?“

„Nein.“

„Hm. Was habt Ihr getan?“, stocherte sie ungeniert weiter. Es ging mir gehörig auf den Keks.

„Nichts! Ich bin lediglich gefallen!“

„Gefallen?“, fragte sie skeptisch. „Das klingt nicht richtig. War es ein bestimmter Tag? Das könnte Probleme geben.“

„Was soll das eigentlich?“ Ich blieb stehen, um sie zu konfrontieren. „Wer bist du?“

„Fiona. Ihr müsst zurück.“

Ich verdrehte genervt die Augen.

„Kommt!“, knurrte Malcolm, dessen Laune noch tiefer zu sinken schien. „Und seid still, daingead!“

Jedes Knacken im Wald scheuchte ihn auf, und machte mich ebenfalls immer nervöser. Wurden wir verfolgt?

Es wurde dunkler und ich stolperte immer mal wieder. Finlay holte zu mir auf, legte den Arm um mich und barg mich in seiner Umarmung. Er drückte seine Lippen auf mein Haupt.

„Wir sind da. Wir werden bis zum Morgen warten müssen. Im Dunkeln ist Klettern zu gefährlich.“ Einen Moment ließ ich mich in die Umarmung fallen, genoss sie aus vollen Zügen, dann wurde es zu bitter. „Finlay, ich kann nicht zurück.“ Ich schob ihn von mir, sah fest zu ihm auf und brach in Tränen aus. „Ich kann nicht!“

Finlay hob mein Kinn an und küsste mich zärtlich. „Ich kann Euch nicht beschützen. Skye hatte keine Wahl, er brauchte ein Opferlamm, um Padraig zu retten. Ich bin bereits zu weit gegangen, als dass ich zurück könnte, aber ich will verdammt sein, risse ich Euch mit ins Verderben." Nach einem weiteren Kuss raunte er mir zu, dass er mich liebte. Mein Hals zog sich zu und ich klammerte mich an ihn.

„Ich kann nicht."

„Daingead, Finlay, wir müssen weiter!" Malcolm sprintete zu uns und riss seinen Bruder von mir fort. „Lauft!"

„Wir müssen klettern."

Im Dunkeln und auch noch in Kleidern, die mehr wogen, als ich selbst? Witzig!

„Nay, wir wären einfache Ziele! Kommt weiter."

„Es gibt einen Pfad von der Straße aus", sagte ich, aber es war falsch, es würde einen geben – irgendwann.

„Zeigt uns den Weg", befahl Malcolm und griff nach mir, um mich an die Spitze der Gruppe zu setzen. „Auf!"

„Ich kenne den Weg nicht!"

„Außen herum", übernahm Finlay die Führung. „Wir sollten uns eilen."

Eine Eule rief. Es schreckte mich auf. Jedes Härchen an meinem Körper richtete sich auf, als erahnten sie, dass Etwas geschehen würde. In meinen Ohren rauschte wieder mein Blut, aber da war mehr. Stimmen?

„Wir sollten uns trennen", schlug Finlay vor. Er wickelte mich aus meinem Plaid und reichte ihn Fiona. Ich bekam seinen und hielt ihn mir zur Beruhigung erst einmal an die Nase. „Wir treffen uns ... unten."

Malcolm warf mir einen verärgerten Blick zu, nickte und zerrte Fiona mit sich. Die winkte mir grinsend zu.

„Kommt, Katharina. Wir haben keine Zeit zu verlieren."

„Was ist passiert, Finlay? Was ist schiefgelaufen?"

Er sah sich um. Seine Aufmerksamkeit blieb auf die Umgebung gerichtet, aber er verstand mein Bedürfnis nach Antworten.

„Cumberland traf ein. Sie überrumpelten die Wachen, die eingeschlafen oder betrunken waren." Er grollte einen Fluch. „Mit den Soldaten in der Burg hatten wir keine Chance zur Gegenwehr trotz meiner Warnung. Skye musste Cumberland Rede und Antwort stehen. Lady Mairead und Padraigs Leben standen auf dem Spiel, ich kann es ihm nicht übelnehmen, dass er seinen Erben beschützen wollte." Dennoch kratzte seine Stimme vor Entrüstung. „Ich täte es ihm gleich."

„Mairead?"

„Wohlauf. Sie zahlt ihren Preis nicht mit ihrem Leben." Obwohl es mich erleichterte, erschauerte ich.

„Und du?"

„Mein Clan hält Mull. Mit dem Ableben meines Vaters bin ich der Laird, und Skye kann sich keine weitere Fehde mit uns leisten." Wir stiegen über die Ausläufer des Berges, wobei er mir half hinaufzukommen.

Ein Pferd wieherte und wir duckten uns schnell.

„Eine lange Geschichte. A ghràidh, wir sind halb um den Berg, wenn es einen Weg hinauf gibt, wo könnte er sich befinden?"

Ich konzentrierte mich auf meine Erinnerung, versuchte mir die ersten Eindrücke von jenem Morgen zurückzurufen. Das leichte Prickeln der Sonnenstrahlen in meinem Rücken, als wir den steilen Weg erklommen. „Wo geht die Sonne auf?"

„So lange können wir nicht mehr warten.“

„Sie stand uns im Rücken, als wir zu der Aussichtsplattform gingen. Es war vielleicht zehn oder elf Uhr im Juli.“ Damit sollte man doch irgendeine Richtungsangabe zusammengebastelt bekommen.

„Ihr seid in der Tat ein cleveres Mädchen. Wir müssen noch etwas weiter, aber befinden uns zumindest auf der richtigen Seite des Berges“, flüsterte Finlay mir zu. Er küsste mich, sah mir in die Augen und versuchte redlich, aufmunternd zu lächeln, aber er wusste ebenso gut wie ich, dass dies den Abschied bedeutete.

„Komm mit mir!“

Ein Schatten huschte über sein Gesicht. „Das kann ich nicht.“

„Wer sagt das? Finlay, ich will dich nicht verlieren. Ich will bei dir sein.“

„Und ich bei Euch.“ Er zog mich in eine feste Umarmung. „Ich liebe Euch mehr als mein Leben.“

„Dann komm mit mir!“ Vor meinem inneren Auge malte ich mir eine perfekte Zukunft mit ihm aus. „Du musst!“

„Ich kann meinen Clan nicht im Stich lassen“, murmelte er schwer. „Ich trage Verantwortung.“

„Wenn man dich hängt, ist auch nichts gewonnen!“ Ich gab ihm einen Stoß, um mich von ihm zu befreien. „Komm mit!“

„Mo a ghràidh, Ihr seid eine Naturgewalt.“

„Ich nehme das als ein Ja. Lass uns weiter.“ Ich griff nach seiner Hand und kletterte weiter. Der Silberstreifen am Horizont lockte mich. Das Glück lag doch so nah!

Ich war fix und fertig, als wir endlich die Nische fanden, die einmal den Weg zur Aussichtsplattform freimachen würde. Leider lag sie von Weitem einsehbar, und es war ein Wagnis, aus unserer Deckung heraus auf sie zu zu sprinten. Ein notwendiges Wagnis. Mein Mund war staubtrocken, weshalb ich lediglich nickte, als Finlay mich fragte, ob ich bereit sei. Die Gegend machte einen verlassenen Eindruck, aber in der Nacht und dem leichten Nebel konnte sich auch der Feind gut versteckt halten. Hoffentlich gereichte der Nebel uns ebenfalls zum Vorteil. Keuchend stolperte ich hinter Finlay her, und zwängte mich dann als Erste in die Nische. Finlay fluchte, als er mir folgte. Ich hörte Stoff reißen und ihn die Zähne knirschen.

„Daingead, bhéan, das hier ist in der Tat ein Feenspalt!"

Der Weg hinauf war noch steiler als in meiner Erinnerung und wesentlich unwegsamer. Mehr als einmal rutschte ich aus, und landete bäuchlings auf Geröll. Was mir zum Verhängnis wurde, war aber auch die beste Warnanlage. Ein Schrei signalisierte, dass wir nicht mehr allein waren. Leider klang er auch viel zu nahe. Wir hasteten weiter, Hand in Hand, und verließen uns auf die Nacht als einzigen Schutzschild. Wir hatten keine Zeit zu verlieren, um uns Deckung zu suchen. Um auf das Plateau zu gelangen, mussten wir uns erneut durch einen schmalen Spalt zwängen. Finlay blieb stecken. Ich zog an seinem Gürtel, aber er rührte sich nicht.

„Geht. Geht schon!"

„Nay!" Ich ließe ihn nicht zurück, nicht wo wir so nah an unserem Ziel waren. Ich stützte meinen Fuß an der

Wand neben ihm ab und riss erneut an ihm. „Noch einmal!“

Er fluchte unterdrückt.

„Zieh dich aus!“ Mit fliegenden Fingern zerrte ich an seinem Plaid, dann wieder an ihm. Es dauerte eine gefühlte Ewigkeit, aber ich bekam ihn frei. Wir gingen durch den letzten Ruck zu Boden, er auf mir, was mich schwindeln ließ.

„Verzeiht“, wisperte er, sich aufrappelnd. „Kommt.“ Er half mir auf, und schob mich in Richtung des tosenden Wasserfalls. Das Wasser legte sich bereits wie ein Umschlag um mich, obwohl es nur aufgepeitschte Tropfen waren. Es war so weit. Mein Herz schlug zum Zerspringen. Furcht und Freude rangen miteinander, als ich an den Rand trat und hinunter in den Pool sah. Nur die weiße Gischt war auszumachen.

Ein Schuss riss mich aus meiner Zufriedenheit. Ich fuhr herum und rutschte ab.

„Finlay!“ Panisch suchte ich im Fallen nach ihm, das durfte nicht sein. Ich durfte ihn nicht verlieren, nicht jetzt! Ein weiterer Schuss durchbrach die Nacht, und endlich konnte ich Finlay ausmachen. Er torkelte über die Klippe, als ich aufschlug. Mein Rücken stand augenblicklich in Flammen. Der Schmerz ließ mich nach Luft schnappen, stattdessen schluckte ich Wasser. Wie ein Stein schnitt ich durch die Masse unter mir, bis ich den Boden erreichte. Mein Kopf explodierte.

Finlay.

Das war einfach nicht fair.

17. Anders als erwartet

„Katharina!" Die schrille Stimme hätte ich überall wiedererkannt und doch blieb ich verwirrt. Ich keuchte, spuckte und wusste absolut nicht, was los war. Arme umfingen mich. Jemand weinte an meinem Hals.

„Mein Gott!"

Ich blinzelte verwirrt. Es war hell, eine leichte Brise wehte mir Vanessas Haar ins Gesicht. Es klebte an meinen Wangen.

„Nein", wisperte ich und erfasste den Grund für mein Grauen. Ich war zurück. Ich war am Leben. Panisch sah ich mich um, schälte mich aus der Umarmung meiner völlig aufgelösten Schwester. Mein Schädel pochte, mein Rücken brannte lichterloh, und ich schaffte es kaum, mich zu drehen, aber es lohnte sich. Die schönsten braunen Augen der Welt legten sich auf mich und ich kreischte. Mit einem letzten Schubs befreite ich mich von Vanessa und warf mich Finlay an die Brust.

„Finlay! Oh, Gott sei Dank!"

Ende

Anhang

A ghràidh – Liebling
Bràthair – Bruder
Bràthair-màthair – Onkel mütterlicherseits
Fàthair – Vater
Daingead – Verdammt
Mo bhéan – Mein Weib
Mo nighean – Mein Mädchen
Nighean, latha math – Mädchen, Guten Tag
Latha math – Guten Tag
Madainn mhath – Guten Morgen
O mo chreach – Um Gottes Willen
Sguir dheth – Lass das sein
Tha i na Sassenach – Sie ist Ausländerin/Engländerin
Tha agam ort – Ich liebe dich
Tàmh – Ruhe
Tabadh leibh – Danke Ihnen
Uisge – Wasser, Regen
„*Tha mise Finlay Eoan Alisdair Wallace McInnes a-nis 'gad ghabhail-sa Katharina Hagedorn gu bhith 'nam chéile phòsda*" – Ich, Finlay, nehme hiermit dich, Katharina, zu meiner Ehefrau.
„*Ann am fianais Dhé`s na tha seo de fhianaisean tha mise a`gealltainn a bhith'nam fhear pòsda dhileas gràdhach agus tairis dhuitsa, cho fad's a bhios an dithis againn beò*"– In der Gegenwart Gottes und vor all den

Zeugen gelobe ich, dir ein liebevoller, treuer und loya-
ler Ehemann zu sein, bis dass der Tod uns scheidet.